랑의
사태

김도언은 1972년 충남 금산에서 태어났으며, 1998년 대전일보와 1999년 한국일보 신춘문예에 당선되어 문단에 나왔다. 소설집으로 『철제계단이 있는 천변 풍경』『악취미들』, 장편소설로 『이토록 사소한 멜랑꼴리』, 경장편소설로 『미치지 않고서야』가 있다.

김도언 소설집
랑의 사태

펴낸날 2009년 7월 30일

지은이 김도언
펴낸이 홍정선 김수영
펴낸곳 ㈜**문학과지성사**
등록번호 제10-918호(1993. 12. 16)
주소 121-840 서울 마포구 서교동 395-2
전화 02) 338-7224
팩스 02) 323-4180(편집) 02) 338-7221(영업)
전자우편 moonji@moonji.com
홈페이지 www.moonji.com

ⓒ 김도언, 2009. Printed in Seoul, Korea
ISBN 978-89-320-1973-4

랑의 사태

김도언 소설집

문학과지성사
2009

어둠을 살라먹는 불이 자신의 기원에 대해 함구하는 것처럼,
나는 당신이 모르는 최후의 사람이 되겠다.

차례

내 생애 최고의 연인

사랑과 희생에 대한 몇 가지 고정관념

1

편집3팀을 맡고 있는 K팀장을 불러, 그가 진행을 하던 프로젝트에서 놓친 사진 저작권 문제를 지적하고 있는데 휴대폰이 울린다. 휴대폰을 집으며 살짝 보니 K팀장은 나의 질책으로부터 놓여났음을 안도하는 눈치다. 휴대폰 액정에는 '소년'이라고 떠 있다. 나는 손짓으로 K팀장에게 다음에 얘기하자는 시그널을 보내면서 휴대폰을 들고는 비어 있는 회의실로 들어간다.

"안녕, 어디니?"

나는 밝게 인사를 건넸지만 소년은 내 목소리를 확인하자마자 다짜고짜 소리친다.

"왜 이렇게 전화를 늦게 받는 거야?"

나는 있는 그대로의 사정을 설명해준다.

"미안해, 팀장이랑 미팅 중이었어. 어디야? 벌써 일곱 시가 다 됐네."

"나 지금 회사 앞이야. 저녁 좀 사줘. 밥도 좀 사주고 술도 좀 사줘."

"나 참, 밥이랑 술이랑 내게 맡겨놨니? 그런 말을 어쩜 그리 당당하게 하니?"

"싫으면 관두고."

"으휴."

소년은 언제나 이런 식이다. 어느 때고 주눅 드는 법이 없다. 내가 그를 처음 본 순간부터 늘 그랬다. 그가 예컨대 금융감독원 원장의 아들이나 삼성그룹 CEO의 아들이면서 그런다면 염량세태를 탓하며 수긍이라도 하겠다. 하지만 소년은 고작 컷당 10만 원을 받는, 그리 잘나지도 않은 B급 일러스트레이터일 뿐이다. 그럼에도 그는 30여 명의 편집부 스태프를 거느리는, 게다가 자신보다 열두 살이 많은 내 앞에서 조금도 위축되는 법이 없다. 당돌함의 수준이 이만저만이 아닌 것이다. 그는 나를 응당 '편집장님'이라고 불러야 하는 공적인 자리에서조차 그렇게 호칭한 적이 한 번도 없다. 그것은 나로서는 좀 서운한 일이다. 그는 공적인 자리에서 나를 부를 때 언제나 "저기요"라고 했다. 수많은 후배 편집자들 앞에서도 그는 아랑곳없었다. 마치 길에서 처음 만난 여자에게 수작을 건네는 알량하고 우둔한 양아치처럼 저기요,라고 부르는 것이다. 팀장 하나가 그의 그런 태도에 주의를 주기도 했지만 그는 조금도 변하지 않았다. 그의 표정은 늘 이런 식으로 말하고 있는 듯했다. 내가 싫으면 내게 일을 시키지 않으면 되잖아! 다른 사람이 보기에 소년은 확실히 버릇이 없고 제멋대로이긴 하지만 나는 그가, 내가 만나본 그 어떤 남자보다 천진하고 맑은 영혼의 소유자라는 걸 안다. 그렇지 않다면 내가 그를 좋아해서 애인으로 삼을 이유가 없는 것이다.

어차피 저녁은 먹어야겠기에, 나는 소년에게 세 블록 정도 떨어져 있는 해장국집에 가 있으라고 말하고는 휴대폰을 닫는다. 보안이 중요하다. 출판사 사람들이 그와 나의 관계를 눈치채는 일은 절대로 있어서는 안 된다. 평소 흠잡을 데가 있으면 잡아보라는 식으로 완벽한 척하는 내가 연하의 그림작가와 연애를 한다는 게 알려지면, 그건 정말이지 체면이 서지 않는 일일 테니까. 아무튼 보안만 유지된다면 나는 그와의 관계를 정리할 생각이 조금도 없다. 소년이 내게 제멋대로 굴 때는 그보다 나이도 많고 사회적인 지위도 훨씬 높은 내가 모욕을 당했다고 느낄 법한데도, 나는 그를 생각하면 대체로 기분이 좋아진다. 이런 감정을 뭐라고 해야 할까.

해장국집에 마주 앉자마자 나는 소년에게 쏘아붙인다.

"아무 때나 전화해서 불러내고, 도대체 왜 그러니?"

그는 내 앞에 놓인 컵에 물을 따르면서 여전히 당당한 목소리로 말한다.

"보고 싶으니까."

"나 바쁜 거 알잖아. 요즘 출판사 형편이 말이 아니야. 베스트셀러 목록에 우리 책이 단 한 권도 없단 말야."

"베스트셀러가 다 좋은 책은 아니잖아."

소년의 말이 맞긴 맞다.

"하지만 책이 팔려야 내 월급이 나오고 네 그림 값도 줄 수 있잖니?"

"무슨 소리야. 책이 팔리는 거랑 상관없이 내 그림 값은 그때그때 줘야지. 내가 자기네 작업할 때 얼마나 공을 들이는데."

앞에서 얘기한 것처럼 그가 공을 들여서 그림을 그리건 안 그리건, 그는 지금 컷당 10만 원을 받는, 그다지 잘 팔리지 않는 B급 일러스트레이터일 뿐이다. 그도 그것을 모르지 않는다. 우리는 군이 소년과 같이 일해야 할 필요도 없다. 내 전화 한 통을 기다리는 일러스트레이터는 무수히 많다. 팀장의 업무 보고서에도 일러스트레이터 교체에 대한 의견이 계속 올라오고 있다는 걸 소년은 알까.

2

소년은 혼자서 소주 두 병을 거의 다 마셨다. 사무실에 해야 할 일을 남겨둔 나는 두 잔 정도 비우면서 소년의 기분을 맞춰

주었다. 자러 가자는 소년을 겨우 달래고 1/4분기 출간 예정 계획서를 보완하기 위해 사무실에 들어와 시계를 보니 열 시가 조금 안 되었다. 저쪽에서 영업 마케팅부의 L부장이 홀로 책상에 앉아서 배본 계획서인지 수금 계획서인지를 작성하고 있다. 그는 요즘 매일 오너에게 깨지고 있다. 아닌 게 아니라 전년 동월 대비 매출이 20퍼센트 정도나 떨어졌다. 기획 및 편집 실무를 총괄하고 있는 나 역시 매출 하락의 연대 책임을 피할 수는 없다.

아침 회의에서 오너에게서 흠씬 두들겨 맞았던 지난주의 어떤 저녁, 그와 나는 편집부 몇 사람과 함께 코가 삐뚤어지게 마셨다. 그는 그 자리에서 편집부 사람들에게 매출의 부진은 자신을 포함한 영업부가 무능하기 때문에 빚어진 일이라면서 연신 머리를 조아리며 미안하다고 말했다. 그러면서 그는 그날의 술값을 모두 자신의 지갑을 열어 계산했다. 그는 내가 오너의 조카인 것을 모르지 않을 것이다. 작은아버지인 오너는 작은어머니와의 사이에 후사가 없어 내게 적잖이 의존을 하는 편이다. 종종 나를 고용된 편집장이 아닌, 자신이 끔찍하게 따랐던 형의 딸로 대하려는 오너의 부주의함을 나는 그때마다 상기시켜줘야만 했다. 영업직으로 사회생활을 시작한 L은 본능적으로 적정한 상대에게 취하는 적실한 자책의 포즈가 자리보전을 하는 데 가장 유용한 방책임을 간파했을 것이다. 하지만 내가 관찰한 L은 그런 요령만 가지고 일하는 얄미운 사람은 아니었다. 그는 내가 만나본 영업자 중에서 가장 사고방식이 유연하고 또 성실한 사람이었다. 설령 그가 그런 자책의 포즈를 취하지 않았다고 해도 그에 대해서 내가 가지고 있는 신뢰와 호감이 줄어들진 않을 텐데…… 그런데도 계속 자책하는 L을 보면서, 나는 주도권을 쥐고 있지 않은 삶이 갖는 자기 연민에 대해 또 다른 형태의 연민을 느낀다. 나는 L부장에게 커피 한잔 타줄까요, 라고 말하려다가 그만 모든 것이 귀찮아져 퇴근 준비를 하기 시작한다.

3

39세, 내일모레면 마흔이 되는 독신자의 퇴근길은 기원을 알 수 없는 멜랑콜리로 가득하다. 반대 차선의 자동차 헤드라이트가 내 눈을 깊이 찔러올 때나 정체 구간에서 한숨처럼 꺼졌다 이어졌다 하는 후미등을 바라볼 때, 나는 내 의사와는 무관하게 우울한 감상주의자가 된다. 내가 만났던, 나를 스쳐갔던 수많은 남자들의 담배 냄새와 땀 냄새가 일순 상기되면서 삶에 대해 가졌던 한때의 열망이 참으로 가소롭고 어처구니없게 느껴지는 것이다. 이 삶은 어디로 어떻게 흘러가는 것일까. 어디서 어떻게 멈추는 것일까. 그런, 우울의 클리셰들.

40여 분 정도 운전을 마친 나는 강이 내려다보이는 오피스텔형 원룸에 들어선다. 현관문을 열 때는 항상 신경이 곤두선다. 혼자 사는 여자의 귀가를 노리며 어둠 속에 숨어 있을지도 모르는 낯선 침입자에 대한 상상을 완전하게 떨쳐버릴 수는 없으니 말이다. 주위를 경계하면서 재빠르게 문을 열고 안에 들어서니 요크셔테리어종인 포그가 나를 반긴다. 나는 포그를 번쩍 안아서 녀석의 반짝이는 코를 내 뺨에 가져다 댄다. 밤늦게까지 지루해하며 주인을 기다리고 있었을 포그를 위해 바닥에 굴러다니는 고무공을 집어서는 소파 쪽으로 던져준다. 포그는 내가 던진 고무공을 물고 오는 것을 아주 좋아한다.

　"물고 와, 포그!"

　하지만 내가 던진 고무공은 소파 밑으로 들어가서는 다시 나오지 않는다. 그곳까지 잰걸음으로 달려간 포그가 소파 밑에 코만 겨우 집어넣고 끄응 끙 소리를 내고 있다. 그쪽으로 다가간 나는 상체를 구부리고 팔을 소파 밑으로 밀어 넣어서 고무공을 끄집어낸다. 그런데 내 손에 걸리는 게 고무공 말고 또 있다. 나는 그것을 끄집어낸다. 붉은색과 파란색이 마구 덧대어진 남자의 양말이다. 언젠가 소년이 와서 벗어놓고 간 양말.

　그 기억이 떠오르니 나도 몰래 빙그레 웃음이 나온다. 두번째로 소년을 오피스텔에 데리고 왔던 날인가. 그날 소년은 신고온 양말을 벗어 보이면서 자신이 직접 디자인한 것이라며 자랑을 했다. 내 앞에서 냄새나는 알록달록한 양말을 벗어서 자랑을 하는 그의 천진함이란. 나는 그런 그가 참 특별하게 느껴졌다. 그날 밤 우리는 서로의 얼굴에 와인을 끼얹으며 취하도록 마셨고 격렬한 사랑을 나누었다. 절정에 세 번이나 올라갔던가. 어린 그의 몸이 참으로 탐스러웠다.

그런데 요즘 들어 우습게도 어린 그가 늙은 내게 집착을 하는 것만 같다. 아무 때나 전화를 하고 문자를 보내온다. 그리고 그 어느 때보다도 진하고 빈번하게 애정 표현을 한다. 그런데 대체 뭐가 문제냐고? 애정 표현이 빈번해지면서 투정과 의심도 함께 늘었다는 게 문제다. 물론 나 역시 소년이 사랑스럽고, 그가 가진 특별한 영혼과 재능을 흠모한다. 신문사 문화부에서 기자로 있는 둘도 없는 친구인 여고 동창 S에게 어렵게 소년과의 관계를 털어놓았을 때, S가 하는 첫마디가 이랬다.

"어린 남자랑 연애하는 건 짜릿한 만큼 또 피곤한 법이지. 자신보다 나이 많은 여자에게서 연정을 느끼는 남자들은 아무래도 모성 결핍을 의심할 수밖에 없지 않겠니. 엄마를 다른 것, 예를 들면 형제나 아버지에게 빼앗긴 피해에 대한 망상이 있을 테고, 그 결과 더욱 집착할 수밖에 없는 거지. 어리광을 받아주는 것도 한철 아니니? 잘 생각해라."

S의 말속에는 그 어떤 사적인 비난의 감정도 들어 있지 않았다. 그녀가 내게 이야기한 것은 기자의 직관답게 모두 객관을 바탕으로 한 것이었다. 판단은 나의 몫이었다. 하지만 나는 도저히 소년을 사랑하지 않을 수 없다. 아니 소년을 사랑하는 것을 그만둘 수 없다. 왜냐하면, 소년은 내가 만났던 그 어떤 남자들보다도 진실하고 내게 헌신적이기 때문이다. 내가 집착이라고 생각하는 부분도 어쩌면 소년만이 가진 순수함에서 비롯

된 보다 노골적인 형태의 사랑일 수도 있지 않은가.

4

오늘은 소년이 사무실에 오는 날이다. 편집2팀에서 진행하고 있는 중학생을 위한 논술 기초 시리즈의 삽화 샘플을 들고 오는 날이라나. 나는 그 얘기를 소년에게서 직접 들었다. 편집2팀 N팀장이 엊그제 보고한 그대로다.

약속된 시간, 소년이 사무실 문을 열고 들어와서 편집2팀 부스로 향한다. 소년은 마치 극장 안에서 자기 좌석을 찾는 사람처럼 여유만만이다. 소년의 인사말이 여기까지 들린다.

"저 왔어요."

소년은 우리 출판사에 올 때마다 늘 저렇게 인사한다. 자리에서 일어나 소년을 맞이하는 N의 옆얼굴이 보인다.

"어서 와요."

N팀장이 소년을 회의실로 유도한다. 소년이 N팀장을 따라 회의실 쪽으로 움직인다. 소년은 나를 한 번도 바라보지 않는다. 눈길조차 주지 않는다. 서운한 마음이 들면서도 그가 제법 의젓하다는 생각이 들기도 한다. 내 눈은 계속 그의 움직임을 따라간다. 왜 이렇게 조바심이 나는 걸까. 가슴을 콩콩 뛰게 하는 이 스릴은 무엇일까. 나는 자리에서 살짝 일어서서 속도감 없는 걸

음걸이로 편집부를 한 바퀴 돈다. 회의실에 들어간 소년을 보다 잘 관찰하기 위한 '스탠스'를 취하기 위해서다. 소년이 2절 사이즈의 아트백을 회의실 탁자 위에 올려놓는다. N팀장은 안목이 뛰어난 사람이다. 그리고 자신이 진행하는 일에 대해서는 책임을 질 줄 아는 사람이다. 그런 그가 나를 찾는다면 소년이 그려온 그림이 마음에 들지 않거나 문제가 있다는 것일 테고, 나를 찾지 않는다면 소년의 그림이 마음에 든 것이리라. 그런데 내가 입사한 지 6개월 된 신입 편집자의 자리에서 교정지를 들여다보는 시늉을 하고 있을 때 회의실 쪽에서 나를 찾는 N팀장의 목소리가 들려온다.

"부장님, 잠시만 와주세요. 그림 좀 봐주셔야겠어요."

'소년의 그림이 맘에 안 드나? 버릇이 없기는 해도 자기 작업에 대한 자부심만은 대단해서 퀄리티는 유지되는 편이었는데.'

나는 회의실 쪽으로 가면서 그런 생각을 한다. 회의실에 들어가보니, 소년의 얼굴이 벌게져 있다. 그는 무언가 불만이 가득한 표정이다. N팀장의 말을 들어보니 소년의 얼굴이 새빨개진 이유를 알겠다. 그는 이를테면 모욕을 당했던 것이다.

"삽화의 포인트, 캐릭터의 독창성, 디테일한 선과 농도 등이 우리가 주문했던 것에서 많이 비껴나 있어요."

"도대체 뭐가 문제란 말이에요."

여전히 소년은 내게는 눈길을 주지 않은 채 N팀장에게 항변 아닌 항변을 하고 있다. N팀장은 그를 무시하면서 내게 말한다.

"부장님 보시기엔 어떠세요?"

늙은 애인인 내 앞에서 창피라도 당했다고 생각했는지, 소년의 얼굴이 더욱 무참하게 빨개진다. 나는 소년의 그림을 유심히 살핀다. 내 눈엔 그다지 나쁘지 않다. 작품의 퀄리티란 사실 판단의 기준이 되는 관점을 어디에 두느냐의 차이일 뿐이다. 나는 그림을 들여다보느라 굽혔던 허리를 펴면서 말한다.

"이 정도면 괜찮은데. 일단 정교하게 스캔을 받고 인쇄할 때 베테랑 기장한테 부탁해서 배경을 좀더 진하게 하고 색상의 명도를 더 올리면 아무 문제없을 것 같아. 내가 보기엔 포인트도 잘 짚어낸 것 같은데 뭘 그래."

내 말을 들은 N팀장이 고개를 갸우뚱한다. 나는 더 이상 부연 설명을 하지 않고, 소년도 쳐다보지 않은 채 회의실을 빠져나온다. 뒤쪽에서 N팀장의 싹싹한 목소리가 들려온다.

"그럼 이대로 진행하겠습니다."

그는 제법 융통성 있는 사람이다.

5

"와우, 드디어 터졌어요, 터졌어!"

평소, 잦은 야근에 따른 피로와 힘들게 만들어낸 책의 판매 부진에 따른 스트레스 때문에 사기가 저하되어 있을 때면 우스

갯소리를 해서 사내 분위기를 반전시키곤 하는 영업부 차장 B가 커피를 휘저으면서 특유의 과장 섞인 목소리로 환호성을 지른다. 어젯밤 과음을 했는지 안경 너머에 있는 그의 두 눈이 충혈되어 있다.

B는, 보름쯤 전에 출간해서 서점에 깐 재야 사학자 O의 『정승으로 보는 조선 역사』가 일간지 북섹션마다 크게 소개되더니, 이번 주 주문 부수만 3천 부를 넘어선 것을 두고 저러는 것이다.

내가 B의 호들갑을 기분 좋게 받는다.

"그러게요, 정말 다행이에요. 좀 오래갔으면 좋겠는데."

"물론이죠, 떨어뜨리지 말고 계속 치고 올라가야죠."

내 말을 받은 것은 자책하기 좋아하는 영업부장 L이다. 그도 오랜만에 주문이 쇄도하는 신간을 보니 신이 나는 모양이다. 평소 출근을 일찍 하는 몇 사람은 편집부 회의실에 모여 업무를 시작하기 전 종종 티타임을 갖는다. 나는 새삼스러운 기분으로 『정승으로 보는 조선 역사』를 손에 들고 펼쳐본다.

대략 6~7년 전부터, 주류 역사학계에서는 등한시했던 야사 혹은 미시사 연구 성과를 역사교양물로 펴내는 기획물이 단행본 시장에서 하나의 트렌드가 되면서 독자들에게 어필하기 시작했는데, 아직까지 아무도 다룬 적이 없는 조선조의 정승을 통해 조선의 역사를 살펴보고자 했던 이 책의 콘셉트가 독자들의 흥미를 끈 듯하다. 깐깐한 성미에 원칙을 지키기로 유명한 재야 사학자이며 지난 3년 동안 새로운 신간을 발표하지 않은 O를 필자로 기용한 것도 이 책의 상품가치를 높인 요인이랄 수 있다.

오전 내내 편집부에 책의 보도자료를 요청하는 각종 언론사의 전화가 빗발친다. 그런데 좋은 기분은 딱 오전까지였다. 열두 시 정각에 휴대폰에 입력되어 있지 않은 괴전화번호가 떴는데, 경황이 없는 통에 받을까 말까 할 겨를도 없이 통화 버튼을 눌렀더니, 맙소사, 2년 전에 완전히 갈라섰던 옛 애인 R이 아닌가.

R에게 내가 기겁할 수밖에 없는 것이, 그는 나 몰래 다른 여자를 만나오다가 발각이 되자 일방적으로 결별을 선언했던 위인이다. 영화음악을 하는 그는 매우 똑똑하고 유능하고 인기도 많은 사람이었지만, 나에게 씻을 수 없는 상처를 남김으로써 내게서 평생 저주를 받아야 하는 괴물로 전락했다. 쿨하다고 자부하는 나는 R과 헤어진 후 만신창이가 된 내 영혼을 추스르는 데 꼬박 1년이라는 시간을 소비했다. 약 3개월가량은 알코올에 빠져 고생하기도 했고, 4주 정도는 정신과 상담을 받아야 했다. 그런데 그가 이렇게 뻔뻔하게 전화를 걸어오다니. 그리고 나는 이토록 무방비하고 허술하게 R의 전화를 받다니. R에 비하면 나의 소년은 얼마나 순수하고 당당한지 모른다. 마치 백치처럼 말이다. 물론 가끔 나를 무척 성가시게 하긴 하지만.

R이 2년이라는 시간의 공백을 뚫고 저편에서 말한다.

"잘 지냈니?"

2년 만에 듣는 R의 목소리가 너무나 친근하고 익숙하게 느껴지는 나 자신에게 화가 치밀어 오른다. 당장 할 말이 떠오르지 않는다.

"……"

"전화하는 게 뻔뻔한 일인지는 알지만, 네 목소리가 듣고 싶어서 견딜 수가 없었어."

R은 여전히 말도 세련되게 한다. 목소리도 멋지다. 하지만 그는 비겁하고 재수 없는 인간일 뿐이다. 나는 야무지게 마음을 먹고 R에게 말한다.

"됐어. 전화하지 마. 전화 끊을 거야."

아, 좀더 단호하게 말했어야 했는데.

"잠깐만, 잠깐만 전화 끊지 마."

"……"

"보고 싶어. 단 한 번만이라도 좋아, 멀찍이에서라도 좋아. 널 보게만 해줘."

맙소사, 지금 얘가 뭐라는 거야. 나는 힘없이 휴대폰을 들고 있는 손을 내려뜨린다. 그러곤 플립을 닫는다.

6

아침에 출근하자마자 나는 주문 관리 프로그램에 아이디와 암호를 입력하고 들어가서 『정승으로 보는 조선 역사』의 주간 주문 부수를 확인한다. 4,015부. 출간 3주차 만에 1만 부를 홀쩍 뛰어넘었다. 영업부의 공격적인 마케팅 전략으로 탄력을 받은 모양이다. 대형 서점의 종합 베스트셀러 순위에서도 가파른 상승세를 기록하고 있다. 우리가 기대했던 것보다 훨씬 빠르고 폭발적인 반응이다. 때문에 회사 분위기도 활기가 넘친다. 작은아버지, 아니 오너의 얼굴에도 희색이 만면하다.

오후 세 시부터 저자인 O가 참여하는 임원급 마케팅 회의가 있다. 이 회의는 아침에 전격적으로 결정된 것이다. 지방 도시에 살고 있는 O가 갑자기 서울에 올라온다는 연락을 해왔을 때 머릿속에 퍼뜩 저자를 마케팅 회의에 참석시키는 것이 좋겠다는 생각이 떠올랐다. 지속적으로 주문 부수를 유지하기 위해서는 저자가 참여하는 프로모션, 예를 들면 저자 사인회라든가 공개 강연회가 필수적으로 뒷받침되어야 하는데, 강직하고 숫기가 없는 O는 그런 마케팅 전략에 회의적이었다. 그런 점을 잘 알고 있던 나는 기회가 닿는 대로 O를 직접 만나 요청을 해야겠다고 생각해오던 터였다. 나는 겨우겨우 O를 설득해, 회의에 참석해서 회사 사람들이 하는 이야기나 한번 들어보겠노라는 약속을 받아냈다. 그런데, 막상 마케팅 회의를 잡아놓고는 그때부터 조바심이 나기 시작했다. 왜냐하면 저녁에 소년을 만나기로 진작부터 약속이 되어 있던 것을 깜빡했기 때문이다. 하지만 O가 서울에 올라온다는데 아니 만나볼 수도 없는 노릇이었다. 나는 회의 시간을 좀 어정쩡하다 싶은 오후 세 시로 당기는 것으로 두 가지 약속이 일으키는 마찰을 피하고자 했다. 가급적 빨리 회의를 끝내고 소년을 만나러 갈 요량이었다.

O가 사무실에 도착한 시간은 오후 세 시 반. 그때부터 시작된 회의가 퇴근 시간을 넘겼는데도 끝나질 않는다. 넉살 좋은 영업부의 L과 B가 죽는소리를 해가며 부탁했지만 O는 막무가내로 사인회 같은 것은 하지 않겠노라고 으름장을 놓고 있다. 결국 L과 나는 전략을 바꿔서 술집으로 회의 자리를 옮기기로 했다. 관망하고 있던 오너도 술자리에 끼기로 했다. O가 술을 꽤 좋아하는 편인데, 술을 마시면서 얘기를 하면 일이 한결 수월하게 풀리지 않을까 생각했던 것이다.

술이 몇 순배 돌자 과연 O의 태도가 누그러지기 시작했다. 그는 자기가 편한 시간만 잡아준다면 사인회나 강연회 같은 것을 마다하지 않겠다고 약속했다. 작전은 성공이었다. 그런데 좋은 건 거기까지였다. 오너와 폭탄주를 계속 주고받던 O가 갑자기 나를 붙잡고 늘어지며 주사를 부리기 시작한 것이다. O는 아직 취기가 덜 오른 오너에게 손가락질을 하며, 편집장이 참 예쁘고 마음에 들어서 당신네 출판사랑 계약을 한 거라느니, 오늘 밤 편집장은 어디에도 못 가고 자기하고 밤새 술을 마셔야 한다느니 하면서 대책 없이 희롱에 가까운 주사를 부리는 것이다. O의 주사는 물론 악의가 없는 것이어서 귀엽게 봐줄 수 있는 것이지만 오늘 같은 경우엔 참 난감하다. 그의 행동 어디까지를 내가 허용해야 하는지 잘 판단해야 하기 때문이다. 이런 자리에서 뻣뻣하게 굴어 O의 자존심에 상처를 입힌다면, 말 그대로 다 된 밥에 재를 뿌리는 격이다. O가 자신의 한쪽 팔을 내어깨 위에 올려놓으려는 순간, 내게는 작은아버지이기도 한 눈치 빠른 오너가 O에게 치명적인 폭탄주를 한 잔 권한다. O는 내 어깨에 걸치려던 팔을 거둬들이며 그 술을 받아 마셨고, 마신 지 3분도 안 돼 그대로 흐물흐물 쓰러지더니 내 허벅지를 베고 누워버렸다. 나는 잠든 그를 보며 안도했고, 선약을 핑계 삼아 지체 없이 술집을 빠져나왔다.

부랴부랴 소년을 만나기로 한 약속 장소로 갔다. 약속 시간에서 이미 두 시간이나 지나 있었다. 소년은 술을 제법 마신 상태였고 무엇보다 내게 잔뜩 화가 나 있었다. 내가 자리에 앉자마자 눈을 치켜뜨며 말했다.

"날 우습게 보는 거야? 내가 나이가 어리다고 이렇게 무시할 수 있는 거야?"

그는 화를 내고 있었지만 나는 그가 하나도 무섭지 않았다. 되레 귀여워서 쿡 하고 웃음이 터지려는 걸 겨우 참았다. 일단은 그의 화를 누그러뜨리는 게 중요한 일일 테니까.

"아냐, 그렇지 않아. 회의가 늦게 끝난 걸 어떻게 하니."

"회의가 늦게 끝났다고? 요즘은 술 마시면서 회의를 하니? 이해가 안 돼."

의식하지 못했지만 내 얼굴이 술기운에 제법 불콰하게 달아올라 있던 모양이다.

"그래, 가끔 술을 마시면서 회의할 때도 있어. 이해를 해야

해. 사회 일 하다 보면 별일이 다 생긴단 말야."

"내게 가르치는 식으로 말하지 마. 사회 일이란 게 도대체 뭔데. 편집장이면 다야?"

그렇게 소년이 말했을 땐, 나도 살짝 화가 나는 걸 어쩔 수 없었다. 막무가내로 시비를 거는 소년이 너무나 어리고 철이 없어 보였기 때문이다. 나는 그래서 좀 싸늘한 목소리로 바꾸어 말했다.

"약속 시간에 늦은 건 미안한 일이지만 어쩔 수가 없었어. 네가 이해해줘. 이해하지 못한다면 넌 너무 어린 거야."

"내가 어리다고?"

"그래, 넌 너무 어리고 이기적이잖아. 날 좋아한다면 좋아하는 사람의 처지도 생각해줘야지."

"그래 난 어려. 하지만 난 이 세상에서 가장 위대한 사랑을 하고 있어! 네가 그걸 알기나 해?"

소년은 난데없이 가장 위대한 사랑을 하고 있다고 말했다. 소년이 저런 말을 하는 건 처음이다. 소년에게는, 나와의 사랑이 이토록 비장했던가? 소년과 나는, 몸과 마음을 나누는 연인이긴 하지만 사랑한다는 말은 서로가 최대한 아끼는 처지다. 그 말의 위력을 아는 내가 그런 분위기를 조장했기 때문이다. 그런데 가장 위대한 사랑을 하고 있다니, 저토록 비장한 소년의 표정은 뭐란 말인가.

그때 앞에 놓인 소주를 병째 들어서 입에 털어넣은 소년이 자리를 박차고 일어선다. 그의 표정은 여전히 비장하다. 눈에서 눈물이 뚝뚝 떨어진다.

"난 정말 이 세상에서 가장 위대한 사랑을 하고 있단 말야! 네가 그걸 알기나 해? 내 사랑을 네가 알기나 하냐고! 널 더 이상 보지 않을 거야. 더 이상 날 찾지 마!"

소년은 흐느낀다. 그러고는 붙잡을 새도 없이 술집을 뛰쳐나간다. 나는 당황스럽기 짝이 없다. 도대체 난데없이 위대한 사랑 타령은 뭐고, 더 이상 찾지 말라는 건 뭔가. 소년의 저 변덕과 심술을 어찌 받아들여야 하나. 난 소년이 두고 간 담뱃갑에서 담배 한 개비를 꺼내어 입에 문다. 기분이 묘하다. 지금 내가 소년에게 절절한 사랑 고백을 받은 건가? 며칠 지나면 곧 다시 연락해오겠지?

7

머리가 지끈지끈 아프다. 작은아버지에게 회사에 좀 늦는다는 전화를 한다. 어젯밤 집에 어떻게 들어왔는지 기억이 나지 않는다. 소년과 그런 식으로 헤어지고, 난 야근을 하고 있던 편집자 몇 사람을 불러내 술을 더 마셨다. 술집 화장실 앞에서 충동적으로 N팀장과 키스를 했던 것도 같다. 한껏 술기운이 오른 나는 방심한 자세로 택시를 탔고 아무런 경계도 없이 어두운 복

도를 걸었고, 함부로 현관문을 열고 내 오피스텔에 들어왔을 것
이다. 그것이 사랑이건 슬픔이건 어떤 전폭적인 감정에 몰입해
있을 때면 아무것도 두려운 것이 없다. 어둠 속의 침입자가 내
미는 날카로운 칼도 손으로 덥석 쥘 수 있을 것 같은 기분이다.
지금의 내가 바로 그렇다.

소년과 처음 만나던 날이 떠오른다. 소년은, 지금은 퇴사한
편집부의 L이 그림작가 커뮤니티 사이트에서 찾아낸 무명의 작
가였다. 우리는 그를 직접 불러서 샘플 그림도 보고 인터뷰도
해보기로 했다. 일종의 면접을 보기로 한 것이다.

유화와 크레파스를 섞어서 특유의 색감과 질감을 나타내고
있는 그의 샘플 그림을 보면서 나는 격렬한 에너지와 함께 순진
무구한 동심만이 가질 수 있는 여백을 보는 듯한 느낌에 사로잡
혔다. 그림도 좋았지만 무엇보다 그에게는 다른 신인급의 작가
들과는 다르게, 면접을 받고 있는 입장임에도 불구하고 전혀 주
눅 들지 않는 당당함과 자신감이 있었다. 내 눈에 그런 모습이
퍽이나 귀여우면서도 신뢰가 갔다.

결국 우리는 소년에게 그림을 맡기기로 했고, 소년은 정해진
날짜에 정확히 우리가 기대했던 품질의 그림을 완성해서 가지
고 왔다. 그가 그림을 가지고 오던 날은 장마가 막 시작된 즈음
이어서 비가 몹시 많이 내렸다. 다른 직원들은 이미 모두 밥을
먹으러 나간 점심시간이었다. 나는 사무실에 혼자 남아서 급하
게 처리해야 할 일을 하고 있었다.

소년이 비가 뚝뚝 떨어지는 아트백을 들고 내게 다가와서는 처음으로 건넨 말이 이랬다.

"비 오는 날, 열심히 그린 그림을 가지고 왔는데, 여기 사람들은 모두 밥 먹으러 갔나 보네요."

그는 정말 억울한 듯 씩씩거렸다. 그 모습이 그렇게 싱그럽고 순수해 보일 수 없었다. 나는 나도 모르게 웃음이 터졌다.

"그림, 내가 보면 되잖아요."

나는 소년이 아트백에 넣어가지고 온 그림을 보았다. 한눈에도 정성 들여 그린, 우리가 요구한 퀄리티에 부합하는 그림임을 알 수 있었다.

"그림 좋네요. 고생했어요."

내가 그의 기분을 풀어주려고 한껏 유쾌한 목소리로 말을 했을 때 소년은 여전히 볼멘소리로 이렇게 대답했다.

"저기요."

저기요라니. 나를 향해 저기요라고 부르다니. 첫 미팅할 때 편집장임을 밝히고 인사까지 나눴는데, 나 참. 내가 어리둥절할 사이도 없이 그의 다음 말이 들렸다.

"밥 좀 사줘요. 이런 날 혼자 밥 먹기는 서러운데."

소년이 그렇게 말했을 때, 나도 모르는 감상에 빠졌는지는 모르지만 어이없게도 나는 소년을 꼭 안아주고 싶다는 생각이 들었다. 나도 모르게 그에게 마음이 쓰이는 걸 어쩔 수 없었다. 그 비 오던 날에.

8

아홉 시쯤 퇴근하고 집에 오니 언제나처럼 포그가 발밑으로 달려든다. 나는 고무공도 던져주지 않고 성의 없이 적당히 포그를 애무해주고는 샤워실에 들어가서 수돗물을 튼다. 뜨거운 물로 마흔 직전의 육체를 씻는다. 지치고 상처받은 마음과 위로받고 싶은 마음과 가라앉고 싶은 마음, 떠오르고 싶은 마음 따위를 씻는다. 소년에게서는 일주일째 연락이 없다. 샤워실에서 나와 몸을 정성껏 닦고 거실 소파에 앉는다. 와인의 마개를 딴다. 와인잔에 와인을 따르고 휴대폰을 확인한다. 걸려온 전화도 도착해 있는 문자도 없다. 와인을 한 모금 마신다. 다시 와인잔에 와인을 따른다. 휴대폰을 집어서 액정을 바라본다. 여전히 아무런 수신 표시가 없다. 다시 와인을 마신다.

그러곤 심호흡을 하고 소년에게 전화를 한다. 한 번, 두 번, 세 번, 여덟 번, 아홉 번, 열 번, 신호는 수돗물처럼 끊이지 않고 흘러나오지만 소년은 받지 않는다. 와인을 다시 따른다. '소년'이라고 떠 있는 휴대폰 액정의 발신번호를 쓸쓸하게 바라본다. 와인잔을 들어 마신다. "나는 지금 너와 닿지 않는구나"라고 중얼거린다. 포그조차 오늘은 재롱을 부리지 않는다. 적막이 싫다. TV를 켠다. 연예인들의 신변을 취재해서 보여주는 프로그램이 나온다. 최근 연예인 커플로 공인된 두 명의 영화배우가 나온다. 리포터가 여자 쪽에게 묻는다.

"첫 키스 할 때 기분이 어땠어요?"

"아유, 몰라요."

"나한텐 좋았다고 그랬잖아요."

"하하하하."

자기들끼리 웃고 떠든다. 우습지도 않은 새끼들! 욕이 튀어 나온다. 와인을 다시 한 모금 마신다. 휴대폰을 들어서 액정을 본다. 액정에는 아무런 표시도 떠 있지 않다. 소년에게 문자를 보낸다. '네가 보고 싶다'라고 쓰려다가 '지금 뭐 하고 있니?'라고 쓴다.

욕실에 가서 소변을 본다. 물을 내리고 거울에 붉어진 얼굴을 비춰 본다. 차가운 물로 얼굴을 씻는다. 다시 거실로 나온 나는 휴대폰을 확인한다. 소년의 답문자가 와 있기를 간절히 바라며. 하지만 액정은 그대로 비어 있다. 아, 철없고 무심한 소년.

나는 거실 바닥에 앉아서 소년이 벗어놓고 간 알록달록한 양말을 집어서 내 발에 신어본다. 와, 딱 맞다. 내 발이 큰 건가 소년 발이 작은 건가. 그때 휴대폰에서 문자가 도착했다는 신호음이 뜬다. 나는 포그보다도 재빠르게 달려가 휴대폰을 플립을 열어본다.

"네가 보고 싶다. 따뜻하게 잘 자렴."

따뜻한 문자가 와 있었으나, 문자를 보낸 이는 젠장, 소년이 아니고 재수 없는 R이다.

9

소년으로부터는 여전히 아무런 연락이 없다. 열흘째다. 위대한 사랑 어쩌고저쩌고 하더니 겨우 이 정도야. 약속 시간을 어긴 것은 분명 내 잘못이다. 하지만 그 정도는 이해해줄 수 있지 않나? 아무리 나이가 어리다지만, 상대방에 대한 배려심이 이토록 희박하다니. 자기 자신밖에 모르는 얄밉고 이기적인 소년. 회사 일 때문에 내가 얼마나 많은 스트레스를 받는지, 이를테면 정해진 일정에 맞춰 책을 내기 위해서, 까다롭고 거만한 필자들 비위를 맞추기 위해서, 디자인팀, 외주처 등과 원만한 업무 조율을 하기 위해서, 그리고 제작처 직원들을 독려하기 위해서 내가 얼마나 자주 내 자존심을 뭉개가며 일해야 하는지 소년은 조금도 모를 것이다. 나이는 내가 소년보다 훨씬 많지만 나도 가끔은 그에게서 지극한 위로를 받고 싶을 때가 있다. 소년의 어깨에 기대고 싶을 때가 있는 것이다. 그런데, 소년은 대책 없는 투정과 어리광을 부릴 뿐이다. 아, 소년을 대체 어떻게 해야 하나. 지금 나의 연애는 어디로 가고 있나.

서운하고 속상한 것과는 별개로 소년으로부터 연락이 없으니 이상하게 마음이 되게 허전한 것만은 사실이다. 당장 해야 할 일이 많은데 일이 손에 잡히지 않는다. 투고된 원고를 신경질적으로 반려하고 직원들에게도 짜증을 낸 것은 틀림없이 무정한 소년에 대한 화풀이였으리라.

"도대체 이런 원고를 내가 읽어야 하나? 보면 몰라? 낡고 진부하다는 걸. 필터링을 해달란 말이야. 내가 읽어야 할 원고가 산더미처럼 쌓여 있는 것 몰라?"

습관처럼 휴대폰을 열어본다. 소년에게는 여전히 아무런 연락이 없다. 문자 하나 들어와 있는 게 없다. 의욕도 떨어지고 몸살의 조짐도 있어서, 여섯 시쯤 회사를 나왔다. 집에 가서 우선 푹 자겠다는 생각뿐이다. 운전 중에 오너로부터 전화가 왔지만 일부러 받지 않았다. 오피스텔에 도착해 엘리베이터에 오르는데, 아 어떤 범상의 질서를 깨뜨리는 향기로운 각성 같은 게 일어난다. 설명할 수 없는 흥분, 설렘. 가슴이 쿵쿵 뛰기 시작한다. 눈앞이 뜨겁고 희미해진다.

아니나 다를까, 문 앞에 키가 껑충하고 어깨가 구부정한 소년이 서 있다. 그의 손에 꽃과 와인병이 들려 있다. 나는 왈칵 눈물이 쏟아지려고 한다. 소년에게 달려간다.

아앗, 이럴 수가. 소년인 줄 알았던 사람은 소년이 아니다. 믿을 수 없게도 그는 R이다.

"오늘 일찍 퇴근했구나. 난 밤을 새워서라도 널 기다리려고 했어."

R의 목소리. 그는 나이를 전혀 먹지 않은 것 같다.

"여길 어떻게 알았어. 도대체 왜 내 앞에 나타난 거야!"

"S형이 알려주더라, 이곳 주소. 결례라는 건 알지만, 널 보지 않고는 더 이상 견딜 수가 없었어."

"뭐야, 오빠가?"

R과 제법 술친구처럼 지냈던 오빠라면 충분히 내 거처를 R에게 알려줄 만하다.

"좀 들어가자."

나는 R과 싸울 기력도 없을 정도로 너무나도 지쳐 있었기 때문에 현관문을 열고 R이 방에 들어오는 것을 방관한다. R이 안에 들어서자마자 키스를 하려고 한다. 나는 그의 가슴을 밀어내며 그의 뺨을 힘껏 후려친다.

"네가 얼마나 비겁한 놈인지 알아?"

"그래 알아. 미안해. 용서해달라는 말은 안 할게."

R의 붉은 뺨과 가지런한 수염 자국이 있는 턱을 본다. 그는 지금 진심으로 뉘우치고 있는 듯한 표정이다. 마음이 어수선해진다. 나는 안으로 들어서고 R도 나를 뒤따른다.

"커피나 한잔 마시고 돌아가. 그리고 다시는 찾아오지 마."

매정한 목소리로 그렇게 말하고는 커피포트에 물을 올려놓는다. R은 슈트를 벗어서 자신의 팔에 말고 소파에 앉는다. 나는 R을 외면하고 창가로 가서 팔짱을 끼고 강을 내려다보고 있다. 차분한 R의 목소리가 들린다.

"나, 그 여자와도 완전히 정리했어. 그래서 널 봐야겠다는 생각을 한 거야."

"그래서 내가 어떻게 해주면 되는데?"

그러자 그가 준비된 대사처럼 말을 한다.

"그냥 이렇게 보고 싶을 때 보게 해줘."

"웃기지 마."

나는 내 목소리가 필요 이상으로 냉정하다고 생각한다. R은 여전히 드라마의 대사처럼 잘 훈련된 말을 내게 던진다.

"제발 부탁이야. 난 아직도 널 사랑한단 말야."

나는 농담처럼 즉흥적으로 그에게 묻는다.

"그럼 나랑 결혼할 수 있어?"

그러자 그가 말꼬리를 흐린다.

"일단, 우리 옛 감정부터 회복하자."

그는 여전히 비겁할 뿐이다.

"됐어. 그만하자. 난 이제 네가 싫어. 난 네가 싫다구."

"너 정말 왜 그러니. 네가 사랑했던 남자는 나 하나뿐이잖아."

그가 내 감정선을 건드린다. 나는 좀 독해지기로 마음먹는다.

"남자가 너 하나뿐이라고? 참 큰 착각을 하고 있구나. 내가 사랑하는, 그리고 날 지독하게 사랑하는 사람이 있어. 나이도 너보다 훨씬 어리고 훨씬 건장하고 또 훨씬 유능한 사람이야."

공교롭게도 바로 그때였다. 쿵쿵쿵. 현관문에서 마치 해머로 두들기는 것처럼 둔탁한 타격음이 들려온다. 그러곤 곧이어 들려온 목소리.

"문 열어! 빨리 문 열란 말야!"

분명 소년의 목소리다. 나도 그렇지만, R은 몹시 놀란 기색이다. 나는 쿵쿵 뛰는 가슴을 진정시키며 현관문 쪽으로 간다. 그래, 마주치자. 피하지 말자. 나는 속 깊이 간절한 주문을 왼다. 그러곤 문을 연다. 소년이, 짐승처럼 안으로 뛰어든다. 그러곤 불안과 분노와 두려움이 가득한 동그란 눈으로 오피스텔 안을 빠르게 살핀다. R의 눈과 마주친다.

"나 다 봤어! 누구야, 저 자식."

소년은 몹시 화가 난 목소리다. 거친 숨소리가 내 이마에까지 부딪칠 정도로. 소년은 R을 손가락으로 가리킨다. 지금 보니 소년은 신발을 벗지도 않고 카펫에 올라와 있다.

"이게 무슨 짓이야. 매너도 없이."

"묻는 말에 대답이나 해. 누구냐니깐?"

"그냥 아는 사람이야. 나중에 설명할게."

"누군데, 아는 사람 누군데?"

"그냥, 예전에 잠시 사귀었던 사람이야. 잠깐 차 한잔 마시러 온 거야."

"옛날에 사귀었던 사람이라고? 그런데 집에까지 들어오게 해? 그게 말이 돼?"

나는 상황을 설명하는 것이 불가능하다고 느껴서 아예 대구를 하지 않기로 한다. 그러자 더욱 화가 나는지 소년은 내게 바짝 다가오면서 소릴 지른다.

"그사이에, 다른 남자를 만나? 응? 네가 어떻게 그럴 수 있어?"

어느새 눈물이 글썽해진 소년이 나와 R을 번갈아 쏘아보더니 뒤도 돌아보지 않고 오피스텔을 뛰쳐나간다. 그가 나가기 전에 마지막으로 던진 말은 이것이다.

"이런 게 무슨 사랑이야!"

소년이 뛰쳐나가고 침묵 속에 3분쯤 지났을까. R이 소파에서 몸을 일으킨다. 그는 벗었던 슈트를 걸친다. 그러곤 내게 비수 같은 말을 던진다.

"그사이 아주 젊디젊은 녀석을 낚아챘구나. 그래서 그렇게 뻣뻣했던 거구나."

R이 천천히 오피스텔을 나갔을 때, 나는 다리에 힘이 쭉 빠지면서 자리에 그대로 털썩 주저앉을 수밖에 없었다.

10

소년은 전화를 받지 않는다. 편집2팀에게 그림을 넘겨주기로 한 날짜도 어긴다. 실무 담당자가 문자를 넣고 전화를 해도 받지 않는다고 한다. 내가 문자를 보낸다.

'그림은 내가 날짜를 좀 조정해볼 테니 부담 갖지 마. 난 단지 네가 보고 싶구나.'

곧 문자 수신을 알리는 신호음이 울린다. 화들짝 놀라 휴대폰 플립을 연다. 거기에 '직장인 파격 저리 대출'이라고 떠 있는

문자를 본다. 스팸 문자다. 나는 휴대폰을 부수고 싶은 충동을
겨우 참는다. 제발 소년, 내 마음 좀 알아줘.

11

소년과의 연락이 끊긴 지 보름째다. 나는 소년이 보고 싶어
미치겠다. 안아주고 싶고, 그의 입술을 빨고 싶고 깨물고 싶어
미치겠다. 소년이 아무리 날 모욕해도 나는 화내지 않을 자신이
있다. 제발 얼굴만이라도 볼 수 있다면……

오늘은 아무도 근무하지 않는 토요일 오후다. 열에 들뜬 모
종의 계획을 가지고 나는 사무실로 향한다. 소년의 주소를 알아
내서 그의 집으로 그를 찾아갈 생각이다. 소년의 주소는 아마
계약서를 뒤져보면 찾을 수 있을 것이다. 회사 앞에 도착하니
경비팀장이 "오늘도 일하러 나왔어요?"라고 인사를 한다. 나는
살짝 눈인사를 할 뿐이다. 내가 경비팀장에게 비밀스럽고 열에
들뜬 내 모종의 계획을 알릴 이유는 없다. 열쇠와 보안키로 사
무실 문을 연 나는 계약서철이 보관되어 있는 캐비닛 앞으로 다
가간다. 잠겨 있지 않은 캐비닛 안에는 각종 파일첩이 벽돌처럼
차곡하게 들어 있다. 나는 맨 위 칸에서 〈그림작가 계약서〉라
는 라벨이 붙어 있는 파일첩을 끄집어낸다. 파일첩을 선 채로
넘기기 시작한다. 몇 장 넘기지 않아 소년과 체결한 일러스트레

이선 계약서가 보인다. 그 계약서의 마지막 장에 소년이 직접 써넣은 그의 이름과 주민등록번호와 주소가 적혀 있다. 소년이 쓴 글씨는 처음 본다. 그림은 꽤 그리면서 글씨는 못 봐줄 정도로 형편없다. 픽, 나도 모르게 웃음이 나온다. 이런 것마저도 소년의 매력으로 느껴지는 걸 보면, 내가 아주 많이 소년을 좋아하긴 하는 모양이다. 그런데 오해는 좀 풀렸을까. 정말로 내가 다른 남자랑 어떻게 해보려고 했던 거라고는 생각지 않겠지?

그의 주소는 변두리에 속하는 서울 서북쪽에 위치한 아파트다. 계약서에 적혀 있는 그 주소가 순간적으로 한없이 낯설게 느껴진다. 어찌하여 나는 소년에게 한 번도 어디에 사는지를 묻지 않았던 걸까. 그토록 무신경해서 소년아, 미안하다.

나는 차를 회사 주차장에 세워놓고 택시를 잡는다. 그러곤 포스트잇에 적은 주소를 기사에게 일러준다. 기사는 차고지가 그 부근이라면서 지리를 잘 안다고 말한다. 계획이 순조롭다. 소년의 집은 복도형으로 된 작은 임대아파트 1층이다. 경비원이 나의 입성을 아래위로 유심히 살핀다. 나는 108호 문 앞에 선다. 제발 소년이 문을 열어주기를. 초인종을 누른다. 아무런 반응이 없다. 두 번 세 번 초인종을 눌러보았지만 안에서 기척이 없다. 하지만 불이 켜져 있고, TV 소리도 새 나오는 걸 보면 사람이 있긴 있는 모양이다. 나는 포기하지 않고, 소년의 이름을 부르며 문을 쿵쿵 두드린다.

드디어 현관문이 열린다. 앗, 나는 하마터면 소리를 지를 뻔

했다. 현관문을 열어준 사람의 몰골이 나를 놀라게 했기 때문이다. 그는 한눈에 보기에도 병색이 완연한, 중증 뇌성마비를 앓는 여자다. 얼굴만은 앳되어 보이는 여자는 입과 턱, 그리고 사지가 심하게 뒤틀려 있다. 얼굴에는 열꽃이 피었는지 붉은 반점이 가득하다. 금방이라도 쓰러질 듯 위태로워 보이는 여자가 내게 무언가를 묻는 듯했지만 나는 서둘러 몸을 돌려 그 여자를 외면한다. 내가 잘못 찾아온 모양이구나. 소년은 분명히 가족과 떨어져서 혼자 산다고 했다. 나는 혼란스러운 마음을 좀 진정시키려고 난간을 짚고 심호흡을 한다. 주소를 적은 메모지를 다시 한 번 살펴본다. 같은 이름의 아파트가 이 동네에 또 있나? 그때 아까부터 나를 예의주시하던 아파트 경비원이 내게 다가온다. 경비원이 보기에도 내 행동이 좀 조급해 보이고 표정이 절실해 보였던 모양이다. 경비원은 누굴 찾아왔느냐고 묻는다. 나는 조금 망설이다가 소년의 이름을 댄다. 그러자 경비원이 그에 대해서, 말한다. 내가 사랑하는, 내가 알지 못한, 내가 모르는, 내가 알 수 없는 소년에 대해서.

"아, 그 그림 그리는 친구 말이죠? 그 친구는 아까 병원에 간다고 갔어요. 와이프가 많이 아파서요. 와이프 약을 타러 갔죠. 그 친구 정말 대단해요. 저렇게 사지를 못 쓰는 여잘 데리고 지금 5년째인가 살고 있거든요. 여자에게 여간 극진한 게 아니에요. 나도 옆집에 사는 사람한테 들었는데, 매일 여자의 속옷도 빨고, 밥도 해서 먹이고, 목욕도 시킨다고 해요. 그 젊고 멀쩡하고 잘생긴 친구가 그런 걸 한단 말이죠. 두 사람이 그림을 그리다가 만났다고 하는데, 그 친구가 그림을 그리면 여자가 색칠하는 걸 도와준다고 해요. 그것도 여자를 생각하는 그 친구의 배려인 셈이지. 그런데 최근에 여자가 많이 아팠어요. 운동 같은 걸 전혀 못 하고 집에만 있으니까 병이 깊어지는 게지. 그 친구가 극진하게 간호하고 있죠. 사랑도 저런 사랑이면 정말 위대하지 않아요?"

경비원의 말을 듣는 사이, 내 눈에 시나브로 눈물이 고인다. 나는 눈물방울을 떨어뜨리지 않기 위해 조심하면서 경비원의 말에 따라 고개를 끄덕인다. 소년은 끔찍하게 아픈 여자와 함께 살고 있다. 그 여자는 소년의 와이프란다. 소년은 내게는 혼자 산다고 말했다. 그런데 나는 소년이 내게 거짓말을 했다는 생각이 들지 않는다. 속았다는 생각도 들지 않고 기분도 나쁘지 않다. 우리 모두는 끔찍하게 아픈 세상과 함께 살고 있지 않은가? 소년은 내게 그렇게 말하고 있는 것만 같다. 나는 소년이 하나도 밉지 않다. 비로소 그가 술에 취해서 떠들었던 '위대한 사랑'의 말뜻을 알 것만 같다. B급 일러스트레이터일 뿐인 그가 언제나 당당하고 주눅 들지 않았던 까닭도 이제 알 것만 같다. 그는 아픈 사랑을 보듬으면서, 희생자가 갖는 정신의 힘으로 오만하고 힘센 세속의 사랑에 맞서온 것이다. 그러니, 의심할 여지 없이 소년은 내 생애 최고의 연인이다.

전무후무한 퍼스트베이스맨

진심으로 사랑하는 팬 여러분, 저는 여러분께 마지막 인사를 올리기 위해 이렇게 컴퓨터 앞에 앉았습니다. 어젯밤 잠을 설쳐서 몸은 좀 피곤하지만, 지금 인사를 드리지 못하면, 차마 마지막 발걸음을 떼기가 어려울 것 같아 이렇게 마음을 다잡았습니다. 정말 어젯밤엔 지독하게도 잠이 오지 않더군요. 그래서 못 마시는 술을 한잔 마시기도 했어요. 네, 잠을 잘 잤다면 오히려 이상한 일이겠지요. 저로선 일생일대의 중대한 결정을 내려야 하는 밤이었으니까요. 네, 지금은 괜찮습니다. 모든 걸 다 깨끗하게 정리했으니까요.

저는 프로야구 선수로서, 지난 21년 동안 내 집 마당처럼 뛰어다녔던 정든 그라운드를 떠나기로 했습니다. 제가 지금까지도 몸담고 있는 '태양을 향해 쏴라' 팀에 2차 지명 8번으로 입단했던 게 정확히 21년 전의 일입니다. 팬 여러분도 잘 아시겠지만, 저는 21년 동안 언제나 '태양을 향해 쏴라' 팀의 야구 선수였습니다. 고등학교를 갓 졸업하고 야구단에 입단했던 때가 바로 엊그제 일처럼 또렷하게 기억나네요. 기라성 같은 선배들 사이에 서서 잔뜩 주눅이 든 채로 감독님 말씀에 귀 기울이던 여드름투성이의 까까머리가 어느 사이 팀 내 최고참 선수가 되었어요. 학창 시절까지 계산에 넣는다면 저는 28년 동안 그라운드 위에 서 있었던 셈이에요. 아아, 마음을 다 비웠다고 생각했는데, 여러분께 은퇴 결심을 알리려고 하니 왠지 모르게 서러운 감정이 밀려옵니다. 정말 뭐라 표현할 수 없을 정도로 착잡한 심정입니다. 저도 모르게 깊은 한숨이 다 나오는군요.

사실 유니폼을 벗은 제 모습이 좀처럼 상상이 되질 않습니다. 붉은 태양이 그려진, 이 푸른색 유니폼을 벗게 되는 날이 오리라고는 단 한 번도 생각해본 적이 없었거든요. 팀에 대한 저의 애정은 자신의 몸에 푸른색의 피가 흐른다고 말했던 LA 다저스 전 감독 토미 라소다보다 더하면 더했지 못하지는 않을 거예요. 감히 말씀드리건대, 뉴욕 양키즈의 프랜차이즈 스타인 데릭 지터보다도, 애틀랜타 브레이브스의 치퍼 존스보다도 저는 더 제 소속 팀을 사랑했습니다. 물론 제가 죽는 날까지 이 유니폼을 입을 수 있으리라 생각한 건 아닙니다. 그런데도 정말 유니폼을 벗어야 한다고 생각하니까 마치 팔다리를 하나씩 떼어내는 것처럼 극심한 통증이 느껴지는군요. 아직 철이 덜 들어서일까요. 제 자신이 나이를 먹고 있다는 사실을 저는 잊고 있었던 모양입니다.

　네, 저도 알고 있습니다. 어쩌면 제가 너무 늦은 결정을 한 것인지도 모르겠어요. 제 나이 이제 마흔. 은퇴를 했어도 벌써 했을 나이입니다. 골든 글러브를 두 번 수상하고 플레이오프에서 MVP까지 차지했던 불세출의 유격수 유지현도 서른셋의 나이에 은퇴를 했잖아요. 그뿐인가요. 한국 야구사 최초로 5연타석 홈런을 쳐냈던 강기웅 선수나 허슬플레이로 유명했던 송구홍 선수도 한창 나이에 모두 유니폼을 벗었어요. 한국 최고의 왼손 정통파 투수였던 야생마 이상훈도 충분히 몇 년 더 뛸 수 있는 실력을 가지고 있었는데도 불구하고 음악을 하겠다고 홀연히 유니폼을 벗었지요. 네, 저도 기타라도 칠 수 있었다면 이상훈 선수처럼 진작 미련 없이 은퇴를 했을지도 모르겠어요. 하지만 제가 가진 재주란 야구공을 다루는 것 하나밖에 없으니, 어쩔 도리가 없었습니다. 말이 나왔으니 하는 말이지만, 제가 사실 앞서 은퇴한 선수들보다 실력 면에서 나을 게 뭐가 있습니까. 저는 그들에 비하면 뭐 하나 내세울 게 없는 3류 선수에 불과하죠. 그럼에도 제가 여태껏 유니폼을 계속 입을 수 있었던 것은 전적으로 팬 여러분이 변함없는 격려와 용기를 주셨기 때문입니다. 그리고 저를 믿고 계속 출전 기회를 주신 감독님의 배려도 큰 힘이 되었지요. 저에게 늘 우호적이었던 야구 담당 기자들에게도 고맙다는 말을 전하고 싶군요. 아무렴요, 모든 것이 정말 눈물겨울 정도로 고마운 일이지요. 정말이지 보잘것없는 재능을 타고났으면서도 21년 동안 프로야구 선수로 뛸 수 있었던 건 분에 넘치는 행운이라는 말로밖에는 달리 표현할 길이 없네요. 하지만 어떨 때는 저 역시 마음이 약해져서 야구를 그만두고 싶을 때가 있었어요. 경기가 끝나고 숙소에서 인터넷에 들어가 팬들의 반응을 살필 때, 정말이지 악의에 차서 비난하는 댓글들을 보면 참을성이 어지간한 저도 얼굴이 붉어질 만큼 상처를 받고는 했죠. 제가 기억하는 것 중에 이런 댓글이 있었어요. 제가 병살타 두 개를 쳐서 결정적으로 우리 팀이 이길 수 있었던 기회를 날려버린 게임을 치르고 며칠이 지났을 때였을 거예요. 어떤 분이 우리 구단 홈페이지에 이런 댓글을 달아주셨더군요. 우리 집에서 기르는 똥개에게 야구 배트를 들려줘도 그치보다는 낫겠다는. 그날은 정말 너무나 울적하고 속이 상해서 늦게까지 소주를 마시며 눈물을 흘렸죠. 정말 야구를 선택한 것이 후회스럽더라구요. 차라리 기술이나 배워둘 것을. 아, 지금 제가 별소릴 다 하는군요. 네 네, 원망하려는 건 아니에요. 얼마나 저희 팀을 사랑하셨으면, 그리고 얼마나 저에게 기대를 하셨으면 그런 비난을 하셨겠어요. 네, 어쨌든 저는 비교적 행복한 야구 선수였다고 생각합니다.

제가 지금 팬 여러분께 다소 송구스럽게 생각하는 것은 아직 시즌이 끝나지 않은 상황에서 은퇴를 결심했다는 것입니다. 시즌이 끝나려면 20게임 정도가 남은 시점에서 은퇴 결정을 할 수밖에 없었던 제 입장도 무척 신산하고 괴로웠습니다. 저의 이 결정이 혹여 팀 후배들의 사기를 떨어뜨리지나 않을까 무척 걱정되는 것도 사실입니다. 뭐, 3년 후배인 태용이가 잘 이끌어주리라 생각하지만, 때로는 형처럼 때론 삼촌처럼 저를 따랐던 어린 선수들이 혹여나 동요하면 우리 팀의 올해 목표인 승률 4할 달성에 차질이 빚어지지 않을까 걱정되는군요. 아, 올해 우리 팀의 목표가 승률 4할 달성이라고 하면 혹여 웃을 사람도 있겠지만, 우리 팀으로서는 참으로 절실한 꿈이지요. 서글프긴 하지만 열 번 중에 네 번은 이기는 것, 그것은 지는 것에 익숙한 우리 팀 선수들이 가질 수 있는 자존심의 최대치입니다. 비록 저는 떠나지만 그 자존심을 지키기 위해서라도 우리 팀 선수들이 아무런 동요 없이 경기에만 집중할 수 있으면 좋겠습니다. 당장 내일부터 지금 탈꼴찌 경쟁을 벌이고 있는 '악마의 계곡' 팀과 중요한 3연전이 벌어지잖아요. 이번 3연전은 무조건 다 잡아야 합니다. 저의 이 바람을 꼭 후배들에게 전해주시기 바랍니다. 팬 여러분들도 성원 많이 해주시구요. 다행히도 요즘 장호가 잘 던져주고 있으니 기대를 해볼 만하죠. 그리고 믿음직스러운 우리 팀 1번 타자 종국이의 방망이도 최근에는 감이 좋으니까요,

충분히 해볼 만하죠.

  팬 여러분께 말씀드리기 부끄럽습니다만, 저의 작년 타율은 고작 2할 1푼 8리였어요. 안타는 88개를 쳐냈죠. 올해는 작년보다는 좀 나아지긴 했지만 2할 3푼에도 못 미치고 있어요. 정확히 말씀드리면…… 네, 야구 팬들은 정확한 데이터를 좋아하시니까요. 바로 어제까지 저는 412타수 92안타를 기록하고 있어요. 더욱이 지난달부터는 방망이의 감을 잃어버려서 열다섯 경기에서 안타를 다섯 개밖에 때려내지 못했습니다. 팀의 중심 타선을 맡고 있으면서도 시즌이 거의 막판에 다다른 현재까지 타점은 고작 43점입니다. 홈런은 열두 개를 치고 있지요. 다른 팀 4번 타자들이 보통 100점 가까운 타점에 서른 개 이상씩의 홈런을 쳐내고 있는 것에 비하면 저의 타격 기록은 참말로 한심한 기록임에 틀림없습니다. 그 어느 것 하나, 내세울 만한 것이 없네요. 죄송하고 부끄럽습니다. 동계훈련을 게을리 한 것도 아니고 웨이트 트레이닝을 소홀히 한 것도 아닌데, 결과가 이렇게 나오니 저로서도 한계를 느낍니다. 사실 제가 훈련을 열심히 하는 건 팬 여러분도 인정하시는 거잖아요. 스포츠 신문에도 몇 번 소개된 적이 있었어요. 연습을 성실히 하는 선수의 표본으로 말이죠. 경기가 다 끝나도 저는 집으로 돌아가지 않고 저 혼자 보조 연습장에 나가서 스윙을 300번씩 하곤 했어요. 원정 경기가 있는 날이면 숙소의 옥상에 올라가 배트를 휘둘렀지요. 하지만 아무리 연습을 해도 좀처럼 타격이 나아지지 않을 때는 정말 절망스럽기 짝이 없었습니다. 타고난 재능이 이것밖에 안 되나 하고 독한 회의가 들 때도 있어요. 참, 독한 회의는 지식을 구하지 못하고,라고 썼던 시인이 누구죠?

사실 한결같은 격려를 해주시는 팬 여러분께 실망을 끼쳐드린 점은 송구스럽기 짝이 없지만 최근 저의 부진한 성적을 놓고 가장 실망한 사람은 다른 누구도 아닌 바로 저 자신입니다. 저는 저 자신한테 너무나 큰 실망을 했어요. 속상한 마음이야 이루 표현할 수가 없네요. 네, 나이를 속일 수는 없나 봅니다. 제가 홈런 32개를 치고, 2할 9푼 3리의 타율과 102타점을 기록해서 생애 처음이자 마지막으로 골든 글러브를 수상했던 때의 나이가 스물여섯이었어요. 그해는 황송하게도 MVP 후보로까지 거론이 되었지요. 물론 그해의 MVP는 이론의 여지없이 21승을 기록하고 방어율과 탈삼진까지 세 개의 타이틀을 동시에 거머쥔 신동옥 선수가 차지했죠. 아무튼 저로서도 그해는 잊을 수가 없네요. 정말 그해는 다른 선수 말마따나 야구공이 수박만 하게 보였지요. 타순이 돌아오는 게 그렇게 즐거울 수가 없었어요. 어떤 공이든 못 때려낼 게 없었으니까요. 언터처블이라고 불리는 신동옥 선수의 공도 정확히 받아쳐 홈런을 만들어냈던 것을 여러분 중에도 기억하시는 분이 계실 거예요. 신동옥 선수는 정말 불세출의 명투수였죠. 그는 1년에 홈런을 서너 개 정도밖에 허용 안 하는 선수였어요. 그런데 제가 그런 선수로부터 홈런을 뽑아냈던 거죠. 그날은 제 얼굴이 스포츠 신문의 1면을 장식하기도 했어요. 홈런과 타율도 좋았지만 그해 제가 올린 기록 중에서 개인적으로 가장 자랑스럽게 생각하는 것은 바로 타점입니다. 사실 제가 프로야구단에 입단하면서 개인적으로 가졌던 소망은 아주 소박한 것이었습니다. 그것은 바로 팀에 보탬이 되는 선수가 되자라는 것이었죠. 저는 스타가 되고 싶은 생각도 없었고, 개인적인 타이틀에도 관심이 없었어요. 어찌 됐건 우리 팀에 도움이 되는 선수로 존재하고 싶었죠. 그래서 제가 내심 아무도 몰래 욕심을 냈던 것이 바로 타점이에요. 타점이야말로 팀에 가장 보탬이 되는 성적이니 당연히 타점을 많이 올려야겠다고 생각했죠. 그러면서 저는 단 한 번이라도 좋으니 정규 시즌 100타점을 넘겨봐야겠다는 꿈을 품게 되었어요. 저는 아무리 안타를 많이 쳐서 높은 타율을 기록하고 홈런을 펑펑 쳐내도 타점이 많지 않은 선수는 좋은 선수가 아니라고 생각합니다. 찬스에 강한 선수, 팀이 필요로 하는 희생타를 날리는 선수, 그런 선수가 정말 위대한 선수라고 생각하지요. 제가 할 말은 아닙니다만 개인 기록에만 치중해서 몸값 흥정을 하며 높은 연봉만 받아내는 선수는 사실 우리 프로야구의 발전을 저해하는 독 같은 존재라고 생각합니다. 그에게 돌아가는 높은 연봉 때문에 샐러리캡에 묶여 다른 선수들은 헐값의 연봉을 받게 되잖아요. 아무튼 그해, 정규 시즌에서 마지막 한 경기를 남겨놓았을 때 제가 기록한 타점은 98타점이었어요. 마지막 경기에서 2타점을 올려야 100타점을 채울 수 있었죠. 하지만 한 경기에서 2타점을 올리는 것이 어디 쉬운 일입니까. 하지만 그날 운이 좋았는지, 8회말 저에게 기회가 왔어요. 제 앞에 나온 타자들이 상대 야수들의 실책으로 모두 살아 나갔죠. 한 명은 포볼을 골랐구요. 그래서 제 타석에서 만루가 되었습니다. 안타 한 방이면 100타점을 채울 수 있는 기회가 왔던 거예요. 하지만 팬 여러분, 기억하십니까. 저는 주자들이 베이스를 가득 채우고 있는 그 상황에서 투수가 저에게 던진 두번째 공을 받아쳐서 좌측 펜스를 넘겨버리고 말았어요. 한 방에 4타점을 올린 거죠. 저는 지금도 그때 저에게 홈런을 맞은 투수 이름을 분명히 기억하고 있습니다. 바로 한차현 선수였죠. 지금도 그에게 참 미안하게 생각합니다. 어쨌든 그 홈런 한 방으로 저는 100타점을 넘긴 것은 물론, 지고 있던 경기를 단숨에 역전시킬 수 있었어요. 그때의 환희란 말로 표현할 수가 없어요. 그라운드를 돌면서 태어나서 처음으로 야구하길 정말 잘했구나라는 생각이 들었죠. 아, 그때 팬 여러분이 저에게 보내주던 환호가 지금도 귀에 들리는 듯하네요. 아아, 제가 쓸데없이 말이 길어졌습니다. 아무튼 그 경기는 제가 생각해도 정말 대단했어요. 하지만 그해의 영광은 그 후로는 다시는 재현되지 못했습니다. 단 한 번도 30홈런을 쳐보지 못했고, 100타점을 넘겨본 적도 없어요. 그러면서 연봉은 꼬박꼬박 받아먹었죠. 네, 어쩌면 오늘의 은퇴 결정은 확실히 늦은 감이 있습니다. 우리 팀의 감독님이 그동안 배려를 해주시지 않았다면 제가 어떻게 경기에 출장이나 할 수 있었겠습니까. 그 점에 대해서는 정말 이 자리를 빌려 감독님께 고맙다는 말씀을 드리고 싶습니다.

이미 은퇴하기로 결정한 마당에 팬 여러분께 드리지 않아도 될 말씀인지는 모르지만, 저는 사실 지금도 감독님이 저에게 1루를 맡겨주신다면 단 1년이라도 더 선수로 뛰고 싶습니다. 네, 저는 영원한 1루수이고 싶었습니다. 제가 이 나이까지 유니폼을 계속 입고자 했던 것은 1루를 지키는 일이 너무나 자랑스러웠기 때문이었습니다. 저는 4번 타자가 아니어도 괜찮습니다. 8번이나 9번을 쳐도 아무런 상관이 없습니다. 심지어는 대타로 경기에 나서도 상관없습니다. 하지만 수비 위치만큼은 1루를 지키고 싶었습니다. 그것이 저의 바람이었습니다. 아마 팬 여러분 중에도 제가 얼마나 1루에 애착을 가지고 있는지 잘 아시는 분들이 계실 거예요. 네 네, 그건 우리 팀 감독님도 잘 알고 계시죠. 비록 제 공격력은 기복이 심하지만, 수비 실력만큼은 다른 팀 코치들도 인정한다고 생각합니다. 현재까지 제가 기록한 실책은 세 개에 불과합니다. 기록이 저의 수비 능력을 그대로 증명해주고 있는 셈이지요. 그런데 한 달 전쯤 우리 팀 감독님이 저를 은밀히 부르시는 것이었어요. '죽도록 사랑해' 팀과의 원정 경기를 마친 직후였는데, 어디 나가서 술이나 한잔하자고 하시더군요. 평소 술을 좋아하시는 감독님이었지만 시리즈 중에, 그것도 원정 시리즈 중에 둘이서 술을 마시자고 하니, 저는 좀 불안해지기 시작했죠. 네, 저는 불안한 예감을 가지고 있었습니다. 아무튼 그날 저녁 시내로 나가 일식집에서 감독님과 마주 앉았어요. 그 자리에서 감독님이 말씀하시더군요. 제 눈을 슬그머니 피하면서 말이에요. "자네, 이제 체력도 생각해야 하니 수비는 그만두게." 저는 둔기로 뒤통수를 얻어맞은 것과 같은 충격을 받았어요. 설마설마했는데, 결국 저에게 1루수 자리를 내놓으라는 이야기였던 것이지요. 물론 라인업과 포지션을 구성하는 것은 감독님의 고유 권한이에요. 어떤 선수의 플레이가 마음에 들지 않으면 가타부타 말할 것 없이 경기 전 라인업에서 그 선수를 빼버리면 그만이거든요. 그런데 감독님은 어쨌건 팀내 최고참인 저를 존중하기 위해 그러셨는지 따로 불러 미리 언질을 주셨던 것이지요. 하지만 서운한 마음이 드는 건 어쩔 수 없었습니다. 제가 1루를 얼마나 사랑하는지, 1루 수비에 얼마나 큰 자부심을 가지고 있는지 너무나 잘 알고 계시는 감독님이 저에게 1루 수비를 그만두라는 말씀을 하시다니…… 아아. 그날 감독님은 분명하게 말씀하셨죠. 1루 수비를 이제 그만 다른 친구에게 맡기고 저에게 지명타자로 경기에 나서라고 말이에요. 감독님한테는 죄송한 말씀이지만 그것은 저로서는 도저히 받아들일 수 없는 가혹한 결정이었습니다. 지금 제가 팬 여러분께 저의 진심을 걸고 말씀드립니다만, 저는 1루를 지키고 있을 때가 가장 행복했습니다. 1루에서 수비를 할 때 제가 살아 있다는 생각이 든단 말입니다. 제가 야구 선수라는 생각이 들 때도 다름 아닌 1루 수비를 보고 있을 때예요. 여러분도 잘 아시지 않나요? 1루 수비를 보면서 제가 얼마나 행복한 표정을 짓고 있는지, 제가 얼마나 자주 웃는지 말이에요. 1루수라는 게 무언가요? 1루수의 다른 이름은 '퍼스트베이스맨'입니다. 말 그대로 첫번째 베이스를 지키는 사람이라는 거죠. 저는 퍼스트베이스맨이라는 이름을 늘 자랑스럽게 생각했습니다. 퍼스트베이스맨의 퍼스트가 바로 저의 명예라고 생각했죠. 모르긴 해도, 제가 아마 우익수나 2루수였다면 일찌감치 야구에 흥미를 잃고 그만뒀을지도 몰라요.

팬 여러분, 제가 1루라는 포지션을 왜 이토록 좋아하는지, 왜 이토록 애착을 가지는지 그 이유를 좀 구체적으로 말씀드려볼까요? 네, 그 이유를 설명하는 건 너무나 명료하고 확신에 차 있는 것이기 때문에 그리 어려운 일이 아닙니다. 제가 1루를 사랑하는 이유는 1루가 야구에서 가장 중요한 포지션이라고 믿기 때문입니다. 네 네, 물론 야구는 투수 놀음이라는 말이 있다는 것을 저도 알고 있어요. 투수가 선수들 중에서 가장 스포트라이트를 많이 받는 것도 지극히 상식적인 일이죠. 보통의 수비수들을 투수와 구분하기 위해 '야수'라고 표현하는 것만 봐도 야구에서 투수가 매우 중요한 존재인 것만은 틀림없는 사실입니다.

네, 그건 저도 인정합니다. 투수는 그렇다 치고 야수 중에서도 사실은 유격수가 가장 각광을 받는다는 것도 저는 모르지 않습니다. 유격수라는 포지션은 타구가 가장 많이 날아가는 곳이고 플레이 자체가 언제나 화려하니까요. 하지만, 저는 1루수야말로 야구의 가장 근간이 되는 포지션이라고 확신한답니다. 네, 저는 투수보다도 유격수보다도 야구에서 가장 중요한 포지션은 1루라고 굳게 믿고 있습니다. 이건 단순한 고집이 아니라 근거가 있는 얘기예요. 자, 제 얘기를 좀 들어보세요. 누구나가 아는 것처럼 1루수는 모든 수비가 최종적으로 지향하는 아웃카운트를 결정짓는 야수잖아요. 경기에서 타자가 땅볼을 쳤을 경우엔 예외 없이 내야수가 볼을 잡아 1루수에게 송구해야 비로소 아웃이 인정되잖아요. 그것만 봐도 1루가 가장 중요한 포지션이라는 건 의심할 여지가 없는 것입니다. 한없이 단순화시켜 말하면, 야구란 기본적으로 타자와 공 중 무엇이 먼저 1루에 닿느냐의 여부에 따라 내용이 결정되는 경기 아닌가요. 물론 야구에서 1루수에게 송구를 하지 않고도 아웃이 인정되는 경우는 많습니다. 네, 그건 저도 잘 알고 있습니다. 예를 들면 3루수 라인드라이브나, 우익수 플라이, 포수 파울 플라이, 스트라이크 아웃, 그리고 선행주자가 2루나 3루에서 아웃되는 경우 등이 모두 그 경우에 속하겠지요. 하지만 제가 생각할 때 타자가 친 땅볼을 내야수가 잡아서 1루수에게 송구해서 아웃시키는 장면만큼 야구에서 아름다운 장면은 없습니다. 그런데 많은 사람들은 이 장면이 가지고 있는 아름다움을 알지 못하더군요. 타자는 자신이 방망이로 쳐낸 공보다 1루에 먼저 닿기 위해 경합을 벌이며 뛰어가야 하고, 야수는 공을 캐치해서 타자보다 빨리 1루수에게 던져야 하는 이 아슬아슬한 곡예. 제가 생각할 때 이 단순함의 미학은 9회 말 투아웃 이후에 나온 역전 만루 홈런에 비견될 만큼 극적이고 아름다운 것입니다.

꼴찌를 면하지 못하고 있는 우리 팀을 꾸준히 사랑해주실 정도로 야구에 애정을 갖고 계시는 팬 여러분들은 모두 알고 계시겠지만 1루수는 전광판에 숫자 '3'으로 간명하게 표시됩니다. 캐스터들이 보통 경기 중계를 할 때 병살 플레이를 설명하면서 4−6−3으로 이어지는 더블플레이라고 말하는 경우가 있는데, 이때 마지막 숫자 3은 1루수를 지칭하는 것이지요. '4−6−3플레이'는 타자가 친 타구를 야수가 받아서 병살 플레이를 처리하면서 최종적으로 1루수에게 공이 전달되면서 완료되었음을 뜻하는 것입니다. 4는 2루수, 6은 유격수죠. 투수가 1번이고 포수가 2번입니다. 이처럼 야구에서는 각 포지션을 의미하는 숫자가 정해져 있는데, 이것은 야구 마니아가 아니고서는 모르는 사람이 많습니다. 제가 1루를 맡았기 때문만은 아닌데, 저는 3이라는 숫자를 유독 좋아합니다. 물론, 그렇기 때문에 하루에 식사를 세 번 하고, 세수와 양치를 꼭 세 번씩 하는 건 아니에요. 제가 아내와 결혼식을 올렸던 달도 3월이고, 아이 셋을 둔 것은 어쩌면 1루수인 저에게는 운명적인 일이 아니겠는가 정도로 생각하는 것이지요. 하지만 제가 3이라는 숫자를 유독 좋아하는 것은 야구 선수, 특히 타자라면 누구나 한 번쯤은 욕심낼 3할 타율에 대한 꿈이 있기 때문입니다. 하지만 참으로 한심하게도 저는 프로야구 선수가 된 이후 단 한 번도 3할을 쳐내지 못했어요. 가장 좋았던 타율은 데뷔하고 7년 만에 기록했던 2할 9푼 3리였지요. 네 네, 102타점을 기록했던 그해의 타율 말이에요. 어떤 선수들은 은퇴할 당시의 통산 타율이 3할을 넘기도 하는데, 제게 3할 타율은 정말로 꿈일 수밖에 없는 요원한 희망인 모양입니다. 인생이 언제나 마음먹은 대로 될 수 있는 것은 아니지만, 그리고 저는 그 말을 믿으며 안분지족하고 있지만, 마음먹은 대로 홈런을 쳐내고 안타를 쳐내는 선수들을 보면, 제가 보고 있는 사실이 정말 사실인지 헷갈릴 때도 있습니다. 한 경기에 홈런을 세 개나 기록하고 안타를 다섯 개나 쳐내는 선수들을 보면, 신은 참 불공평하다는 생각이 들기도 하지요. 어느 해인가, 지독하게도 운이 따르지 않을 때, 한 달 동안 제가 때려낸 안타가 고작 다섯 개인 경우도 있었어요. 제가 저의 기록 중 가장 부끄럽게 생각하는 36타석 연속 무안타 기록도 그때 작성된 것이지요. 그 기록은 강민구 선수가 기록하고 있는 8연타석 연속 삼진과 더불어 우리나라 프로야구의 가장 불명예스러운 기록일 거예요. 제가 그 불명예스러운 기록을 이어가고 있을 때 만약 저를 대신해서 1루를 지킬 마땅한 선수가 있었다면 저는 그 수

모스러운 기록을 이어나가지 않아도 됐을 것입니다.

방금 예를 든 것처럼 홈런을 한 경기에 세 개나 때려낼 수 있는 선수와 안타를 다섯 개나 기록할 수 있는 선수는 모두 우리 팀 밖에 있습니다. 네, 팬 여러분들에게도 그 점이 몹시 아쉽겠지요. 한 경기에 홈런을 세 개 때려내고, 안타를 다섯 개나 치는 선수들이 모두 우리 팀이 아닌 다른 팀에 있다는 사실은 참으로 불행한 일이 아닐 수 없어요. 저 같은 퇴물 선수가 1루 베이스를 지키는 것만 봐도 알 수 있겠지만 우리 팀은 만성적으로 심각한 재정난, 엷은 선수층에 고통을 겪고 있는 만년 하위 팀입니다. 감독님과 코치들의 헌신적인 지도에도 불구하고 우리 팀은 작년에도 꼴찌를 했습니다. 우리 팀 선수 중에 꼴찌를 하고 싶은 사람은 아무도 없어요. 하지만, 제가 적을 두고 있는 '태양을 향해 쏴라' 팀은 이상하게도 지난 5년 동안 꼴찌를 도맡아 했습니다. 어느 날, 지금은 돌아가신 전임 감독님께서 세상에서 가장 슬픈 농담을 하셨지요. 그 감독님을 생각하면 지금도 마음이 숙연해집니다. 그날도 아마 대패를 했던 날일 거예요. 감독님은 라커룸에 선수들을 집합시키더니 감독 사물함에서 소주를 꺼내 병나발을 부시고는 이렇게 말씀하셨어요. "난 오늘에서야 비로소 알았어. 꼴찌를 면하기 위해서 우리가 해야 하는 가장 현명한 일은 열심히 연습하는 것이 아니라 소속 팀을 바꾸는 것이라고." 아, 그토록 슬픈 농담을 했던 술주정뱅이 전임 감독님은 작년에 간암으로 돌아가셨지요. 살아 계실 때 꼴찌를 면하는 모습을 보여드리고 싶었는데.

이야기가 잠시 다른 데로 샜는데요, 제가 생각할 때 야구는 물론 승자와 패자가 갈리는 스포츠이고 엄밀한 데이터로 선수들의 능력이 평가되는 스포츠이긴 하지만, 그 어떤 운동 경기보다도 휴머니즘을 지향하고 있다고 생각합니다. 한마디로 야구란 위대하고 기품 있는 인간의 운동인 셈이지요. 야구 선수는 1루에 살아 나가서 홈으로 귀환해야 하는 임무를 띠고 있잖아요. 필드에 나가서 살아서 귀환해야 한다는 것. 동료들이 필드에 나간 선수를 불러들여야 한다는 것. 진루타를 치거나 포볼을 골라서 그를 엄호해야 한다는 것. 때론 홈런을 쳐서 안전하게 함께 귀환한다는 것. 이 얼마나 인간적이고 휴머니즘적입니까. 타자는 자신이 때린 공보다 빨리 1루에 닿아야 살 수 있습니다. 공을 때려내고 공과 함께 달려나가는 것이지요. 그것은 정직한 인간이 자신이 가진 능력으로 살기 위해 안간힘을 쓰는 일과 같다고 생각한답니다. 아까 제가 1루수의 매혹에 대해서 이야기를 하다 말았는데, 1루수의 매력은 다른 데서도 찾을 수 있습니다. 그것은 홈경기 때 여러분과 같은 열렬한 팬들과 가장 가까운 거리에서 경기를 할 수 있다는 것이지요. 그 어떤 포지션보다도 홈팬 여러분의 격려를 가까이에서 들을 수 있는 포지션이 바로 1루라는 거예요. 저는 팬 여러분의 격려와 칭찬을 들으면 눈물이 솟아날 정도로 감격스러워요. 특히, 14대 0이라는 참담한 스코어로 지고 있던 어느 날 시합에서 어떤 팬이 목이 터져라 외치며 저에게 이런 말을 했던 것을 기억하고 있습니다. "끝까지 포기하지 말아요. 우리 1루수가 모든 1루수 중에 최고예요." 나는 그때 눈물이 줄줄 흐르는 것을 참을 수 없었어요. 모든 1루수 중에 우리 1루수가 최고라니. 아아, 그날의 감격은 정말 죽는 날까지 잊을 수 없을 거예요. 제가 그라운드에서 눈물을 주르륵 흘리자, 간암으로 돌아가신 전임 감독님이 정신 차려 이 친구야라고 덕아웃에서 큰 소리로 외치기도 하셨죠. 혹, 여러분 중에 그날 경기를 직접 야구장에서 보신 분이 계시다면 기억하실 거예요. 경기에서 상대 타자가 번개처럼 배트를 휘둘러 제 키를 넘어갈 듯한 강력한 라인드라이브성 타구를 날렸을 때, 제가 한마리 매처럼 뛰어올라 그 공을 잡아냈던 것을. 제가 큰 점수 차로 지고 있음에도 불구하고 그런 플레이를 할 수 있었던 건 단연코 그 홈팬의 격려의 힘 때문이었어요. 그날의 제 수비는 이후에도 스포츠 방송의 진기명기 시간에 단골로 리플레이 되고는 했죠. 저 자신도 그날의 그 타구를 잡아낸 포구가 제가 했던 수비 중에 가장 멋있었던 수비라고 생각한답니다. 비록 그날 게임은 16대 1로 졌지만 말이에요.

아, 이제 제가 1루수에 애착을 가지고 있는 가장 결정적인 이유를 말씀드려야겠네요. 네 네, 사실은 지금부터 제가 하는 이야기 속에 제가 1루를 열렬하게 사랑하는 가장 근본적인 이유가 들어 있답니다. 1루수가 야구의 모든 포지션에서 가장 근간이 되고, 홈팬들과 가장 가까운 거리에서 경기를 할 수 있는 포지션이라는 이유도 사실은 지금 제가 설명드리려는 이유에 비하면 참으로 소박한 것에 불과하답니다. 자, 제 이야기에 귀를 기울여보세요. 1루수는 말입니다. 야구에서 대화를 나눌 수 있는 유일한 포지션입니다. 네, 여러분은 제가 지금 무슨 이야기를 하는 건지 잘 모르실 거예요. 좀더 구체적으로 말씀드릴게요. 1루수는 1루에 진출한 상대 팀 선수와 대화를 나누는 것이 가능한 포지션이라는 것입니다. 아시다시피 상대 타자가 1루에 진출하면, 다음 타자에게서 진루타가 나오지 않는 한은 계속 1루에 붙어 있어야 합니다. 1루수에겐 바로 그때가 그와 대화를 나눌 수 있는 기회가 주어지는 시간이죠. 승부의 세계에서 경쟁하고 있는 상대 팀 타자와 대화를 나눈다는 것, 그것이 얼마나 매혹적이고 인간적인 것인지를 이해하지 못하는 사람도 있겠지만, 저는 21년 동안 1루수를 맡아오면서 그 사실을 분명히 깨달았고 그것에서 무한한 매력과 매혹을 느꼈습니다. 안타를 치건, 포볼을 고르건, 아니면 유독 제구력이 좋지 않은 투수에게서 몸에 맞는 볼을 얻어 출루를 하건 상대 팀 선수가 1루에 오면 저는 아무도 몰래 회심의 미소를 짓고는 했어요. 자못 설레는 기분까지 느꼈죠. 물론 그와 대화를 나눌 수 있다는 기대감 때문이었지요. 특히 그 선수가 갓 데뷔한 신인처럼 제가 잘 모르는 선수일 때는 더욱 가슴이 두근거렸죠. 고백하자면 저는 1루에서 상대 선수와 나누는 대화를 사랑했습니다. 상대 타자가 1루에 진출하면 저는 다른 1루수들과 마찬가지로 누상에 주자가 없을 때보다 베이스에 바짝 붙어서 수비를 해야 합니다. 투수의 견제구도 받아야 하고 또 선상을 타고 빠져나가는 장타성 타구에 대비해야 하니까요. 그건 1루 수비의 기본 매뉴얼이죠. 때문에 더더욱 상대 팀 선수에게 가까이 다가갈 수 있는 것이에요.

여러분들도 잘 아시겠지만 다른 팀 선수들은 우리 팀과 경기를 할 때 유독 출루를 많이 하게 됩니다. 아닌 게 아니라 다른 팀 선수들은 우리 팀과 경기를 앞두고 있으면 타율과 출루율을 높일 수 있는 절호의 기회라고 생각하는 것 같아요. 사실 그렇게 생각하는 것도 무리는 아닙니다. 우리 팀의 평균 방어율은 7.8이니까요. 9이닝을 정규 이닝으로 가정할 때 한 경기에 평균 8점 가까운 실점을 한다는 것이죠. 제 기억에 우리 팀이 한 경기에서 열 개 이하의 안타를 맞아본 게 언제인지 기억도 나지 않습니다. 아, 우리 팀 투수들을 폄하하거나 원망할 생각은 추호도 없습니다. 그들로서도 최선을 다했지만 결과적으로 상대 팀 타자들이 더 훌륭했던 것뿐이니까요. 정말이지 우리의 홈구장 1루 베이스는 상대 팀 선수들의 야구화에 닳을 정도입니다. 팬 여러분은 상대 팀 선수가 쉴 새 없이 1루에 진루하면 실망을 금치 못하시겠지만 저는 오히려 신이 났어요. 왜냐하면 이제 외롭지 않겠구나라는 생각이 들기 때문입니다. 사실, 모든 운동 선수는 그라운드에서 외롭습니다. 격렬하게 몸을 움직이면 움직일수록 고독의 농도는 진해집니다. 저 역시 예외는 아니지요. 그런데 그런 와중에 경쟁하고 있는 상대 팀 선수와 대화를 나눌 수 있다는 건 참으로 어지간한 위로가 되는 셈이지요. 참, 노파심에서 드리는 말씀인데 제가 1루에 진출한 상대 팀 선수와 대화를 나누는 것을 무슨 기벽이라든가, 습관 따위로 이해하시면 곤란합니다. 제가 아까 휴머니즘이라는 말을 했었는데요. 제가 상대 팀 선수와 경기 중에 대화를 나누는 것은 철저하게 휴머니즘에 입각한 행동이거든요. 저는 휴머니즘의 씨앗이 모든 야구 선수의 마음속에 들어 있다고 생각해요. 하지만 그 씨앗을 발아시켜서 열매로 키우는 사람은 흔하지 않죠. 경쟁과 규율, 성적이 그걸 가로막으니까요. 하지만 야구는 의심할 여지가 없는 휴머니즘의 경기입니다. 인간적인 경기지요. 야구는 나눔과 도움의 경기입니다. 대타와 대수비, 대주루처럼 상황이나 경우에 따라 언제든지 역할을 나누고 도울 수 있는 스포츠는 야구밖에 없습니다. 휴머니즘이란 것……, 제가 다시 한 번 강조하는 건데요. 휴머니즘의 정수는 바로 상대를 돕는 것이에요. 어려운 처지에 있는 선수를 인류애로서 돕는 것, 그것이 야구가 가르치는 휴머니즘이죠. 저는 그렇게 확신합니다. 저는 상대 팀 선수에게 이 휴머니즘을 실천하고 싶었어요. 과연, 야구는 제가 생각하는 휴머니즘을 전폭적으로 허용하는 인간적인 경기였지요. 그런데 경기 중에 어떻게 나누고 무얼 도울 수 있냐구요? 네, 그건 간단해요. 제가 누굽니까, 퍼스트베이스맨 아닙니까? 퍼스트베이스맨이 상대 팀 선수들과 가장 많은 대화를 나눌 수 있는 포지션이라는 건 앞에서도 말씀드렸죠? 저는 일단 상대 팀 선수가 1루에 진출하면 그와 마음을 열고 진실한 대화를 나누기 위해 애를 씁니다. 물론 경기에도 집중하면서 말이죠. 그렇게 몇 마디 나눠보면 그가 어떤 선수인지, 그의 형편이나 처지는 어떤지, 어떤 꿈을 가지고 있는지, 고민은 무엇인지, 상처는 무엇인지 깨닫게 됩니다. 제가 진심으로 말을 건네면 그쪽에서도 진심으로 대답을 해오니까요. 저는 그 대화를 통해 그 선수를 이해하게 되고 그를 도와야겠다는 생각을 하게 됩니다. 물론 제가 모든 선수를 다 돕는 건 아니에요. 도움이 필요한 상대만 돕는 거지요. 그 대상은 지극히 한정되어 있습니다. 마음이 착한 선수, 가난한 선수, 아직 야구판에 적응하지 못한 신인 선수, 부진에서 허덕이는 선수 등이 제가 돕는 대상입니다. 저는 그들에게 우리 팀의 전략이나 전술, 투수들의 주무기 같은 것들을 알려줬어요. 그건 사실 도의적으로든 윤리적으로든 하지 말아야 할 행동이긴 하지만, 저는 선수가 인간보다 앞설 수는 없다고 생각했어요. 네, 저로서는 어쩔 수가 없었습니다. 그것이 제가 믿는 야구의 휴머니즘이었으니까요.

네, 여러분들은 저를 비난하실지 모르겠습니다만, 저는 아무도 몰래 그렇게 했습니다. 가끔 1루 심판이 이 선수 왜 이러나 하고 이상한 눈빛을 주고는 했지만 개의치 않았어요. 저는 상대 팀 선수 중에 기록이 시원치 않고 부진에 허덕이는 선수가 1루에 나오면, 우리 팀의 수비 전략을 구체적으로 알려주었습니다. 투수의 주무기라든가, 다음에 던질 공의 구질, 특이한 버릇, 사인의 의미 같은 거 말이에요. 그리고 도루를 적극적으로 권하기도 했어요. 저도 도루를 해봐서 알지만 도루란 타이밍을 뺏는 것이 관건이거든요. 요행을 바라고 무조건 달리는 게 아니에요. 사실 사람이 공보다 빠를 수는 없잖아요. 하지만 투수의 타이밍을 빼앗으면 도루는 사실 식은 죽 먹기보다 쉽죠. 저는 상대 팀 선수에게 그 타이밍을 알려줬어요. 언제쯤 뛰면 성공할 수 있는지를 정확히 알려주었죠. 네, 이야기가 이렇게 된 김에 다 털어놓을게요. 재작년, 프로 2년차의 신인 신분으로 67개의 도루를 기록해서 도루왕을 차지했던 박진성 선수 있잖아요. 그해 신인왕을 먹었죠. 아마 세심한 분들은 그가 기록한 67개의 도루 중에 우리 팀과의 경기에서 기록한 게 다른 팀과의 경기에서 기록한 도루 수보다 훨씬 많은 24개인 걸 알고 있을 거예요. 그거 모두 제가 도와준 겁니다. 언제 뛰면 성공 확률이 높을지 귀띔을 해줬지요. 저는 그를 돕지 않을 수 없었어요. 시즌 초반, 어렵사리 1루에 진루한 그와 몇 차례 대화를 나눠보니까, 그의 가정 형편이 무척 어렵다는 걸 알게 됐어요. 아버지는 뇌졸중으로 식물인간 상태이고 수산시장에서 국밥 장사를 하던 어머니마저 교통사고를 당해 더 이상 일을 할 수 없는 상태였죠. 거기다가 여동생 둘은 학교를 중퇴하고 가출한 상태라고 했어요. 박진성 선수는 막 2군에서 올라온 선수였고 연습생 신분으로 변변치 못한 월급을 받고 있었어요. 이 모든 것을 경기 중 대화를 통해서 알게 되었죠. 저는 그를 도와주어야 한다고 생각했어요. 결국 저의 도움을 받고 도루를 몇 번 성공하자 자신감이 생겼는지, 다른 팀과의 경기에서도 곧잘 도루를 하더군요. 타격도 좋아졌구요. 그에겐 자신감이 생겼던 거예요. 그는 올해도 맹활약을 하고 있죠. 제가 훌륭한 야구 선수로 성장하는 그를 보면서 얼마나 기뻤는지, 그 희열을 아마 여러분들은 짐작하기 어려우실 거예요. 박진성 선수뿐 아니라, 현재 홈런 더비 3위를 기록 중인 차세대 거포 김문식 선수에게도 나는 우리 팀 투수의 구질을 틈나는 대로 알려주기도 했어요. 그 역시, 가정 형편이 몹시 어려운 친구였습니다. 그런데, 혹시 오해를 하는 분이 계실지 몰라 꼭 짚고 넘어갈 게 있는데요. 저는 그렇게 사정이 어려운 선수들을 도우면서도 그 어떤 대가도 바라지 않았습니다. 네, 그건 제 자존심을 걸고 말씀드릴 수 있어요. 제가 믿는 야구의 휴머니즘이란 무얼 바라고 돕는 게 아니니까요.

여러분도 아시다시피 한 달 전. 우리 팀 감독님이 저를 일식 집으로 은밀히 불러 1루 수비를 그만두라고 말씀하신 이후 저는 계속 지명타자로만 경기에 나서고 있습니다. 사실 체력적으로는 훨씬 편합니다. 상대적으로 길고 긴 수비 시간 동안 덕아웃에 앉아 있을 수 있으니 몸은 편할 수밖에요. 저 대신 1루를 맡고 있는 성근이도 나름대로 제 역할을 해주고 있어서 흐뭇합니다. 하지만, 저는 더 이상 견딜 수가 없습니다. 부진에 허덕이다가 겨우겨우 안타를 쳐서 1루에 나간 선수를, 연봉 2천밖에 안 되는 신인 선수를 냉정하게 견제 아웃시키는 플레이를 보면 참을 수 없는 비애감과 절망감이 듭니다. 아, 저 견제를 당해 아웃된 선수를 지켜보는 저 선수의 어머니 마음이 어떨지, 애인의 마음이 어떨지를 왜 헤아리지 못하는 걸까요. 어떻게 저토록 냉혹할 수 있을까요. 저건 명백히 야구의 휴머니즘을 부정하는 플레이입니다. 아, 저는 더 이상, 이 비정의 그라운드에 남아 휴머니즘이 사라진 우리 팀의 무미건조한 플레이를 지켜볼 수가 없습니다. 비록 몇 년 동안 꼴찌를 도맡아 했지만 우리 팀은 휴머니즘으로 야구를 하는 팀이었어요. 하지만 지금은 아닙니다. 그것이 견딜 수 없을 정도로 힘들어집니다. 네, 저는 휴머니즘을 발견하고 휴머니즘을 실천했던 전무후무한 퍼스트베이스맨으로 남고자, 이제 미련 없이 은퇴를 선언합니다. 네, 저는 다른 팀 선수와 진실한 마음의 대화를 나눴던 전무후무한 퍼스트베이스맨이었습니다.

어느 위대한 소설가의 자술 연보

인간의 형식 1

1936년(1세)

11월 16일 오전 열한 시, 서울 종로구 평창동에서 아버지 김규 씨와 어머니 유인정 씨 사이에 4남 중 둘째로 태어났다. 나보다 먼저 세상에 나왔던 형이 겨우 두 해를 살고 사망했으므로 내가 실질적인 장자였다. 아버지 김규 씨는 내가 태어날 당시 조선의 카프 동인으로 활동한 저명한 문학평론가이자 시인이었다. 식민 치하 지식인의 비애를 운명적으로 자각했던 아버지의 생애는 불우하고 처절했다. 알려진 것처럼 1930년대는 일본 정부가 1920년대의 소위 문화정치란 미명의 식민 통치 방식을 버리고 조선을 완전하게 일본화하기 위해서 내선일체와 황국신민화 정책을 공개적으로 강행했던 시기였다. 또한 1930년대는 일본이 조선반도를 그들이 주도한 대동아전쟁과 태평양전쟁의 후

방 기지 및 병참기지화해 상상을 초월하는 물적, 인적 수탈을 감행한 시기이기도 했다. 그 결과 식민지민들의 생활은 말할 수 없을 만큼 궁핍해졌고 사상과 표현의 자유는 극도로 억압되었다. 이러한 상황은 시간이 흘러감에 따라 점점 나빠져 1930년대 말에 와서는 한국어 사용의 전면 금지와 한국인의 성과 이름을 일본식으로 고치는 소위 창씨개명으로까지 치닫게 된다. 개화기 이래 싹터온 민족주의도, 문학을 통하여 고취되어온 조선민의 독립자존의 계몽운동도 일본의 강권 통치로 점점 자취를 감추는 비운을 맞게 되었는데, 문학계의 흐름도 어두운 그림자를 드리운 시대를 맞이하게 되었다. 그것은 1931년 일본이 대륙을 향한 팽창주의의 야심으로 일으킨 만주사변과 1937년 일으킨 지나사변의 와중에 문화 전반에 걸쳐 탄압을 강화하게 된 것과 깊은 연관이 있는 것이었다. 이로 말미암아 1931년 카프 맹원들의 1차 검거선풍이 있었고 이어 2차 검거선풍이 일어나 근 100명에 가까운 카프 맹원들이 체포되었다. 아버지 역시 이때 체포되어 극심한 옥고를 치렀다. 결국 카프는 1935년 강제로 해산되었고 아버지는 깊은 실의에 빠지게 된다. 아버지가 죽는 순간까지 철저한 반일주의자로 처신할 수밖에 없었던 소이연이 여기에 있다.

1939년(4세)

동생들이 태어났다. 쌍둥이였다. 아버지는 동생들이 태어나

자, 자조적으로 이렇게 탄식했다고 한다. "망국민을 한꺼번에 둘씩이나 낳은 한심한 망국민이라니, 이토록 역겨울 데가." 그는 쌍둥이를 낳은 것을 몹시 부끄럽게 여기고 이들을 전혀 돌보지 않았다. 동생들의 이름도 낳은 지 6개월이 지나서야 지어서 억지로 호적에 올렸다.

1940년(5세)

이해 봄 아버지가 폐결핵으로 돌아가셨다. 서른둘의 젊은 나이였다. 감옥에서 풀려난 후 아버지는 방직공장과 부동산 운영으로 재력이 상당하던 외가 쪽의 주선으로 황해도에 가서 교편을 잡기도 하고 신문사 문화부에 적을 두고 근무를 하기도 했지만 망국민으로서의 비애와 예술에 대한 극심한 절망 등이 겹쳐 술과 한숨으로 세월을 보내던 터였다. 문상을 온 아버지의 친우와 선배들은 하나같이 망자의 못다 핀 재능을 아쉬워했다. 아버지와 관련해서 어렴풋이 기억나는 장면이 하나 있는데, 그것은 어느 깊은 밤 밖에서 술을 드시다가 친구들을 데리고 집에 온 아버지가 막무가내로 술상을 차리라며 어머니에게 호통을 치는 장면이다. 어머니는 부엌에서 술상을 보고는 안방을 아버지의 손님들에게 내주고 쌍둥이 동생과 나를 데리고 건넌방으로 건너갔다. 그러고는 나를 안고 서럽게 흐느껴 울기 시작했다. 그러면서 말했다. "네 아버지는 참말로 귀인이야. 나는 지금 저 귀인의 슬픔 때문에 눈물을 흘리는 거란다." 어머니는 아버지를 깊이 사랑하고 존경했다. 하지만 아버지는 나에게 아무것도 남겨준 것이 없다. 내가 알기로 그는 자신의 슬픔과 정한에만 몰입했던 사람이다. 내게 문학적 욕망 같은 것이 있었다면 그것은 아버지에 대한 동경과 경멸의 복합적 트라우마를 띠면서 꿈틀대기 시작했던 것 같다. 아버지가 돌아가시고 나서 어머니는 나와 동생들을 데리고 평양의 친정으로 들어갔다. 그 시절의 나는 그림을 그리던 이모의 지도를 받으며 그림을 그리는 것을 좋아했고, 외삼촌은 내게 일본 문자와 한글을 가르쳐줬다. 외할아버지와 함께 기차를 타고 바다를 보러 갔던 기억도 있다. 몸이 허약한 편이었고, 사교성이 부족해서 친구들과 어울리는 시간보다 넓은 집 안에 틀어박혀 동생들을 어루만지거나 골똘한 상상에 잠기는 걸 좋아했다.

1943년(8세)

수도국민학교 입학. 내가 입학한 수도국민학교는 열정적이고 실력 있는 일인 선생들이 비교적 많이 근무하는 곳이었다. 특히 1, 2학년 때 담임이었던 호노카 선생님은 내게 각별한 애정을 쏟았다. 선생님은 하숙집에도 몇 번 데리고 가서 일본식 우동과 스시를 만들어서 내게 주기도 했고, 미국에서 만든 필통과 연필을 선물로 주기도 했다. 선생님은 내가 지금까지 보아온 수많은 여자들 중 가장 고아한 아름다움을 지닌 분이었다. 선생님에 대한 소문은 많았다. 일본에서 촉망받는 교사였으나 선배였던 유

부남 선생과의 사랑이 실패로 끝나자 조선으로 넘어왔다는 소
문부터, 부잣집 아들과 결혼을 했으나 다른 남자를 사랑해서 단
신으로 조선에 넘어왔다는 소문까지 무성했다. 훗날 호노카 선
생님에 얽힌 여러 가지 소문은 내가 신광여고에서 유리와 사랑
에 빠졌을 때 다시금 새삼스럽게 상기되었다.

1945년(10세)

수도국민학교에 다니던 중 장염으로 두 달 동안 심하게 앓았
다. 병원의 의사는 나의 상태를 보고는 절망적이라고 말했지만
어머니와 외할머니의 극진한 간호로 기적적으로 소생했다. 이
해 8월, 일본이 미국과 벌인 태평양전쟁에서 승리한다. 일본군
은 미국 본토에 강력하면서도 치명적인 생화학전을 감행해 이
해 9월, 미국 대통령 할러데이의 항복을 이끌어낸다. 일본이 미
국 본토에 살포한 살상가스로 물경 200만 명 이상의 인명이 희
생되었다. 유럽 전선은 고착화된 반면 미국과의 전쟁을 승리로
이끈 일본의 겐자부로 총리는 공식적으로 하와이에서 종전을
선언하고 역사적인 '승리권리장전선포'를 한다. 여기에는 미국
은 일본의 대아시아 지배권에 대해 일절 간섭하거나 개입하지
않고 전후 처리 비용으로 향후 50년 동안 매년 10억 달러의 차
관을 무상으로 일본에 제공하는 굴욕적인 내용도 포함되어 있
다. 일본은 조선반도와 중국의 정치적 지배권을 갖는 것에 대해
국제적인 승인을 받게 된다.

1949년(14세)

와병으로 거의 한 학기를 쉬었지만 매우 우수한 성적으로 수도국민학교를 졸업했다. 내가 가장 존경하는 사람 중 하나인 외삼촌이 수도국민학교의 교사로 부임한 것도 이해의 일이다. 서울에 있는 조일중학교 입학 시험에 어렵지 않게 합격했다. 조일중학교는 일본이 조선 최고의 중등학교를 설립 육성한다는 취지로 1930년에 개교한 명문 학교로, 훗날 인재 양성의 요람이 된다. 조선인 출신 최초로 부총리를 역임한 최명재가 동기이고 현재 국내 재계 순위 1위를 달리고 있는 상상그룹의 총수이자 상상신문의 발행인인 마쓰다가 1년 후배인데, 이들과 활발하게 교유하며 각별하게 지냈다. 건강에 대한 관심이 커져 기계체조와 축구를 시작했다.

1950년(15세)

1월 1일, 일본이 한국의 주권을 완전히 흡수·병합하여 단일통일국가 선언을 한다. 정식 국호는 '대일한본국(大日韓本國)'이고 언어는 1국 2개 공용어 원칙을 적용해 일본어를 제1국어, 한국어를 제2국어로 지정한다. 이로써 일본과 한국은 당시 인구 1억 3천만 명, 국토 면적 60만 제곱킬로미터의 통일된 단일국가가 되고 중국에 대해서는 여전히 정치적 지배권을 갖게 된다. 정부는 이날을 국경일로 지정해서 대대적인 축제를 벌인다. 이날 학교에서 기념으로 떡과 과자와 노트 등을 나눠줬던 기억이 난다. 외할아버지와 외삼촌은 한국과 일본이 통일된 것은 잘된 일이라고 말했고, 어머니는 입장 표명에 신중했다. 어머니에겐 아버지의 영향으로 여전히 반일 정서와 민족주의적 정서가 남아 있는 듯했다.

1952년(17세)

조일중학교를 전체 차석의 성적으로 졸업했다. 수석의 영예는 아베라는 일본인 친구의 몫이었는데, 이 친구는 뚜렷한 이유도 없이 대학 재학 중 학업을 포기하고는 몇 달 뒤에 송광사에서 머리를 깎고 출가, 스님이 된다. 나는 그 소식을 나중에 다른 친구로부터 들었는데, 엄청난 정신적 쇼크를 받았다. 이해할 수 없게도 그 친구에게서 열등감과 위화감, 경외감 같은 복합적인 감정을 느꼈다. 그때 나는 처음으로 개인의 윤리가 삶의 태도를 어떻게 결정짓는가에 대해 깊이 생각해보았던 것 같다. 외삼촌의 권유로 조일고등학교에 입학했다. 조일고등학교에 입학하면서부터 뚜렷하게 문학에 경도되기 시작했다. 학교의 친구들과 활발하게 어울리는 시간도 좋았지만 그보다는 도서관이나 집에서 책을 읽는 시간이 내게 훨씬 즐거움을 주었다. 당시 조일고등학교의 문학 선생님 중에 전후의 실존주의적 문제 작가로 유명한 고바야시 선생님이 계셨는데, 이분으로부터 각별한 지도를 받으면서 문학의 매혹에 사로잡히게 되었다. 고바야시 선생님은 늘 붉은 재킷을 입고 출근하셨고, 얼굴이 길고 볼이 홀쭉해서 얼핏 보면 광대처럼 보였다. 학생들은 그를 삐에로 선생이라고 부르기만 했을 뿐, 대부분은 그가 그토록 유명한 작가인지를 알지 못했다. 고바야시 선생님 역시 유명한 작가의 포즈를 단 한 번도 취하지 않았다. 나는 그런 면이 더욱 마음에 들었다. 방과 후에는 조일중학교에 다니는 쌍둥이 동생들의 학업을 지도했고 밤에는 일주일에 두 번씩 외할아버지의 친구분인 소산 김숙현 선생으로부터 서도를 배웠다.

1955년(20세)

조일고등학교를 졸업하고 국립제1대학교 문과대에 입학했다. 외할아버지가 크게 기뻐하며 금장 시계를 입학 선물로 사주었다. 하지만 나는 그 금장 시계가 너무나 부담이 되어 한 번도 차고 다니지 않았다. 아직도 굶고 있는 친구들이 많았고 거리에는 걸인들이 넘쳐나던 시절이었다. 문교청은 이해 5월 1일을 기해 세계적인 경쟁력을 갖춘 고등교육기관을 육성하기 위해 마련한 새로운 대학 제도 개편안을 공포한다. 이 개편안의 주요 골자는 동경과 서울, 오사카와 부산, 나고야와 광주의 유망 대학 여덟 곳을 엄밀한 심사로 선정하고 이들 학교를 집중적으로 지원해서 세계적 수준의 고등교육기관으로 성장시킨다는 내용이었다. 이에 따라 지금까지도 여전히 유지되고 있는 국립제1대학부터 국립제8대학에 이르는 8개 국립대학 체제가 자리 잡게 된다. 이 혁명적인 교육 개편안을 '5·1체제' 혹은 '8교개편안'이라고 부른다. 외할아버지는 의대에 진학하길 내심 희망했지만 나는 외삼촌과 어머니와 상의해서 영문학을 택했다. 오사카의 국립제1대학교 교정에서 진실하고 성숙한 친구들을 많이 만났다. 우리는 교내 문학 동아리를 조직했는데, 그것이 바로 '맥향'이다. 가정 형편에 여유가 있었던 나와 이시무라의 주선으로 맥향 동인은 열두 권의 동인지를 펴냈다. 나는 맥향에 시 열 편과 소설 네 편을 발표했다. 맥향에 발표한 작품 중에서 소설 「그날 이후」는 나중에 『문학세대』에 「다섯 가지 기억」이라는 제목으로 발표되는데, 그것이 아키라문학상의 수상작으로 결정된다. 한편 중국에서는 리소웅이 '독립을 위한 중국 인민의 모임'의 결성을 주도한다.

1959년(24세)

대학을 졸업했다. 시와 평론, 소설 등을 꾸준히 써나갔다. 이 해에 어머니가 이모의 소개로 만나 교제하고 있던 일본인 미술가 고사토 씨와 재혼을 한다. 플럭서스 운동에 기초한 전위적인 작업을 벌이던 고사토 씨를 나는 개인적으로 선호하고 있었기 때문에 그가 나의 양부가 되는 것이 나쁘지 않았다. 그런데 이 해 가을 비가 몹시도 많이 내리던 날, 뜻하지 않은 비보가 날아든다. 광주의 국립제4대학교 미대에서 그림 공부를 하던 막내동생이 음독자살을 한 것이다. 원인은 실연. 나중에 알게 된 사실인데, 그가 흠모했던 대상은 하숙집 주인인 여덟 살 연상의 유부녀였다. 스스로 선택한 동생의 죽음에 나는 가파른 정신적 충격을 받는다. 이 무렵 염세주의에 입각한 시를 많이 썼던 것은 동생의 죽음과 깊은 연관이 있다. 동생의 시신을 화장해서 아버지의 무덤가에 뿌렸다. 죽은 동생과 같은 날 같은 시에 태어난 또 다른 동생 은유가 매우 서럽게 울었다. 나는 우는 동생을 가볍게 안아주었다. 어머니의 슬픔도 이루 말할 수 없었다. 고사토 씨가 어머니에게 큰 의지처가 되었다. 7월, 교원 자격 시험에 응시하고 합격해서 도쿄에 있는 신광여고의 교사로 부임한다. 8월, 정부는 국가가 공식적으로 사용하던 두 개의 문자 중 한글을 '의무 사용 문자'로, 일본 문자를 '선택 사용 문자'로 지정하는 특별국가고시를 발표한다. 한국과 일본이 통일국가가 된 이래, 1국 2개 언어 사용, 1국 2개 문자 사용 제도가 가지고 있는 여러 모순과 문제점이 끊임없이 대두된 바 있는데, 정부는 언어 사용은 당분간 2개 공용어 사용 원칙을 유지하되 글자는 한글로 통일시키는 법안을 공포함으로써 사실상 일본 문자보다 한글이 우수하다는 것을 인정한다. 몇몇 일본 학자들의 반발이 있었지만 이 법안은 비교적 폭넓은 국민들의 지지 속에 수용된다.

1960년(25세)

수업이 없는 여름방학 때 쓴 단편소설 「피의 노래」가 『문학춘추』 신인상을 받으며 문단에 정식으로 이름을 올린다. 이 소설은 동생이 죽고 나서 내게 한꺼번에 밀려든 생의 비애와 환멸, 허무주의를 '명인'이라는 실존주의자의 미의식 속에 담아낸 소설이다. 당시 심사위원은 전 문단인의 존경을 받던 문학평론가 최영래 선생과 소설가 하라 선생이었다. 이해에 「독」 「탄식」 등을 연이어 발표해서 전문단의 이목을 집중시킨다. 최고 권위를 가진 전일신문은 "전후, 동어반복과 관습의 늪에 빠져 허우적거리는 문단의 갱생과 재건축을 책임질 대형 작가의 탄생을 환영한다"는 이례적인 사설을 실어 나의 이름을 널리 알린다. 하지만 나는 그 사설을 읽으며 가볍게 조소했던 기억이 난다. 나에게는 그때는 물론 그 후로도 오랫동안 "문단의 갱생과 재건축을 책임질" 뜻이 전혀 없었다. 훗날 「독」은 국립제1대학 시절 친우였던 연출가 데라우치에 의해 연극과 영화로 만들어지기도 한다. 이해에 정치적으로 여전히 대일한본국의 지배를 받고 있던 중국에서 본격적으로 독립운동의 움직임이 일어난다. 과거 일본은 중국 점령 직후부터 조선에서 그랬던 것처럼 토지를 수탈해 일본인 이민자들에게 분배해주었는데, 토지사유제도를 몰랐던 이곳 주민들의 토지를 뺏은 것이 독립운동을 격화시키는 결과를 가져왔기 때문에 정부로서는 대중국 정책의 변경이 불가피할 수밖에 없었다. 중국의 근대적 독립운동은 노동자계급의 사회주의적 계급투쟁과 결부되어 태동한 것이었는데, 한편으로 이는 중화 중심의 민족주의 운동 성격을 띠고 반제국주의를 표방하는 것이기도 했다. 1955년 리소웅을 중심으로 결성된

'독립을 위한 중국 인민의 모임'이 중국의 독립운동을 주도적으로 이끌게 되었는데, 이들은 '금식'과 '태업'이라는 두 가지 방법으로 정부 불복종운동을 대대적으로 전개해나간다. 5월, 대일한본국 정부가 공권력을 동원해 상해의 시위대를 해산시키는 과정에서 시위에 가담했던 양쩌우가 할복자살을 기도하고 병원에 실려가던 중 숨지는 사건이 일어난다. 이로 인해 양쩌우는 일거에 중국 독립운동의 상징적 존재로 떠받들어진다. 양쩌우의 장례식이 있던 날, 상해시청 앞에는 무려 700만 명의 시위대가 운집해 중국의 독립을 요구하게 된다. 리소웅, 천주허 등 중국의 독립운동가들은 서방 언론과 접촉해서 중국 독립운동의 당위성을 역설하고 세계 언론의 지지를 이끌어낸다. 이 결과, 대일한본국의 요시다 내각은 부적절한 시위 진압의 책임을 지고 일괄 사퇴를 결의하기에 이른다. 나는 겉으로 표현은 안 했지만 민족자결주의 원칙에 의거, 내심 중국의 독립을 지지하는 쪽이었다.

1961년(26세)

학창 시절 내내 내게 지대한 예술적 각성을 안겨주었던 외삼촌이 위암 3기 선고를 받은 지 5개월 만에 사망했다. 나는 그의 죽음을 애도하며 5일 동안 금식하며 슬픔을 달랬다. 이해에는 동생 은유가 스물셋의 나이로 사법고시에 합격하기도 한다. 「월광소나타」「빛의 침묵」「암전」「파도」 등의 소설을 발표했고,

이중 「암전」으로 준코신인문학상을 수상했다. 대학 시절의 동인지 『맥향』에 발표했던 「그날 이후」를 「다섯 가지 기억」으로 개작해 『문학세대』에 발표, 아키라문학상을 받기도 했다. 그리고 이해에 번역에도 손을 대, 프랑스 실존문학의 최고봉으로 평가되는 에밀 블랑슈의 「큰 손」「비 내리는 기차역에서」의 영역본을 우리말로 옮기고 소개했다. 학교에서 학생들을 가르치는 일과 소설 쓰는 일, 그리고 번역 일 때문에 육체적으로 몹시 피로했지만 이 시기만큼 예술적인 각성이 충만했던 시기가 따로 없었던 듯하다. 학교 일을 마치고 돌아온 다섯 시부터 자정까지 저녁도 먹지 않고 소설을 썼고, 자정부터 세 시까지 번역을 하고, 서너 시간 수면을 취한 뒤에 다시 학교에 출근해 아이들을 가르치곤 했다. 나는 이 생산적인 생활을 더 효율적으로 수행하고 즐기기 위해 학교 근처로 거처를 옮겼다. 이해에 드디어 중국이 대일한본국으로부터의 완전한 독립을 선포한다. 10월 3일 '독립을 위한 중국 인민의 모임'은 민족주의 운동을 중국 각지에서 일제히 전개했는데, 여기에 자발적으로 가담한 중국 인민의 숫자가 무려 2억 명에 이르렀다. 중국을 국토의 일부로 영구히 복속시키려는 의도를 가지고 있던 대일한본국은 베이징의 시위대를 무력으로 진압하고자 했지만, 이에 극력하게 반발한 시위대는 현지 일부 군경의 묵인 아래 자체적으로 무장을 하고 정부 진압군과 대치하게 된다. UN 안전보장이사회는 중국 독립을 둘러싸고 대일한본국 정부와 중국 인민 시위대 사이에 형성된 대치 상황의 심각성을 깨닫고 이례적으로 평화적 해결을 촉구하는 결의문을 발표한다. 세계 언론은 일제히 사설을 실어서 대일한본국 정부를 압박한다. 대치 국면이 계속되던 12월 1일, 정부군의 진압 부대는 철수를 하게 되고 '독립을 위한 중국 인민의 모임'은 '중화민국 임시정부' 수립을 선포하고 독립을 선언한다. 중화민국 임시정부의 초대 대통령으로 독립운동 세력을 이끌었던 리소웅이 추대된다.

1962년(27세)

동료 문인 오천석의 소개로 만나 교제하던 일본 본토 출신 피아니스트 히로코와 결혼한다. 주례는 조일고등학교 시절의 은사였던 소설가 고바야시 선생이 서주셨다. 고바야시 선생은 예술가라면 모름지기 물욕을 버려야 한다면서 통장과 전답을 가지지 말 것을 당부했다. 나는 고개를 끄덕이며 그 말씀을 깊이 새기고자 했지만 이후 진행되었던 내 삶이 정말 물욕과는 무관한 예술가의 삶이었는지에 대해선 자신이 없다. 그해, 나는 여전히 열정적으로 많은 작품을 썼고, 퇴근 후에는 술도 많이 마셨다. 신주쿠 골목에 있는 조선식 소줏집 '조선'에 일주일에 두세 차례 들러 문우들과 어울리는 것을 즐겼다. 소설가 이행, 신동옥, 정민우, 사카모토, 모리, 시인 고우리, M군, 이꿩, 히로미스, 평론가 김우찬, 요다, 한차현 등이 그 시절 하루가 멀다 하고 만나던 친구들이다. 이해에 장편소설『붉은 방』과『시인의 꿈』을 출간했는데, 두 권 모두 베스트셀러에 올라서 대중적으로 널리 알려지는 계기가 되었다. 『시인의 꿈』은 프랑스 출판사에 판권이 팔려 프랑스어판이 나왔다.

1964년(29세)

신광여고의 교실에서 열일곱 살의 신입생 유리를 만난다. 처음 유리를 본 순간을 잊지 못한다. 유리는 내가 담임을 맡은 반의 학생이었지만, 나는 그 아이의 선생이 될 수 없었다. 나는 그것을 유리를 처음 본 순간 깨달았다. 긴 목과 짙은 눈의 어둠, 그리고 그 가운데 찌를 듯 빛나는 점 하나. 유리는 그 눈으로 나의 심장의 욕망을 꿰뚫어 보는 아이 같았다. 유리는 연극반원이었고 그림을 잘 그리는 아이였다. 나는, 무엇보다 말을 가볍게 하지 않는 유리가 마음에 들었다. 나는 유리를 만난 다음 날 무언가에 홀린 사람처럼 유리에게 사랑을 고백하는 편지를 썼다. 그것은 절대적인 것으로부터 무장해제를 당한, 온전한 욕망의 종용을 받은, 최초의 영혼의 고백이었다. 응답이 바로 왔다. 그날 저녁, 수업이 다 끝났을 때 유리는 집으로 가지 않고 교무실로 나를 찾아왔다. 나는 그날 저녁 그 아이와 함께 전복죽으로 저녁을 먹은 뒤, 술집에 가서 술을 마셨다. 나는 열일곱 살의 유리에게 망설이지 않고 술을 권했다. 그러고는 여관에 가서 유리의 순결을 훔쳤다. 죽음으로 이끄는 수렁 같은 연애의 시작이었다. 유리와 나의 연애는 주변 사람들에게 금방 알려졌다. 나와 유리는 육체적인 교감에의 욕망을 도저히 은폐시킬 수 없었다. 우리는 텅 빈 음악실에서 키스를 하다가 청소부한테 발각되기도 했고 식당에서 밥을 먹다가 동료 교사의 눈에 띄기도 했다. 나와 유리는 말할 것도 없이 동료 교사들과 학생들에게 지탄과 경멸의 대상이 되었다. 유리와 내가 나눈 순도 높고 뜨거운 로맨스는 미성년이라는 유리의 나이와 유부남이라는 내 신분 때문에 형편없이 매도당했다. 어떤 동료 교사는 교육청에 나의 징계를 요구하는 투서를 하기도 했고, 한 일간지의 논설위원은 「학교 교사의 윤리」라는 칼럼을 수록하기도 했다. 어머니가 내게 전화를 해서 울먹인 것도 그즈음의 일이다. 하지만 나는 아랑곳하지 않았다. 일단 나는 정신적 부담을 덜어내기 위해 아내 히로코와 별거에 들어갔다. 유리 역시 나이답지 않게 의연하고 성숙한 태도를 보여주었다. 나는 긴긴 투쟁을 준비하고 있었다. 당시 학교 교장이었던 미야모토 선생이 내게 6개월 정직 처분을 내렸을 때, 나는 오히려 유리와 사랑의 도피 여행을 떠날 수 있는 기회를 얻었다고 생각하며 환호했다. 유리와 나는 넉 달여에 걸쳐 홋카이도에서 오키나와, 제주도로 이어지는, '연애의 투쟁'이라고 이름 붙인 여행을 계속했다. 그러면서 틈틈이 에세이를 써서 신문에 발표했다. 나중에 자유연애주의자들의 지침서로 읽혔다는 『예술과 연애의 자유』는 바로 유리와 여행을 하던 시절에 언론사에 기고했던 에세이를 묶은 책이다. 이해에 단편 「버릇 없는 섹스」「나비를 좇다」와 장편소설 『방에서 방으로』를 발표했다. 유리와의 독특한 관계에서 모티프를 얻어서 쓰기 시작한 『방에서 방으로』는 주간신문에 연재했던 작품으로 유부남과 미성년의 섹스 행각을 다룬 자전적 내용인데, 독자와 평단으로부터 유례없이 격렬한 찬반논쟁을 불러일으켰다. 특히, 미션고등학교의 교사인 유부남과 여고생이 교내 성당에서 섹스를 하는 장면을 두고 종교계와 교육계가 일제히 강력한 비난 성명을 발표했다. 평론가 김우찬과 다케시타 같은 이들은 고맙게도 탐미주의 소설의 진경을 보여준 작품이라면서 이 작품을 옹호한 반면, 마쓰이와 필립 K 같은 동료 작가들은 예술이라는 탈을 빌려 쓴 추잡하고 저급한 외설, 그 이상도 이하도 아니라는 악의에 받친 평을 했다. 나는 예술의 자율적 가치와 신념을 둘러싸고 일어난 이해할 수 없는 논쟁 자체가 너무나 가소롭고 소모적으로 느껴졌기 때문에, 자진해서 책을 회수하고 당분간 소설을 쓰지 않겠다는 절필 선언을 했다. 시인 M군, M군의 애인이며 행위예술가이자 연극배우인 미호, 그리고 유리와 함께 넷이서 금강산과 묘향산 일대를 여행했다. 그 여행 중 처음으로 미호가 건네는 환각제를 복용했다. 지금도 여러 가지 풍문이 떠돌아다니는 걸로 알고 있는데, 그 여행에서 넷이서 그룹 섹스를 했다는 당시 모 주간지의 보도는 결코 사실이 아니다. 나중에 내가 그것과 유사한 내용이 들어 있는 희곡을 써서 그 보도가 마치 사실인 것처럼 받아들여진 듯한데, 그때 넷이 함께 했던 여행은 지극히 상식적이고 정상적인 교감으로 이루어진 예술적 기행일 뿐이었다.

1965년(30세)

어머니가 양부인 고사토 씨와 함께 프랑스 파리로 이주했다. 나는 학교에 정식으로 퇴직서를 제출했다. 그와 함께 「당신들은 나를 허가할 권리가 없다」라는 장문의 글을 대일신문에 기고한다. "당신들은 무엇 때문에 나를 허가할 권리가 당신들에게 주어져 있다고 생각합니까?"라는 도발적 질문으로 시작하는 그 유명한 글은 이렇게 이어진다. "나는 '허가'라는 말이 가지고 있는 공공적 폭력성에 주목을 하는 동안, 그 의미가 포섭하고 있는 '도덕의 허위'들이 바로 내가 공격하고 배격해야 할 대상이라는 걸 깨닫게 되었습니다. 나의 '주적'은 바로 도덕의 허위인 것입니다. '허가'란 잘 알고 있는 것처럼 주로 공공의 목적으로 수행하는 일에 대한 사전 승인을 가리킵니다. 그것은 말하자면 어떤 행위에 대한 규범화된 공공적 판단입니다. 자신들에게 허가의 가부를 판단할 수 있는 권한이 있다고 오해하는 관리들은, 개인 혹은 단체의 행위를, 공적인 질서를 유지하고 고양시키는 도덕의 층위에 고정시켜 바라볼 수밖에 없습니다. 해롭지 않으며 위험하지도 않은 것들이 받을 수 있는 것, 착하고 올바른 것들이 받을 수 있는 것, 그것이 바로 허가인 것입니다. 옳은 예술은 공적인 질서, 기성의 가치, 전통적인 규범을 충격하면서 비로소 그 내재적 가치를 구현합니다. 예술이 허가받지 않은 영토에 이르러 찬란한 빛을 발하는 것은 바로 그 때문입니다. 당연히 모든 예술은 허가를 필요로 하지 않습니다. 반대로 모든 반예술적인 것들은 허가를 받으면서 공공 권력의 안정적인 지원과 수혜를 받습니다. '허가'는 자본의 숭배자들이 자신들의 권리와 권한을 위협하는 모든 자유로운 정신에, 불도장을 새기겠다는 뜻입니다. 나는 이것에 반대합니다. 나는 이것에 저항하고자 합니다. 나는 깃발이 꽂혀 있지 않은, 측량되지 않은 사적인 영토를 자유롭게 주유하고자 합니다. 도대체 누가 나를 허가하겠다는 것입니까. 내가 그대들에게 허가를 받아야 하는 이유가 도대체 뭡니까." 다소 길게 인용했지만 이 글은 후에 내가 본격적으로 전개하게 되는 '무허가예술론'의 기초가 된다. 이해 유리가 미호의 주선으로 연극 무대에 데뷔한다.

1966년(31세)

미호, 유리와 함께 연극운동 집단을 만든다. 이 시기 나는 희곡 창작에만 전념한다. 모두 유리를 위해서, 유리를 염두에 두고 벌인 작업들이었다. 문제작 「달의 권태」 「하드코어 판타지」가 이해에 초연되었다. 「하드코어 판타지」에서 유리는 전라로 120분을 연기하는데, 연기 도중 몸에 우유를 끼얹는 행위를 공연윤리위원회가 문제 삼고 공연 중지 소송을 내자 어쩔 수 없이 검찰의 조사를 받게 된다. 다시 한 번 외설와 예술 사이의 해묵은 논쟁이 시작된다. 예술사가 '2차 외설 논쟁'이라고 기록하고 있는 사건이 바로 이것이다. 하지만 『방에서 방으로』가 촉발시킨 1차 외설 논쟁 때와는 달리 나는 더 이상 냉소적인 무관심을 가장해서 싸움에서 물러서고 싶지 않았다. 나는 끝까지 투쟁하기로 했다. 그것은 작가로서의 명예와 자존심을 지키는 문제이기도 했지만, 예술이 마땅히 지켜야 하는 당위에 대한 기본적인 신념이자 옹호의 태도이기도 했다. 나는 모든 예술적 신념은, 종교적 신념이 그러한 것처럼 개인의 내재적 가치로서 존중되어야 한다고 믿었다. 하지만 이 논쟁은 쉽게 결론이 나지 않았다. M군, 김우찬 등 문우들이 나를 위한 지지 서명 운동을 시작했고 반대편에서도 역시 '음란예술 추방을 위한 시민들의 모임'을 결성해 대응을 하게 된다.

1967년(32세)

오랫동안 별거하던 히로코와 협의 이혼한다. 히로코가 여성지 『여성춘추』와의 인터뷰에서 언급한 내용에 우려가 될 정도의 허위 사실, 다시 말해 내가 상습적으로 환각제를 복용했다는 내용이 있어서 명예훼손으로 그녀를 고발했다가 동생인 은유의 권유를 받아들여 소를 취하한다. 사법시험 합격 후 판사로 임용된 은유는 내가 파격과 일탈의 행보를 거듭하며 격렬한 논쟁에 휩싸일 때마다 비판적 지지를 보내주었다.

1969년(34세)

머리를 식힐 겸, 캐나다와 미국을 여행한다. 오랫동안 끌던 재판이 혐의 없음으로 선고되고 「하드코어 판타지」는 재공연에 들어간다. 하지만 나는 그 작업 일선에서 자발적으로 물러났다. 예술의 자율성이 드디어 공공의 제도적 속박을 물리쳤다는 내적 희열만으로도 나는 충분히 만족스러웠다. 그리고 나는 이미 그 공연에 흥미를 잃고 있었다. 애초의 내 의도와는 달리 상업적 논리로 무장해서 극성스럽게 달려드는 무리한테서 나는 늘 시달려야 했다. 나는 무언가 보다 근원적이고 고요한 것, 움직이지 않지만 격렬한 생명이 꿈틀대는 대상을 찾고 있었다. 이를테면 서서히 다가와 오랫동안 유지되는 긴장과 자극 같은 것 말이다. 유리는 스타덤에 올라 방송과 영화에도 출연하게 된다.

1970년(35세)

동료 예술가들과 유럽을 여행한다. 5년 만에 프랑스에서 어머니와 해후한다. 고사토 씨는 유럽 화단에 성공적으로 정착해서 독창적인 자신만의 예술 세계를 인정받고 있었고 어머니는 그의 정신적인 후견인으로서 성실하고 단아한 내조자의 삶을 살고 있었다. 나는 어머니의 손등에 키스하면서 나도 모르게 눈물을 떨구었다. 아주 오래전 밤에 깨어나 아버지의 술상을 보고 눈물짓던 어머니가 떠올랐던 것이다. 일행과 헤어져 스위스로 향하는 기차 안에서 운명적으로 한국 출신 현대무용가 고숙을 만난다. 우리는 첫눈에 서로에게 반해서 남은 여행 일정을 함께 한다. 귀국 후에 활동 무대를 도쿄에서 고숙이 있는 서울로 옮긴 다. 서울은 내가 태어난 곳이다. 유리와 젊은 연극배우 류이치 사이에 염문설이 불거진 해도 바로 이해이다. 『방에서 방으로』가 외설 시비에 휘말리면서 사실상 절필 상태였던 소설 작업을 다시 시작해 장편소설 『질주하는 기억』을 탈고했다. 이 작품은 내게 문학적으로 가장 큰 명예와 성공을 안겨서 '나쓰메문학상' '국일 문학상' '마쓰시타문학상' 등 대표적인 문학상을 수상한다.

1972년(37세)

고숙의 무용팀이 있는 평양으로 이사한다. 고숙과의 사이에 딸 수가 태어난다. 고숙을 닮아 예쁘고 총명한 눈동자를 가진 수를 바라보며 노느라 이해가 어떻게 지나갔는지 모르겠다. 9월, 중국 독립운동의 아버지 리소웅이 전 중국민의 애도 속에 사망한다.

1973년(38세)

4월, 동거하고 있던 고숙과 서울의 작은 절에서 정식으로 결혼식을 올린다. 성숙하면서도 진실한 영혼을 가진 고숙으로부터, 함성보다도 더 큰 울림이 있는 침묵을 가진 고숙으로부터, 나는 그 어떤 예술 작품에서도 느껴보지 못한 지극한 위안과 감동을 받게 된다. 그것은 다른 말로 평화였다. 그런데, 결혼식을 올린 지 6개월 만에 고숙이 서울의 을지로에서 교통사고로 사망한다. 나는 「을지로의 눈물」이라는 시를 쓰고는 일시에 손에서 모든 것을 놓아버린다. 슬픔에 짓눌린 나는 근 한 달간을 곡기를 거부하며 나무 침대에 누워 지냈다. 온몸이 죽을 듯이 아팠다. 김우찬과 동생 내외가 그런 나를 극진하게 간호했다. 공교롭게도 이해에 제1차 오일쇼크가 발생해서 국가 경제가 심각한 위기에 직면하게 된다. 10월 16일, OPEC의 중동 6개국 석유장관들이 쿠웨이트에 모여 역사상 처음으로 석유 수출국들의 이름으로 원유 수출 가격을 일시에 70퍼센트 올리기로 합의한 것이다. 이들은 원유를 무기화하기로 결정하고, 10월 6일에 발발한 아랍─이스라엘 간의 전쟁, 즉 제4차 중동전쟁에서 이스라엘을 지원하는 미국과 친이스라엘 국가들에 대해 석유 수출을 전면 금지한다는 결의안을 발표한다. 당시 시나이 반도와 시리아 골란고원에서는 이스라엘 군이 이집트와 시리아 군을 상대로 한창 전쟁을 치르던 중이었다. 이때 채택된 이 두 가지 결의안은 메이저 석유 회사들이 반세기 이상에 걸쳐서 세계 석유 시장을 유정에서 주유소에 이르기까지 완전히 장악하며 힘들게 쌓아올린 법적, 경제적, 정치적 기반을 완전히 무너뜨려버렸다. 그 체제에 순응하고 있던 대일한본국이 입은 경제적 타격은 심각할 수밖에 없었다.

1976년(41세)

정초에 중국 여행. 독립을 쟁취한 뒤 중국은 시장 중심의 수

정주의에 입각한 사회주의를 채택해 비교적 빠르게 안정되고 있었다. 봄부터 심기일전해 다시 연극운동에 힘쓰게 된다. 과거 전위라는 이름으로 내가 촉발시켰던 여러 가지 반규범운동을 반성적으로 돌아보면서 연극판을 중심으로 '무허가예술운동'을 본격적으로 전개한다. '프로젝트76' 그룹을 만들어 여러 가지 모뉴멘탈한 퍼포먼스를 선보인다. 나는 이 퍼포먼스들을 통해 공공의 질서와 제도, 관습화되고 관제화된 모든 사고방식 속에 자유를 억압하는 폭력성이 들어 있음을 구체적인 행위와 언설을 통해 보여주었다. 「최후의 광시곡」「룰루랄라」 등의 희곡을 썼고 「최후의 광시곡」이 평단의 호평을 받으며 여러 연극상을 받았다. 고숙을 추억하며 희곡 「고숙의 노래」를 쓰고 직접 연출을 해서 무대에 올린다. 과거에 나의 외설 작품들에 극렬하게 반대했던 50~60대 여성 관객들이 그 연극을 보고 눈물을 훔쳤다. 고백하자면 나 역시 그 눈물에 감염되어 눈물을 훔쳤다. 이 해 10월, 오사카에서 민족 간 분쟁으로 열두 명의 사망자가 발생하는 비극적인 사건이 발생했다. 한국인 상가 지역에 일본인 조직폭력배들이 폭동을 일으켜 한국인 다섯 명이 사망하자, 이 번에는 부산에서 보복 폭동이 일어나 일본인 일곱 명이 피살당한 사건이었다. 이 사건의 여파로 이후에도 크고 작은 분쟁들이 연쇄적으로 터져 일본과 한국이 통합된 이래 가장 큰 위기에 직면한다. 정호석 총리는 민족 간 분쟁 타파와 대통합을 호소하는 담화문을 발표, 일본인과 한국인은 같은 나라의 동등한 국민이며 두 민족 사이에 그 어떤 차별도 없음을 강조한다. 하지만 과거 일본과 한국의 극우주의자들을 중심으로 분리를 요구하는 운동 조직이 결성된다. 이해에 국립제5대학의 공연예술과 교수로 임용되어 강단에서 학생들을 가르치게 된다.

1980년(45세)

국립제5대학의 교수직을 그만두고 제주도로 거처를 옮긴다. 9월, 프랑스에서 어머니의 부고가 날아왔다. 아, 나의 곱디고운 어머니, 이국의 땅에서 숨을 거두실 때 무엇을 생각하고 있었을까. 미웁스럽게도 망국민의 한과 슬픔을 다스리지 못해 숨져간 최초의 지아비를 떠올렸겠지. 그 지아비는 일본과 한국이 이렇게 한 나라로 통일된 사실도 모르고 있겠지. 프랑스에 가서 어머니의 뺨에 마지막 키스를 했다. 고사토 씨가 보는 사람이 숙연하도록 서럽게 울었다. 나는 슬픔에 절어 무거워진 그의 어깨를 부축했다. 어머니 장례를 치르고 와서 남미를 여행했다. 잉카와 아스텍 유적지를 돌아보고 악마의 목구멍이라는 이과수 폭포를 보았다. 여행을 마치고 돌아와서 소설 『유적』 『마지막 입맞춤』 『나의 기원』 등을 발표한다.

1984년(49세)

유리가 도쿄의 아파트에서 변사체로 발견된다. 밝혀진 사인은 약물 과다 복용이었다. 유리는 나와 헤어진 이후 무질서하고 방탕한 생활을 했다. 그녀는 동료 배우, 가수, 정치가 등을 상대로 스캔들을 자주 일으켰고 주간지의 가십성 기사에 단골로 등장했다. 동생 은유가 야당의 국회의원으로 고향인 서울에서 출마해 당선된다. 이해에 열린 총선에서 야당은 258석을 얻었고 여당은 172석을 얻는 데 그쳐 여소야대의 정국 상황이 전개됐다. 여당은 내각의 끊임없는 부정부패와 실책만 거듭한 경제 및 민생 정책 때문에 국민들로부터 외면을 받았다. 특히 일본 출신 요시모토 총리의 노골적인 조선인 비하 발언으로 진보세력의 표심이 이탈한 것이 여당 총선 패배의 중요한 원인으로 분석되었다. 총선 패배의 책임을 지고 요시모토 내각이 사퇴했다. 장편『질주하는 기억』과 희곡『최후의 광시곡』이 영어와 프랑스어로 번역돼 현지에서 출간됐다.

1988년(53세)

서울에서 올림픽이 열렸다. 대일한본국으로서는 두번째 개최하는 올림픽이었다. 이해에 올림픽 개최를 기념하는 대형 문화 프로젝트에 주도적으로 참가한다. 나는 서울이 조선의 도읍이었던 시절의 사대문을 형상화한 공연을 준비한다. 「서울 사대문」이 그것이다. 두 개의 문을 통해 끊임없이 들어온 사람과 동물과 귀신 들이 다른 두 개의 문으로는 빠져나가는 퍼포먼스는 살아 있는 인간 사회, 다시 말해 문화적 생동의 흐름을 표현한 것이었다. 『유적』과『마지막 입맞춤』이 프랑스어, 중국어, 영어로 번역, 출간되었다.

1990년(55세)

미국 버클리 대학의 연구원 초청을 받아들여 1년간 그곳에 가 많은 책을 읽었다. 미국 행에는 스탠포드 대학 영문학과에 입학 허가를 받은 딸 수도 동행한다. 8월, 걸프전이 발발한다. 이라크가 아랍 패권주의를 내세우며 쿠웨이트를 침공하고 사우디아라비아까지 위협하자 석유 자본의 잠식을 우려한 미국이 이라크에 폭격을 가한 것이다. 이해에 처음으로 노벨문학상 후보로 추천되었다.

1993년(58세)

13년 만에, 자전적 장편소설 『보는 자, 말하지 않는 자』를 미국에서 현지 출간. 『뉴욕 타임스』와 주간 『뉴스위크』, 출판전문지 『퍼블리셔스 위클리』의 집중 서평을 받았다. 이 책은 동시에 한국어와 중국어, 프랑스어, 스페인어로 번역 출간되었다.

1995년(60세)

연초에 고베에서 강력한 지진이 발생해 6,400명가량이 사망하는 참사가 발생한다. 나는 무슨 이유에서인지 그 참혹한 현장으로 달려가고 싶었고 실제로 그렇게 했다. 무너진 건물과 갈라진 땅 사이에서 찢어진 인간의 육체에 최대한 가깝게 다가가서 눈에 보이는 것들을 보았다. 병원에 가서 아파서 신음하는 자들의 고통스러운 눈을 들여다보았다. 그들의 눈 속에 삶과 죽음이 통합되는 하나의 화엄, 적멸이 들어 있었다. 이때부터 아프고 고통스러운 자들, 슬픔에 처해 있는 자들과 친해져야겠다는 생각을 하게 됐다. 회갑 기념으로 친구들과 후배들이 만들어주겠다는 헌정 공연을 정중하게 고사했다.

2000년(65세)

일본의 나사로 마을과 소록도 병원을 4개월 정도씩 방문해서 한센병 환자들을 돌보았다. 거기서 쓸쓸하게 죽어나가는 이들의 눈을 쓸어주고, 그들의 영혼이 천국에 가 닿기를 기도하고, 그들을 위해 시를 썼다. 언어가 죽음 앞에 직면한 이의 공포 앞에서 무엇을 해야 하는지 나는 묻고 또 물었다.

2003년(68세)

5월, 국립제1대학병원에 입원해 척추 추간판 탈출증 수술을 받았다. 6월에 퇴원한 후, 일본의 고도, 나라에 임시 거처를 정하고 산책과 독서로 소일했다. 이곳에서 철학자 후쿠자와 씨와 서신 왕래를 시작, 2년여에 걸쳐 120여 통의 편지를 주고받았고, 이 서신이 고단샤 출판사와 미국의 랜덤하우스에서 동시에 단행본으로 출간됐다. 후쿠자와 씨와의 서신 왕래를 통해 나는 신과 인간, 시간과 우주, 예술과 문화 등에 대해 깊이 사고할 수 있는 기회를 제공받았다.

2006년(71세)

나가사키 교외에 건설된 장애인 복합도시에 정착했다. 그곳에서 다섯 시에 기상해서 오전 열한 시까지 장애인들을 돌보고, 점심을 먹고 한 시간 정도 산책을 한 뒤 다시 저녁 여섯 시까지 장애인들을 보살폈다. 그리고 저녁에는 책을 읽고 글을 쓰는 규칙적인 생활을 했다. 스웨덴의 한림원으로부터 『질주하는 기억』으로 노벨문학상 수상자로 결정되었다는 연락을 받았지만 정중히 수상을 거절했다. 왜냐하면, 그 상은 나에게 아무런 의미가 없다고 판단했기 때문이다. 의미 없는 것을 품고 있는 몸이 얼마나 추할 수 있는지를 아는 나이까지 나는 다행히도, 살아 있었다.

2007년(72세)

나는 여전히 살아 있고 날마다 질문을 하고 있다. 질문을 가질 수 있다는 것이 경이로운 기쁨을 안긴다. 나는 묻는다. 이 삶이 가소로운가 아니면 무거운가, 달콤한 것인가 아니면 쓴 것인가, 내가 배운 언어는 아름다웠는가 아니면 추했는가? 나는 무엇을 사랑했고 누구에게서 사랑을 받았는가, 그전에 나 자신을 사랑했는가? 내가 알고 있는 나는 내가 사랑할 수 있는 나인가? 나의 조국, 나의 고향, 나의 기원은 어디인가, 나는 어디에서 와서 어디로 가는가? 나는 누굴 미워했고, 충분히 고통받았는가? 나는 타인의 삶을 이해하려고 노력했는가? 나는 한순간이라도 나로부터 벗어났는가? 나는 아직 죽지 않았고 그리고, 질문을 하는 동안은 계속 살아 있을 것이다. 질문을 갖는 곳은 그곳이 어디든 생생한 현재의 공간성을 갖는 것임을 나는 다행스럽게도 믿는다.

권
태
주
의
자

당신들도 알겠지만, (사실은, 알지 못해도 아무런 상관은 없지만) 나는 빌어먹을, 권태주의자이다. 당신이 모르는 최후의 사람이다. 당신이 모르는 최후의 사람은 최후를 생각하는 방식으로 하루하루를 견딘다. 그것이 곧 권태주의자의 방식인 셈이다.

조금 전 나는, 권태주의자의 자격으로 이렇게 중얼거렸다. 마치 래퍼의 노래처럼 말이다.

"불을 먹은 기억이 없다. 너는 30분 늦었고, 머리칼은 젖어 있다. 나는 너를 가질 수 없다고 말했다. 너는 눈이 커졌고 나는 C에서 보낸 여름을 생각한다. 처음이 기억나지 않는다. 기억나지 않는 밤이 지나가는 동안 허리가 아프다. 너는 말하지 않고 내 앞에 서 있다. 네가 태어나서 처음 부른 노래는 무엇인

가. 나는 성기를 꺼내고 차가운 물을 성기에 붓는다. 너는 분홍색 가방을 메고 있다. 구름이 지나간다. 구름은 셀 수가 없다. 어디서 어디까지가 하나의 구름이고 어디서 어디까지가 둘의 구름인가. 언젠가 세 개의 구름이라는 제목으로 시를 써볼 것이다. 쥐들이 사라지고 보름 후에 개미들이 사라졌다. 나는 너의 빨간 눈이 마음에 들지 않는다. 술집이 문을 닫을 때까지 정적을 주문한다. 어젯밤 어디에서 잤는지 말하지 않겠다. 비로소 너의 이름이 궁금하다. 내가 아직까지 너의 이름을 알지 못하는 것을 너는 슬퍼한다. 지나가는 것들이 잠깐 멈추고 나를 바라본다. 너는 30분 늦었고, 젖어 있던 머리칼은 말랐다. 네가 이 생에서 마지막으로 부를 노래는 무엇인가. 물처럼 마시려고 술을 사온다. 다시 차가운 물을 성기에 붓는다. 목이 마르고 잠은 오지 않는다. 뚜껑을 열고 알약의 냄새를 맡아본다. 너는 말하지 않고 내 앞에 서 있다. 무얼 하고 싶어? 네가 힘겹게 묻지만 나는 대답하지 않는다. 너는 손가락을 내 코끝에 대어본다. 너는 그냥 나만 보고 있어. 나만 만지고 있어."

중얼거리는 것을 마치고 나면, 창문을 열고 어떤 불경한 이방인이 나의 중얼거림을 엿듣지는 않았을까 의심스럽고 불안한 눈초리로 밖을 내다본다. 아무도 엿들은 자가 없다는 것을 확인한 나는 긴장을 풀고 차가운 바닥에 엎어져 길고 긴 잠을 자고 싶다고 생각한다. 그리고 혹시 그 잠에서 깨어날 수 있다면 길고 긴 편지를 쓰고 싶다고 생각한다. 그리고 누군가 불러주는 노래를 듣는 것이다. 그 노래는 이렇게 시작한다.

"공작새가 날개를 펴지 않는 하늘은 슬픈 호수처럼 어둡네요."

아주 어렸을 적 우리 집 마당에 공작새 한 마리를 키운 적이 있다. 옆집에서 타조를 키웠기 때문에 경쟁심에서 공작새를 키운 것이다. 나는 공작새가 그 아름다운 꽁지날개를 펼치는 것을 동네 사람들에게, 특히 옆집 아이에게 보여주고 싶었기 때문에 하루 종일 공작새 옆에서 호루라기를 불었다. 내가 호루라기 부는 것을 멈추지 않자, 엄마가 내게 다가왔다. 나는 엄마가 호루라기를 빼앗아갈 거라고 생각했기 때문에 호루라기를 얼른 주머니 속에 감췄다. 내게 다가온 엄마는 다만 이렇게 말했다.
"얘야, 비누나 선인장을 먹어서는 안 된단다."
어머니의 한쪽 손에는 이빨 자국이 선명한 비누 조각이 들려 있었다.

그리고 권태주의자는 다시 이렇게 중얼거린다. 사실 중얼거리는 것은 권태주의자의 대표적인 덕성 중 하나다.

"미안해 공작새, 내가 먹어서 죽인 선인장들아. 비누의 맛을 잊지 못하겠어."

선인장은 더 이상 집에 남아 있지 않았기 때문에 나는 선인장을 먹고 싶어도 먹을 수 없었다. 하지만 비누는 달랐다. 비누는 화장실에 가면 있었기 때문이다. 비누 먹는 습관을 고친 것은 초등학교 2학년 때였다. 비누를 먹는 것보다 비누를 가지고 더 재미있게 할 수 있는 것을 찾아냈기 때문이다. 그것은 비누로 방울을 만들어서 공중에 날리는 것이었다. 그 무렵 내가 만들어 날린 비눗방울은 47억 개가 넘을 것이다. 내가 그 얘기를 아주 오랜 시간이 지난 후에 여자 친구에게 했을 때, 여자 친구는 "네 입은 비눗방울 공장이었구나"라고 말했다. 나는 그것이 칭찬인지 비난인지 분간할 수 없었다. 여자 친구가 내게 한창 상냥했을 때라면, 물론 나는 당연히 칭찬이라고 생각했을 것이다.

여자 친구는 엊그제 나를 만났을 때 느닷없이 일본에 다녀오겠다고 말했다. 나는 여자 친구에게 네가 일본에 간다면 나는 꽃밭에 석유를 붓겠다고 말했다. 비누를 다시 먹는 생활을 갖겠다고 말했다. 우리는 텅 빈 옥상에 올라가서 오랫동안 키스를 했다. 여자 친구는 제발 자신을 일본에 보내달라고 말했다. 여자 친구의 눈빛이 너무나 간절해서 나는 더 이상 고집을 피우는 것이 의미가 없다고 생각했다. 여자 친구는 일본에서 석 달 정도 머물 것이다. 한 번도 본 적이 없는 그녀의 이복오빠가 오사카에서 술집을 운영하고 있는데, 일손이 부족해서 도와주러 가는 것이다. 여자 친구는 술집을 찾은 고객들에게 몸을 팔지도 모른다. 해가 조금씩 기울어지자 옥상에 붉은 석양이 밀어닥쳤다. 나는 여자 친구와 계속 키스를 하면서 그녀의 침을 삼켰다. 사실 권태주의자는 여자 친구의 침을 삼켜서는 안 된다. 왜냐하면 영혼이 섞일 수도 있기 때문이다. 하지만, B급 권태주의자쯤 되는 나는 그런 불문율을 대수롭지 않게 생각하는 편이고, 그런 나의 태도가 어쩌면 훨씬 더 권태주의자의 근본에 어울리는 일일지도 모른다고 생각했다. 내가 침을 삼키자 여자 친구가 가방을 떨어뜨렸고, 가방 안에서 매끈한 시집이 흘러나왔다. 바람이 잠깐 불었을 것이다. 이 옥상의 저녁을 오랫동안 증오할 것이다. 키스를 멈추었을 때 가시나무 떠는 소리가 들리는 것도 같았다. 미안해 공작새, 내가 먹어서 죽인 선인장들아. 비누의 맛을 잊지 못하겠어,라는 말이 울음처럼 다시 새어 나왔다.

오사카의 코리언 걸이 될 여자 친구와 헤어지고 집에 들어온 나는 늘 하는 것처럼 샤워를 하기로 했다. 샤워를 하기로 결정하기 5초 전쯤부터, 나는 거울을 의식하기 시작했다. 거울이 나를 보고 있다고. 그보다 훨씬 오래전부터 나는 거울을 상상하고 있었다. 나는 거울의 이해자이다. 사실 나는 거울에 대한 생각을 종종 한다. 권태주의자에게 거울은 어떤 면에서는 유일한 타자, 유일한 대상, 유일한 페르소나가 될 수 있다. 나는 샤워를 할 때는 물론이고 좋아하는 시인이 새로 출간한 시집을 읽으면서도 거울에 대해 생각하고 뇌가 녹아내리도록 술을 마시면서도 거울 생각을 멈추지 않는다. 거울이 내 생각을 하리라고는 생각지 않았다. 거울은 말이 없고, 말이 없는 거울이야말로 정말 거울다운 것이다. 나는 거울 생각을 한다. 회사에 출근해 프로젝션이 동원된 워크숍을 하면서도, 갤러리에서 이불과 외젠 아제의 작품들을 들여다보면서도 거울 생각을 했다. 거울 생각을 하며 거울을 보면 거울이 내 생각을 할지도 모른다는 막연한 기대가 생기기도 한다. 애완견에게 약을 먹이면서도 나는 거울 생각을 했다. 거울을 생각하면 성기가 봉긋하게 부풀어 올랐다. 가슴이 쿵쿵 뛰고 입에서 혀가 나왔다. 나는 살아 있는 게 이상할 지경이었다. 나는 거울을 어떻게 처분할 것인지 감히 상상할 수 없다. 거울 때문에 내가 죽고 거울 때문에 지금 내가 달린다. 거울아, 내가 아니어서 좋겠다 너는.

그리고 비,

비에 대해 말하지 않을 수 없다는 것을 나는 알고 있다. 비는 권태주의자에겐 종교 같은 것이기 때문에. 그래서 그날 아침부터 나는 비가 올 확률에 대해서 생각했다. 만원 지하철의 문이 열릴 때 사람들의 틈바구니를 헤치고 가급적 우아하게 내리는 방법에 대해서도 생각했다. 내 관자놀이를 겨냥하는 눈먼 유탄 같은 건 어디에서 만날 수 있을까? 평범하게 쇼핑 같은 것을 하거나 영화를 보다가 자살 폭탄 테러와 조우해 영문도 모르는 채

생을 마감하는 것도 나쁘진 않을 것 같다. 팔레스타인이나 이라크나 체첸 같은 데서는 그처럼 어처구니없는 생의 마감이 얼마나 비일비재한가. 적어도 죽음 따위라면 느닷없이 오는 것이 좋겠다는 생각이 든다. 모두가 비 오는 날이라는 전제로 하는 말이다. 언젠가 누가 내게 물었죠, 왜 당신은 비극적 세계관에 입각해 있느냐고. 나는 대답했어요. 비극이 희극을 압도하니까요. 권태는 비극의 전경 같은 것이다. 권태에 대한 나의 집착은 아마도 열세 살 때부터 시작된 것 같다. 열세 살이란 나이는, 고대 왕조의 왕자라면 왕좌에 오를 수 있는 나이이기도 하고, 맞벌이 나가는 가난한 부부의 아들이라면 일찍 자위행위를 터득하는 나이이기도 할 것이다. 나는 그런데 그때 권태를 생각했던 것 같다. 앞으로 이어질 내 삶이 빌어먹을, 권태에 바쳐질지도 모른다고 말이다.

열세 살의 어느 여름, 담장 위의 고양이가 갑자기 내게 뛰어들어 내 뺨을 할퀴고 도망가는 일이 있었다. 그것은 그때 내 주변에 있던 꽤 많은 사람들이 목격했다. 하지만 지금 그 일을 기억하는 것은 오로지 나 하나뿐일 것이다. 내가 권태를 자각한 것은 바로 그때였다. 고양이가 내 뺨을 할퀴고 도망갔던 순간 말이다. 고양이는 권태주의자를 좋아하지 않을지도 모른다는 생각이 든 것도 그때였다. 그로부터 많은 시간이 흐른 어느 날, 내가 언제부터 탄산음료와 커피를 마시지 않았는지 잠시 생각하다가 내 앞을 지나가는 얼룩무늬 고양이 한 마리를 물끄러미 바라보게 되었는데, 시무룩한 녀석의 표정을 보고 나는 다시 한 번 고양이가 권태주의자를 좋아하지 않는다는 확신에 이르게 되었다. 왜냐하면 고양이는 자신들이야말로 세상에서 가장 훌륭한 권태주의자라고 믿을 것이기 때문이다. 시무룩한 고양이와 조우했던 그날, 나는 집에 돌아와 그때 내가 무척이나 좋아하던 여자 친구에게 이별을 통보하는 편지를 썼다. 이 여자 친구가 일본에 가겠다고 말한 여자 친구와 같은 사람인지는 말하지 않겠다. 그리고 왜 그날 갑자기 여자 친구에게 이별을 통보하는 편지를 쓰기 시작했는지 역시 말하지 않겠다.

"내가 권태에 사로잡힌 것과 동시에, 빠르게 움직이던 검은 구름이 내 머리 위에서 정지하는 것과 동시에 나는, 이 세상에는 내가 사랑하거나 숭배할 만한 훌륭한 것들이 하나도 존재하지 않는다는 것을 알았어. 나는 널 결코 사랑하지 않아."

그것은 내가 태어나서 처음으로 선포한 이별이었다. 권태는 이별을 선포하게 만들었다. 무언가를 사랑하는 것과 무언가를 숭배하는 것은 권태주의자로서는 실격 사유에 해당한다. 그것은 내가 정한 룰이다. 여자 친구는 편지를 받고 나서 울면서 내게 전화를 했다. 아니, 전화 통화를 하는 도중에 울기 시작한 것 같다. 나는 권태주의자로서의 내 삶의 원칙들을 설명하는 대신에, 단지 깊고 무거운 침묵을 택하기로 했다. 마침내 그녀가 나를 설득하는 것을 포기하고 전화를 끊었을 때, 나는 벽을 향해 온몸을 날려서 내 몸에 상처를 입혔다. 그리고 끙끙 앓으며 겨우 잠든 그날 밤 꿈을 꾸었다. 꿈속에서 나는 래퍼처럼 반복적으로 상체를 흔들며 랩송을 불렀다. 그런데 놀랍게도 내가 부른 랩송의 가사는 고등학교 작문 시간에 제출해서 선생님으로부터 상담을 받아야 했던 그 글이었다.

"어젯밤 꿈속에서 나는 눈만 있는 사람이었어. 죽은 사람이 일어나 해바라기가 서 있는 텃밭 쪽으로 걸어가는 걸 지켜보았지. 그는 자신의 얼굴에 씌워져 있던 하얀 천을 신경질적으로 걷어내었지. 씨팔, 어쩌다 내가 이 지경이 되었을까 자책이라도 하는 표정이었어. 마치 축구 경기에서 순전히 자신의 실수로 실점을 한 골키퍼의 표정과도 흡사했지. 우리는 늦은 저녁을 먹고 있었어. TV에서는 오래된 일본 영화를 상영하고 있었지. 12년 동안 말을 아낀 할머니의 메뉴는 여전히 붉은 팥죽이었어. 그날 저녁 여자중학교 운동장에 미군 헬리콥터가 엄청난 먼지바람을 일으키며 착륙했어. 두꺼운 안경을 쓰고 키가 작은 교장 선생이 날아가는 모자를 쫓으며 운동장을 돌고 돌았지. 활을 가져와 저 녀석을 쏴버리겠어. 미군에게 성폭행당하고 목숨을 잃은 딸의 아버지가 말했지. 그는 벽돌 공장에서 일을 하는 사람이었어. 붉은 벽돌을 하루에 500개씩 구워냈지. 그는 술을 마시면 동네의 어린 꼬마들에게 붉은 벽돌이 붉은 이유는 억울하게 죽은 사람의 피가 섞여 있기 때문이라고, 제법 싱거운 농담을 하곤 했지. 우리는 여전히 쇼팽의 「야상곡」을 들으며 늦은 저녁을 먹고 있었어. 우리는 두부와 콩을 먹었던가. 꽃과 안개를 마셨던가. 해바라기 앞에 서 있던 죽은 사람이 활을 맞고 다시 쓰러졌어. 그는 귀에 꽂힌 화살을 뽑아내려고 그르렁거렸지. 그때, 그때 말야, 해바라기가 키득키득 웃었어. 음, 믿을 수 없는, 믿기 어려운 일이 눈앞에서 일어난 거지. 해바라기가 소리를 내며 웃다니, 상상이 돼? 저녁이 왔고 곧 어둠이 내렸어. 화살을 맞은 죽은 사람은 다시 죽고 말았어. 해바라기는 믿기지 않는 웃음을 거두지 않았고, 집집마다 폭포처럼 맹렬하게 어둠이 쏟아졌지. 골목 가로등마다 불이 켜졌어. 우리는 아주 늦은 저녁을 천천히 먹고 있었지. 그날 저녁에도 팥죽을 먹은 할머니는 아무런 말을 하지 않았어."

선생님은 나와 상담을 하면서 나의 글 속에 들어가 있는 폭력성이 매우 염려스럽다고 말했다. 나는 선생님에게 이렇게 말했다. 그렇게 말했던 것은 지금 생각해도 아주 잘한 일 같다.

"선생님, 저는 다만 견딜 수 없도록 권태로울 뿐이에요."

권태주의자로서 나는 어제처럼 그리고 오늘처럼, 내일처럼, 약속을 하고, 샤워를 하고, 밥을 먹고, 구두를 닦고, 전화를 한다. 내 앞에 놓인 삶은 고혈압 환자의 식단처럼 평속하고, 평속한 것을 비웃는 것들에게 둘러싸여 있다. 누가 봐도 그렇다고 생각할 것이다. 삶이라는 진창 속에 들어 있는 나는 좋은 것을 생각해내지 못할 때 종종 아프기도 하고, 어떤 때는 아무런 근거 없이 우쭐해지기도 하지만 십중팔구는 무기력하다. 때때로 너무 빈번하지는 않게 허무맹랑한 상상을 옷처럼 입고 물처럼 마신다. 그것은 내가 의식한 것일 수도 있고 아닌 것일 수도 있어서 애매하다. 어떤 날에는 용맹한 것들 사이에서 못마땅한 표정으로 하루 종일 돌아다니기도 한다. 눈에 보이는 것들을 다 말하지도 못한다. 시계가 오후 다섯 시를 치면, 지혜도 없고 아군도 없고 의욕도 없다고 자탄한다. 순간적으로 다가오는 공상에게 몸을 허락할 뿐이다. 이것이 나를 가장 잘 설명한 말이다. 하지만 여전히 나는, 내가 처해 있는 모종의 상황에 대해서 좀더 이야기를 하고 싶다. 그래서 아마도 나는 아주 답답하고 이상한, 다시 말해 어떻게 이어가야 할지 모르고, 어떻게 끝내야 할지는 더더욱 알 수 없는 이 글을 좀더 쓰게 될 것이다.

일단 어떤 고백부터 하자면, 나는 가끔 내가 서지 못하는 언어에 둘러싸여 있다는 것을 느낀다. 언제부터 이렇게 됐는지 모르겠다. 알지 못하는 사이에 이루어지는 일들은 언제나 공포감을 안긴다. 한낮에 잠이 들었는데 눈을 떠보니 어느덧 캄캄한 밤중이라는 것을 알게 되었을 때 소스라치게 놀라는 것처럼 말이다. 내가 좋아하는 것 중에 벤자민 나무라는 것이 있다. 나는 벤자민 나무를 보면 말을 걸고 싶은 마음을 참을 수 없어진다. 벤자민 나무는 독립심은 강하고 똑똑하지만 유방은 아직 채 성숙하지 않은 여중생을 보는 것 같다. 나는 벤자민 나무에게 이야기한다.

"자, 너의 이야기를 시작해봐. 하고 싶은 것만 얘기하란 말야."

그러면 뜻밖에 벤자민 나무는 이렇게 대답한다.

"나는, 위협받는 포로처럼 우울해요. 눈에 에워싸인 당신의 복사뼈처럼 우울해요. 한쪽 발을 잃은 마네킹처럼 우울해요."

벤자민 나무가 그토록 우울해하고 있는 줄을 내가 상상하지 않았다면 어떻게 짐작이나 했겠는가. 나는 벤자민 나무와 헤어져서는 술집에 처박혔다. 그리고 울면서 속에 있는 말을, 하고 싶은 말을 털어놓았다. 사실 나는 권태주의자입니다. 그러면 누군가가 이렇게 묻겠지요. 권태주의자라구요?

그러면 나는 대답해야 할 것이다. 권태주의자의 생리에 대해서 말이다. 권태주의자는 이를테면 이렇게 생각하는 사람이다. 조금 따뜻하며 우울하고 느린 공상 속에 도시의 생활을 견디게 하는 힘이 들어 있을지도 모른다고. 공상은 활성화된 권태가 갖는 의식의 고유한 작용이라고 말이다. 공상의 요소를 제외한다면 권태는 죽음과 조금도 다를 바가 없다. 도시의 생활을 구성하는 습속은 권태를, 있을 수 없는 것을 실존하게 하는 것처럼 믿게 하는 방식으로 은밀하게 전경화시키지 않는가. 그래서 나는 어느 깊은 밤 술을 마시고 길을 걷다가 이런 생각에 이르게 되었다. 밤하늘의 별이 어느 순간 한꺼번에 지상으로 쏟아져내리는 일이 일어나지 않는다면 내 삶의 권태는 지속될 것이라고. 권태는 지옥의 악마가 내게 강매한 것이라고.

나는 오랫동안 권태주의자가 되기 위한 노력을 게을리하지 않았다. 그것은 거짓말이 아니다. 하루에 스무 번씩 소리 내지 않고 우는 연습을 하고, 붉은색 벽돌로 쌓아 올린 우물을 바라보며 웅크리고 있었던 것도 모두 권태주의자가 되기 위한 노력이었다. 그렇게 하면 권태주의자가 될 수 있다고 말해준 사람은 아무도 없었지만 권태는 스스로 발견하는 순간에 더욱 빛을 발한다는 것쯤은 나도 이미 알고 있었다. 나는 권태주의자가 되기 위해 음식을 스스로 만들지 않고 다른 이가 권하는 음식을 먹지도 않았다. 음식을 먹는 것만큼 삶에 대해 맹렬한 의지를 드러내는 순간은 따로 없다고 함부로 간주했기 때문이다.

나는 권태를 유지하기 위해 가능한 한 불확실하고 어렵고 불편하고 희미한 생각들을 떠올려야 한다. 다시 말하면 외로운 사람들의 고향 하늘 같은 것에 대해서 말이다. 그들의 손가락이 처음 불에 데이거나 뱀에 물린 순간을 상상하기도 한다. 낙타가 뒷걸음질 칠 때의 굴욕에 대해서도 상상했다. 이 모든 것이 권태주의자가 되기 위한 열망 때문이었다.

어른이 된 뒤에 나는 술을 마실 때에도 수돗물 떨어지는 소리만을 들었다. 반복되는 일정한 리듬은 권태로 가닿는 길에 대해서 매우 시적인 암시를 한다. 수차례의 실험 끝에 나는 권태가 오래 걷고 많이 생각하고 적게 먹으며 움직이지 않는 자에게 더욱 자주 찾아온다는 사실을 깨달았다. 그것은 도움 없이 스스로 깨달은 것이다. 하지만 나는 그것을 다른 사람들에게 얘기하지는 않았다. 내가 얘기를 한다고 해도 다른 사람들은 내 말을 전혀 알아들을 수 없을 것이기 때문이다. 나는 구입한 지 얼마 되지 않은 구두를 쓰레기통에 버리고, 버스를 조롱하고 크게 웃는 자들을 함부로 모욕했다. 권태를 모르고서 어찌 삶을 알 수 있나. 이런 비슷한 생각들을 했던 것 같다. 나는 오랫동안 권태주의자가 되기 위한 노력을 게을리하지 않았다. 권태는 열여섯 이래로 신앙을 버린 내게는 일종의 복음이었다. 하지만 그것은 하나의 길이 아니며, 길이라고 주장해서도 안 된다. 왜냐하면 권태는 하나의 웅크렸던 엉덩이 자국에 불과하기 때문이다. 이것이 사실은 내가 가장 믿고 있는 권태에 대한 편견이다.

내가 느끼는 권태의 어떤 정서를 보다 구체적으로 설명하기 위해 이제부터는 삼촌에 대해서 얘기해야만 한다. 삼촌은 내가 권태주의를 설명할 때마다, 명확하지는 않지만, 그렇다고 무시할 정도도 아닌, 아주 애매모호한 수준의 영감을 주는 존재다.

선천적인 것인지 후천적인 환경의 요인인지, 젊은 나이였을 때부터 폐와 심장이 좋지 않은 삼촌은 낡은 빌딩의 지하에 있는 탁구장의 주인이었다. 나는 그가 당구장 주인이 아니라 탁구장 주인이라는 것이 무척 맘에 들었다. 나는 삼촌의 근심을 알지 못하는 것처럼 그 탁구장의 이름을 기억하지 못한다. 태생적인 환경에 의해 내가 몰입할 수밖에 없던 것들을 의도적으로 밀어 내고자 애쓰던 시절에 그 탁구장의 이름도 내 기억에서 빠져나 갔을 것이다. 탁구장에는 밥주걱처럼 생긴 탁구 라켓이 빨랫줄에 나란히 걸려 있었다. 나는 몇 번인가 목과 다리가 긴 여자친구를 탁구장에 데리고 간 적이 있었다. 여자 친구는 아버지가 직업군인이었기 때문인지 다소 뻣뻣하고 무료한 인상을 가지고 있었다. 나는 그녀가 환기시키는 권태가 매혹적이라고 느껴질 때에만 그녀에게 친절했다. 권태란 이미 내게는 삶의 전제 조건이었다. 권태롭지 않은 자들, 혹은 권태를 알지 못하는 자들에게 나는 아무런 매력을 느낄 수 없었다. 나는 그들에게 적의를 가지고 있었다. 여자 친구와 나는 늘 탁구장이 문을 닫을 즈음 그곳에 도착했다. 그때마다 삼촌은 운동 삼아 밤마다 탁구를 친다는 세탁소 사장과 둘이서 엉성하게 탁구를 치고 있었다. 그들은 탁구를 치지 않으면 조금쯤은 우리에게 존경받을 수 있었을 것이다. 그들이 탁구를 치는 모습은 보기에 좋지 않았다. 그들은 서둘러서 순두부 백반이나 동태찌개 따위를 시켜 저녁을 먹고는 호롱불을 쥐듯 라켓을 손에 쥐었을 것이다. 나는 그들의 한심한 게임을 깡통 맥주를 마시며 지켜보았고 지나치게 비위가 약한 여자 친구는 차마 게임을 보지 못하고 카운터에 엎드려

꾸벅꾸벅 졸았다. 그 아이는 반복적으로 들리는 탁구공 넘어가는 소리 때문에 졸지 않을 도리가 없었을 것이다. 톡 탁 톡 탁, 서로 이길 생각이 전혀 없는 그들의 랠리는 비교적 오래 이어졌다. 삼촌과 세탁소 사장의 탁구가 끝나면 삼촌은 전기난로 끄는 걸 잊지 말라는 말을 남기고 쭈뼛쭈뼛 밖으로 사라졌다. 삼촌이 탁구장을 나가서 어디로 가는지 나는 알 수가 없었다. 그는 어디선가 잠을 자고 매일 아침 일곱 시에 탁구장 문을 열었다. 그가 몇 년 후 위암으로 죽지 않았다고 해도, 그는 자신의 유골 상자를 안고 거리를 헤매는 가엾은 중년이 되었을 것이다. 나는 다리와 목이 긴 여자 친구를 흔들어 깨우고 전기난로를 끄고 탁구대에 그 아이를 눕히고 정사를 치렀다. 다리 좀 높이 올리란 말야. 여자 친구가 긴 다리를 공중으로 치켜들면 그녀의 엄지발가락이 형광등에 닿곤 했다. 불빛이 흔들릴 때마다 나는 터져나오려는 웃음을 참고 여자아이의 긴 다리에 입을 맞췄다. 그녀의 긴 다리를 따라서 눈물이 하염없이 흘러내렸다. 그건 내가 찾은 희생의 방식이기도 했다. 나는 신앙을 가진 자가 아니었다. 믿는 것보다는 불신하는 것이 편안하기 때문이다. 나는 회의하는 것이 세상에서 가장 자신 있는 일이었다. 불신과 회의, 이것은 권태의 기본 구성 요소들이어서 내가 관심을 가지지 않을 수 없었다. 내가 삼촌의 탁구장을 여자 친구와 자주 찾은 것은 물론 정사를 치르기 위한 것은 아니었다. 삼촌에게 내색은 안 했지만 탁구장에는 내가 원하는 무엇인가가 언제나 꽉 채워져 있었다. 나는 어떤 상상을 하고 탁구장은 어떤 상상을 멈추지 않으려는 나와 썩 잘 어울린다고 내 마음대로 생각하는 시절이었다. 삐걱삐걱, 관절이 부실한 탁구대는 여자아이와 나의 몸무게를 지탱하느라 곤욕을 치르곤 했다. 다리가 길었던 여자아이와 내가 그 탁구장에서 탁구를 친 적은 한 번도 없었다. 아직까지 삼촌의 근심을 모르고 탁구장 이름이 생각나지 않는 것은 참 다행이다. 모르긴 해도, 나는 삼촌이 권태를 근본적으로 이해하는, 세상에서 매우 드문 사람 중에 하나일 거라는 생각이 든다.

앞다리가 없는 개 역시 내가 권태로운 삶을 살게 될 것이라는 전조를 강하게 전해준 것 중 하나다. 언제인지 정확히 기억이 나지는 않지만 나는 동네에서 담배를 사가지고 오다가 아주 우연히 앞다리 한 짝이 없는 개를 본 적이 있다. 태어날 때부터 그랬는지 아니면 사고로 다리를 잃었는지에 대해서는 아는 바가 없다. 나는 그날 그 개를 처음이자 마지막으로 보았기 때문이다. 내가 그 불우한 개를 기억하는 것은 그 개의 표정이 아주 억울하고 분한 사람의 표정과 흡사했기 때문이다. 알 수 없게도, 처음 마주쳤을 때 나는 개와 맹렬하게 대화를 나누고 싶어졌고, 단 한마디라도 대화를 나눌 수 있다면 이제까지의 태도를 버리고 삶을 긍정하면서 살 수 있을 것 같다는 생각마저 들었다. 이를테면 매일 아침 여섯 시에 일어나 묵상을 하면서 산책로를 따라 걷다가 함부로 버려진 담배꽁초와 쓰레기를 줍는 삶마저 가능할 것 같았다. 하지만 나는 당연한 말이지만 그 개와 대화를 나눌 수 없었다. 그 개는 내가 무서운지 나의 접근을 허락지 않았고 나는 그것이 몹시 서운했다. 개는 세 발만 가지고 나보다 앞서서 뛰어갔다. 허기와 한쪽 발이 없는 부끄러움 중에서 어떤 것이 더 고통스럽나요? 꿈속에서 내게 그렇게 묻던 어떤 여자의 목소리를 들은 것은 그날 밤이었을까. 그러던 어느 날, 내 삶이 아주 보잘것없고 권태롭다고 느껴지던 봄날 오후에, 나는 빨간색 승용차의 키박스에 키를 꽂았다. 차를 타고 어디론가 가보고 싶다는 생각이 든 것은 꼭 한 달 만이었다. 부로롱, 차에 시동이 걸리는 소리가 물방울들이 얼굴에 쏟아지는 소리 같다는 생각이 들었다. 어떤 이가 내 머릿속에 들어와서 나의 생각을 훔쳐본다면 무척 쑥스러울 거야. 나는 다소 천천히 교외로 차를 몰았다. 빠르게 지나가는 차들과 그 안에 타고 있는 사람들의 이름과 그들의 지난밤을 상상하기도 했다. 차는 여자 친구의 집으로 향하고 있었다. 그 여자 친구가, 삼촌이 운영하던 탁구장을 함께 들락거리던 다리가 길었던 여자 친구인지 아니면 다른 여자 친구인지는 말하지 않겠다. 왜냐하면 그것은 권태주의자의 품위와 관련된 것이기 때문이다. 내가 이런 말을 하면 많은 사람들이 의아해하겠지만 권태주의자에게 품위는 매우 중요한 것이다. 아무튼 내가 차를 여자 친구의 집 쪽으로 향하게 한 것은 역시 내가 의도하지 않은 것이기도 하고 의도한 것이기도 해서 애매하다. 나는 이것을 도저히 확실하게 말할 수가 없다. 내가 의도한 것과 의도하지 않은 것을 대관절 어떻게 구분할 수 있단 말인가. 여자 친구는 집에 있지 않았다. 한 달동안 연락을 전혀 하지 않았으므로, 어쩌면 여자 친구는 나를 완전히 잊었는지도 모른다. 그건 여자 친구의 책임이 아니다. 내가 여자 친구의 성기에 손가락이나 성기를 집어넣지 않고 있던 시간 동안, 여자 친구가 가장 골몰했던 것은 무엇이었을까. 어쩌면 토익이나 벨리댄스 같은 것인지도 모른다. 당신 때문에 다른 것에 집중이 안 돼요. 마지막으로 술집에서 헤어지면서 여자 친구가 그렇게 말했던 기억이 난다. 그 말이 사실이라면, 우리가 만나지 않았던 지난 한 달 동안 그녀는 무언가에 충분히 집중할 수 있는 기회를 가졌을 것이다. 나는 차를 여자 친구의 집 앞에 세워두고 근처에 있는 편의점에 들어가서 깡통 맥주와 초코바를 샀다. 그리고 여자 친구 집 뒤쪽에 있는 작은 공원의 벤치에 앉았다. 목이 말랐던 나는 맥주를 따서 급하게 마셨다. 그때 휴대폰 벨이 울렸다. 특정한 사람과 연결되지 않는, 생소한 전화번호가 액정에 떠올랐다. 전화를 받으니 나를 몹시 사랑한다고 스스로 믿고 있는 장형이었다. 그는 두 번 자살을 기도했었고 그때마다 내게 장문의 유서를 남겼다. 유서 속에서 형은 내게 종교와 금욕과 채식주의를 권유했다. 죽으려고 하면서 산자에게 무엇을 권유하는 것은 좀 비겁하다는 생각이 들었다. 형은 독일 책을 우리말로 번역하고 가끔 시를 쓴다. 작년부터는 지방 대학교 철학과의 전임이 되어서 강의를 하고 있다. 전화 속에서 형은 비현실적인 목소리로 내게 말했다. 너는 삶을 아무런 목적도 없이 소비하고 있어. 형은 제법 술에 취해 있었다. 나는 그에게 분명하게 말해야 한다고 느꼈다. 형, 내가 신봉하는 것은 도덕이 아니에요. 다만 다투지 않고 경쟁하지 않는 절제죠. 겸양과 배려 같은 것 말이에요. 그것은 당신들의 도덕으로 유지될 수 있는 것이 아니라구요. 심오한 관찰과 열정과 재능의 일치, 자신에 대한 설득력을 가질 수 있을 때에야 가능한 것이죠. 형은 나를 사랑한다고 스스로 확신하면서 내 모든 것을 빼앗고 싶어 하는 사람이다. 형은 앞다리 한 짝이 없는 개에게 남아 있는 앞다리 하나를 내놓으라고 말하는 사람의 목소리를 가졌다. 나는 전화를 끊고 곧 전원을 꺼버렸다. 천천히 일어나 공원을 두 바퀴 돌면서 심호흡을 했다. 다시 여자 친구 집 앞쪽으로 돌아 나왔다. 그것은 나의 의도도 아니었고 나의 책임도 아니었다. 제발 나에게 이래라저래라 하지 말란 말야. 나의 마음은 그렇게 소리쳤을 것이다. 여자 친구가 키가 작고 통통한 중년 남자의 팔을 끼고 집으로 들어가는 것을 보았다. 여자 친구는 나를 보지 못했고 나는 그것이 정말 다행이라고 생각했다.

비가 내리는 일요일 오후에 나는 강가를 거니는 사람들을 보고 있다. 비 오는 날, 더구나 그날이 일요일이라면, 강가에 나가는 일은 권태주의자에겐 일종의 종교적 의무에 속한다. 그것은 도저히 거역하는 것이 불가능한 일이다. 나는 강가를 거니는 사람들을 바라보기도 하고 강을 바라보기도 한다. 강 이편에서 저편을 바라보는 일은 잠시 현실의 아수라에서 벗어나 자기 세계 안에서 홀로 그윽해지는 일이다.

나는, 감히 저 깊은 강물 속에, 납치된 후 번득이는 칼 앞에서 성폭행을 당하고 목이 졸려 죽은 어린 여자아이의 시체가 떠다닌다고 상상한다. 강물은 투명하지 않으므로 억울하게 죽임을 당한 육체를 겉으로 드러내지 않는다. 상한 영혼은 그 죽은 육체 안에 깃들어 있다. 시체는 물에 퉁퉁 붇고 물고기들이 지나가며 툭툭 건드릴 것이다. 강 속의 세계를 상상하는 일은 그러므로 불투명한 세계를 들여다보는 일이다. 그런 강가에 나와 앉아서 비를 바라보고, 비가 소리 없이 스며드는 강의 표면을 보고 있다. 나는 지금 내가 무엇을 오랫동안 증오하고 있었는지를 알아야 한다.

강가에 오랫동안 앉아 있으니 한기가 몰려온다. 온기가 있는 방 안에서 따뜻한 물을 마시고 적당히 땀을 흘리며 30분 정도만 따뜻한 섹스를 하면 좋겠다. 그런데 지금의 나는, 어떤 여자에게도 내가 있는 곳으로 와달라고 말할 수가 없다. 내가 알고 있던 여자 친구는 나를 떠났다. 나는 전화를 잘 받지 않고, 약속 시간을 지키지 않고, 때때로 묻는 말에 대답을 하지 않아서 그녀를 서운하게 했고, 그래서 고통을 받았을 여자 친구는 나를 떠나기로 결심했을 것이다. 나는 불처럼 뜨거웠던 여자 친구의 입술과 혀를 기억한다. 나는 여자 친구가 진심으로 나를 사랑했을 거라고 생각한다. 하지만 그녀가 내게 다시 돌아온다고 해도, 나는 예전처럼 전화를 잘 받지 않을 것이고, 때때로 묻는 말에 대답을 하지 않을 것이다. 그녀를 무시하거나 그녀를 모욕하기 위해서 내가 그랬던 것은 아니다. 나는 다만, 타자에게 친절하고 호의적인 나 자신을 대체로 견디지 못할 뿐이다. 그것은 권태로운 자들의 괴로운 운명이다.

코트의 깃을 세우고 목 안으로 들어오려는 바람을 차단한다. 그리고 담배를 꺼내 불을 붙인다. 담배 연기가 빗방울과 섞이면서 자욱해진다. 빗방울과 섞이는 담배 냄새가 몹시 향기롭다. 흩뿌리는 비를 맞으며 강가를 지나가는 사람들이 가끔 나를 바라본다. 그들은 강 건너편에 대해서 오래 생각하지 않는 것 같다. 그들은 둥그런 테이블에 둘러앉아서 밥을 먹는 것을 좋아하고, 뒷자리의 관객에게 피해를 끼치지 않으려고 노력하면서 일주일에 한 번 정도 극장에서 영화를 보는 사람들일 것이다. 양질의 교육을 받은 자들, 도덕적으로 학습된 자들. 그런 삶이 가능한 자들의 유전자에 대해서 골똘하게 생각한 적이 있다. 신기하군, 속으로 이렇게 내뱉었던가. 정말 나쁜 것은 자신이 나쁘다는 것을 모르는 것이다. 그러니까 나처럼 말야.

내게 아직 여자 친구가 있었을 때, 나는 그녀를 삼촌이 운영하는 지하실의 탁구장에 자주 데리고 갔다. 그것은 앞에서 내가 말한 그대로다. 내가, 진정으로 권태를 이해하는 사람일 거라고 짐작하는 삼촌의 탁구장에서 탁구를 치는 사람들을 바라보면서 나는 탁구가 매우 인간적인 스포츠라는 것을 알았다. 그것은 일종의 게임인데, 패한 자의 영혼을 파괴하지 않는다는 측면에서 매우 인간적이다. 이 모든 것이 가능한 것은 오로지 톡 탁 톡 탁 하는 탁구공 소리 때문이다. 이 소리는 게임과 연루되는 모든 욕망과 음모를 가볍게 만드는 마법을 가지고 있다. 삼촌은 자신이 사랑했던 여자에 대해서 밤늦게 내게 털어놓은 적이 있다. 삼촌의 고백은 삼촌 입장에서는 하지 않았으면 더 좋았을 얘기였고, 내 입장에서는 듣지 않았으면 더 좋았을 얘기였다. 삼촌은 스무 살이 되었을 때, 교회의 성가대에서 어떤 여자를 만났고 그녀를 몹시 사랑했다고 한다. 머릿속이 온통 그녀 생각으로만 가득 찼던 삼촌은 지나치게 긴장한 나머지 바리톤 독창 부분에서 음정을 놓치고 말았다. 삼촌은 그것이 치명적인 실수였다고 말했다. 그가 놓친 음정은 지금쯤 어디를 떠다니고 있을까. 그의 첫사랑은 삼촌이 군대에 있을 때 다른 남자에게 시집을 갔다고 한다. 나는 시시해서 큭큭대며 웃고 싶었고, 그토록 진부한 이야기를 털어놓는 삼촌이 문득 한심하게 느껴졌다. 그가 권태를 이해하는 사람이라고 상상하지 않았다면 나는 그를 오랫동안 무시했을지도 모른다. 삼촌은 자신의 실연 경험을 진정으로 슬픈 눈빛을 하고 말했기 때문에 나는 그의 말을 중간에서 자를 수 없었다. 탁구장에는 손님이 들어오지 않았다. 탁구장 가운데에 놓인 전기난로만이 홀로 뜨겁다. 강물은 불투명한 세계를 거느리면서 흘러간다. 어느 순간에 강 앞에서 이렇게 애매모호하게 존재하게 된 것이 나는 다만 좀 멋쩍을 뿐이다. 격렬하고 못된 상상에 사로잡혀 머리를 싸맨 채 고통에 겨운 시간이 겨우 지나면, 권태주의자는 착한 글을 쓰고 싶어진다. 이를테면 소박하고 순수한 영혼을 가진 내 나이 또래의 젊은 청년이 쓰는 수기 같은 글이다. 바로 이런 글.

"나는 대학 졸업을 앞두고 석 달 동안 선배가 운영하는 출판사에서 편집 교정 아르바이트를 한 적이 있습니다. 정식 직원은 아니었고, 용돈이나 벌기 위해 일을 했습니다. 그곳은 주로 대학 교수들의 논문집이나 교육청이나 구청 같은 관공서의 기관지를 펴내는 곳이었습니다.

교정이나 교열은 내게 너무나 단순한 일이었고 또 업무량이 많지 않았기 때문에 자유로운 시간이 많이 주어졌는데, 나는 그 시간에 소설을 썼습니다. 석 달 일하는 동안 사무실 안에서 소설을 400매 정도 쓴 것 같습니다. 그것은 의미 있는 습작이었습니다.

어느 날, 출판사 대표인 선배가 인쇄소에 견학을 가자고 했습니다. 나는 별생각 없이 따라나섰습니다. 인쇄업은 예나 지금이나 3D 업종에 속합니다. 일은 힘들고 위험한데, 급여는 형편없으니까요. 인쇄소에서 가장 견디기 힘든 건 인쇄기가 돌아갈 때 나는 소음과 잉크 냄새입니다.

인쇄소라는 곳을 처음 간 나는 책이 어떤 공정으로 만들어지는지 눈으로 보고, 책이라는 것에 대해 가지고 있는 대부분의 환상을 버리게 되었습니다. 그런데, 인쇄소에서 일을 하는 직원 중에 체구가 큰 어떤 이의 모습이 무척 낯익었습니다. 나는 곧 그가 초등학교에서 중학교 때까지의 동창인 황모라는 것을 깨달았습니다. 그는 중학 시절 주먹 하나로 학교를 주름잡았던 친구였습니다. 나와 같은 동네에 살았기 때문에 무척 친했지만, 그의 몸집이 갑자기 커버리고 그가 양아치 같은 생활을 하면서는 관계가 소원해졌습니다. 그는 완력으로 학교 생활을 지배했지만 곧 몰락했습니다. 급전직하였지요. 사진관 집 아이를 위시한 부잣집 아이들 대여섯 명이 결탁을 해서 그에게 집단 린치를 가했기 때문입니다. 그의 참혹하게 부서진 얼굴을 나는 선명히 기억하고 있습니다.

뜻밖의 장소에서 그를 발견한 나는 반가운 마음에 이름을 불렀습니다. 그러자 그가 고개를 돌려 나를 바라보았습니다. 그는 황모임에 틀림없었습니다. 그런데, 내게로 다가오는 듯하던 그는 나를 스쳐서는 인쇄소 밖으로 걸어 나갔습니다. 나는 무안한 마음과 섭섭한 마음이 교차하였습니다.

일주일쯤 후에 다시 그 인쇄소에 갈 일이 있었습니다. 인쇄소의 사장은 황모가 그날 그렇게 걸어 나간 이후로는 다시는 출근하지 않았고 연락도 없다고 했습니다. 석 달을 채우고 나는 지나치게 소박한 그 출판사를 떠났고, 곧 그 일을 잊어버렸습니다."

아마도 그 동창 녀석이 인쇄소를 떠난 것은, 나의 출현으로 인해 자신의 권태가 훼손될 수 있으리라는 염려 때문이었으리라. 아무튼 착한 글이라고 표현한 이런 글을 쓰고 나면 권태를 조율할 수 있다는 자신감이 생긴다. 물론 이 자신감은 생각처럼 오래 지속되지 않는다. 내 경험에 의하면 권태는, 누군가를 찢어서 죽이는 끔찍한 상상력이나 나 자신이 알몸으로 분쇄기에 빨려 들어가는 악몽 따위가 종료되는 지점에서 가장 강력하게 발생하는 어떤 감정이다. 어떤 면에서 권태는 이 세상에서 가장 품위 있는 방식으로 내 가소로움과 무기력함을 드러내는 기술이다.

어제는 평생을 아름다움과 술에 취해 산 소설가 Y와 두 시간 남짓 대화를 나눌 기회가 있었다. Y로 말할 것 같으면, 그 역시 어지간히 권태를 들먹이고 권태를 옹호하는 사람 중에 하나. 나는 그와 대화를 나누면서 예술가의 삶과 문학의 운명 같은 것에 대해 차분하게 생각할 기회를 갖게 되었다. 그는 추한 것이 아름다울 수 있다는 말을 전파한 사람이다. 그 말을 처음 한 사람은 아마 고갱이었을 것이다. 그와 헤어진 후에 마음이 몹시 뜨겁고 쓸쓸해져서 혼자서 술을 마셨다. 나는 일부러 술집들이

밀집해 있는 시내까지 걸어가서 아주 시끄러운 술집을 택해 들어갔다. 젊은 남녀로 바글바글 대는 술집에 앉아서 나는 소주를 마셨다. 내 옆 테이블에서는 스무 살 정도밖에 안 되어 보이는 여자 셋이 케이크를 자르고 있었다. 세 명 중에 어느 한 사람의 생일인 것이 분명해 보였지만 오늘 태어난 사람이 누구인지 끝까지 확인하지는 않았다.

예술은 외로움을, 불안을, 권태를 받아들이는 것이 아닌가라는 생각이 든다. 나는 어제 시끄러운 술집에서 그런 생각에 이르렀다. 예술은 지위보다는 형편과 관련이 있는 게 아닌가라고. 예술은 있는 것을 부정하고 없는 것을 만들어내는 것이다. 그런 의미에서 예술은 생산인 동시에 파괴다. 이것은 아주 기본적인 원리에 불과하다. 차가 굴러가기 위해서는 바퀴가 필요한 것처럼. 바퀴가 둥글어야 하는 것처럼 말이지.

나는 홀로 술잔을 기울이면서, 술에 취해가면서 내 삶의 가치에 대해서 조금 더 고민해봐야겠다고 생각했다. 그리고 목에 살인자의 칼이 들어온다면 이렇게 말하리라고 생각했다.

"내가 조금만 더 권태를 즐길 수 있게 도와주지 않겠어?"라고.

내 기억이 정확하다면, 다른 사람들의 도움은 여전히 필요하지 않다고 생각한 것이, 내가 그날 밤 술에 취해 의식을 잃기 전에 마지막으로 생각한 것이다.

다음 날 아침 불쾌한 기분으로 눈을 떴을 때, 나는 처음 말을 배우는 사람처럼 권태주의자는 숲을 달린다, 라고 발음해보았다. 그리고 권태주의자의 이마에는 태양, 콧등에는 빗물이라고 발음해보았다. 그리고 내가 2년 전쯤 출간한 소설집을 펼쳐서 읽기 시작했다. 그 소설집 속에 시인이 되고 싶은 스무 살의 여자가 옥상에서 뛰어내리는 소설이 실려 있다. 나는 그 소설의 제목을 「밤하늘은 호수다」라고 붙였다. 소설 속의 여자아이의 이름은 '실래'다. 그것은 짐작한 것처럼 에곤 실레에서 따온 이름이다. 실래는 새벽에 쓰레기봉투를 치우는 환경미화원을 자취방으로 불러들여 섹스를 하고, 스리랑카에서 온 불법체류자와도 섹스를 한다. 말하자면 실래는 가엾고 외롭고 죽을 것처럼 피로한 사람들에게 자신의 체온을 나눠주는 것이다. 나는 그것이 바로 권태주의자의 정신이라고 믿는다. 나는 그 소설을 쓰면서 무엇 때문인지, 죽어도 좋겠다는 생각이 들었다.

나는 이제 어쩔 수 없이, 아니 분명하게, 똑바로 권태주의자로 나갈 것이다. 나는 당신들과 똑같은 방법으로 생존하지 않겠다.

당신들도 알겠지만, 그리고 사실은 몰라도 아무런 상관은 없지만, 나는 빌어먹을, 권태주의자이다. 당신이 모르는 최후의 사람이다.

랑의
사태

이것은 랑과 나의 이야기이다. 아니, 더 구체적으로 말하면 랑이라는 '불합리'를 바라보면서 내가 느낀 '불안'과 '권태'에 대한 이야기이다. 랑은 나에게는 일종의 사태(事態)다. 나는 그렇게 생각하기로 했다. 어쨌거나 당신들이 이 이야기에 귀 기울여야 할 이유는 없다. 그것이 무엇이건 이 이야기로부터 당신들이 바라는 걸 얻을 가능성은 거의 없기 때문이다. 이 이야기는 나로서는 단지 불가피한 것일 뿐이다.

몇 시쯤 됐을까. 나는 2년째 살고 있는 내 오피스텔의 침대 위에서 눈을 떴다. 어제 저녁, 혼자 산책을 하고 집에 돌아오는 길에 수입 주류 전문 판매점에 들러 '바카디151' 한 병을 사가지고 들어왔던 기억이 난다. 그리고 주말 밤의 유치한 TV쇼를 보면서 그 독한 술을 들이켰다. 안주는 슬라이스 치즈뿐이었다. 나는 어느 순간 신경질적으로 TV를 끄고 CDP에 포티쉐드 Portishead의 새 앨범을 앉혀놓았던 것 같다. 그러곤 '베스 기븐스의 퇴폐적이고 음탕한 목소리는 여름밤 술맛을 돋우는 데 그만이군'이라고 흐뭇해하며 계속 술을 들이켰을 것이다. 한 잔, 두 잔, 석 잔, 다섯 잔, 일곱 잔. 술을 마시는 동안 나는 식도를 도려내는 것처럼 맵고 독한 술로부터 내가 지극하게 위로받고 있다는 생각이 들었다. 그리고 어떻게 잠들었을까, 잠들기 전에 내가 마지막으로 생각한 건 무엇이었을까. 어느 순간 이미 나로부터 사라졌을 가능성이 농후한 나는, 결코 그것을 알 수는 없을 것이다. 뇌가 녹아서 흐르는 기분, 내가 익힌 언어의 활자들이 낱낱이 분해되어 흩어지는 어렴풋한 느낌을 끝으로 나는 정신을 잃었다. 그리고 지금 막 눈을 뜬 것이다. 문득 내가 아무 말도 하지 않은 지 백만 시간쯤 흐른 것 같다는 생각이 든다. 입을 열면 무슨 말이 제일 먼저 튀어나올지 조금 두렵기까지 하다. 침대에서 겨우 몸을 일으키고 머리를 흔들어본다. 침대가 풍랑 위에 떠 있는 조각배처럼 흔들리는 것만 같다. 발밑에 바카디151 병이 쓰러져 있는 것이 보인다. 그런데 마개가 닫혀 있는 병 안의 술은 조금도 줄지 않은 상태다. 이상한 일이다. 술을 마시지 않았던가? 그렇다면 입안 가득 밴 이 술 냄새는 뭐지? 그리고 나를 취하게 한 건 뭐지?

한여름이고 비가 온 지 꽤 오래되었다. 모든 것이 바짝바짝 말라간다. 나는 선글라스를 쓰고 은행과 우체국에 몇 번 다녀왔다. 일본에 있는 어머니에게 용돈과 소포 따위를 부치기 위해서였다. 어머니에게 용돈을 부치고 은행을 나올 때마다 나는, 나라는 인간은 구체적인 생활을 혐오하면서 살 수밖에 없는 존재라는 생각이 들었다. 구체성이 바로 나의 적이고 구체성이 바로 나의 암살자야. 나는 구체성과 목숨을 걸고 싸워야만 해. 술을 먹지 않고도 이렇게 말이 안 되는 소리를 지껄일 수 있다는 사실이 신기하다. 하지만 이즈음의 나는 이런 소릴 지껄이고 나서야 그나마 하루를 무난히 견딜 수 있었다. 나는 주로 구체적인 사건이 내게 안기는 분란과 소요(어떤 경우, 그것이 허상에 불과한 것일지라도)와 다투면서 부두에 컨테이너박스처럼 쌓인, 거의 무한하리만치 보이는 시간을 보내곤 했다. 어머니는 가을쯤에 일본에서 사귄 애인과 함께 한국에 다녀갈 거라고 했다. 일본인 애인에게 내 자랑을 많이 해놓았단다.

물이라도 마시려고 냉장고 쪽으로 움직이려는데, 문자가 왔다. 랑이다.

'술 깼어요?'

어젯밤, 바카디151에 잔뜩 취해 랑에게 전화를 했었던가? 기억이 가물가물하다. 나는 발밑에 쓰러져 있는, 술이 조금도 줄지 않은 바카디151 병을 집어서 눈앞에 갖다 대고 물끄러미 바라보았다. 그러고는 장식장 안에 세워두었다. 샤워를 하기 위해 욕실에 들어갔다.

오늘은 무슨 일이 있더라도 삼촌에게 다녀와야 한다. 일주일 전쯤 삼촌이 전화를 해서 병문안을 와달라고 말했기 때문이다. 삼촌이 병원에 입원한 것을 진즉에 알고 있었던 나는, 삼촌이 전화하기 전까지 삼촌에게 다녀와야 하는지 아니면 그렇게까지 할 필요는 없는 건지 도무지 판단할 수가 없었다. 나는 삼촌을 좋아했지만, 병원에 누워 있는 아픈 삼촌을 본다면 그를 예전처럼 좋아할 수 있을 것 같지가 않았다. 하지만 삼촌이 내게 전화를 해서 병원으로 와달라고 말했을 때, 나는 불분명한 감정 때문에 혼란스러웠던 며칠 동안의 시간이 너무나 무의미하고 가소롭게 느껴져 나도 모르게 풋, 하고 웃음이 나왔다.

삼촌과 나는 같은 해에 태어났다. 당연히 나이가 같다. 그가 나보다 생일이 두 달 정도 빠를 뿐이다. 삼촌은 아버지의 이복 동생이다. 부인할 수 없는 이 같은 사실은 엄연히 그와 내가 삼촌과 조카 사이라는 것을 알려주지만, 우리는 친구처럼 격의 없이 지낸다. 삼촌을 가까이에서 보고 있으면 오래된 미래를 보고 있는 듯한 일종의 환각에 사로잡히게 된다. 그것은 내 종족의 진화가 지체되고 있는 듯한 느낌 같은 것인데, 어떤 경우엔 매우 희극적인 감회를 안기기도 한다. 아닌 게 아니라 내 아버지와 내 할아버지가 동시에 아들을 낳았다는 것은 우스꽝스러운 일임에 틀림없다. 이 희극성이 보여주는 생생한 현실감과 남루함을 나는 삼촌으로부터 확인한다. 그리고 그로부터 내 존재의 기원에 대한 모종의 암시를 받는다. 사실 삼촌은 내가 '최후의 가족'이라고 내 맘대로 규정한 사람이다. 삼촌은 오래전부터 폐와 위가 좋지 않았다. 그가 좋아한 음식은 맵고 짠 음식들뿐이었다. 그리고 정초에 병원에서 위암 진단을 받았다. 암 진단을 받기에는 젊은 나이였다. 그전까지 삼촌은 자기 자신을 퍽이나 대견스러워하는 탁구장의 주인이었다. 내 아버지도 위암으로 세상을 떠났다. 내가 초등학교를 졸업하기도 전의 일이다. 아버지가 나에게 남겨준 것은 아름다워서 철이 없는, 애교 많은 어머니와 나와 나이가 같은 자신의 이복동생뿐이었다.

삼촌이 운영하던 탁구장은 삼촌의 고등학교 동창인 K가 대신 봐주고 있다. 그 탁구장은 삼촌과 친분이 있는 시인들이 가끔 모여서 탁구를 치는 곳이었다. 내 기억이 정확하다면 삼촌이 쓴 시 중에는 「탁구공을 바라보다」라는 시가 있다. K는 원양어선을 타고 6개월 동안 남태평양에서 고기를 잡던 사람이다. 삼촌이 입원하기 며칠 전에 삼촌과 K와 나는 함께 밥을 먹은 적이 있다. 설렁탕집이었다. 나는 탁구장의 단골손님 자격으로 탁구장을 새로 관리하게 될 K를 삼촌으로부터 소개받기 위해 그 자리에 나갔다. 그날 처음 본 K는 반쯤은 정신이 나간 사람 같았다. 심하다 싶을 만큼 말을 더듬거렸고 시선은 고정되지 않은 채 주위를 두리번거렸다. 몸집도 지나치게 왜소해서 이런 몸으로 어떻게 먼 바다에서 격랑을 견디면서 중노동을 감당할 수 있었을까 하는 의문이 들었다. 그는 말을 많이 했지만 나는 그가 하는 말의 대부분을 알아들을 수 없었다. 나는 그것이 조금도 답답하지 않았다. 내가 그가 하는 말을 알아들었다고 해도, 그는 내게 아무런 영향도 미칠 수 없었을 테니까. 나는 함부로 그렇게 판단했다. K는 설렁탕을 후루룩 마시고 나서 동경 153도, 북위 4도 40분 미크로네시아 해역에서의 외롭고 고단한 생활을 떠올리는 듯 빨간 눈으로 창밖을 한참 동안 내다보았다. 나는 그 순간만 그를 긍정했다. 그는 이제 삼촌의 탁구장에서 톡탁톡탁 녹색 테이블 위를 왔다 갔다 하는, 세상에서 가장 가볍고 의미 없는 공의 움직임을 바라봐야 할 것이다. 삼촌은 K에게 나를 소개하면서 잘 부탁한다고 말했다.

"내 조카인데, 탁구장에 자주 찾아오지. 사실 우리와 나이가 같아. 암튼 이 친구는 우리 탁구장의 가장 중요한 고객이야. 잘 부탁해."

내가 삼촌의 탁구장에서 한 일은, 탁구장 영업 시간이 끝날 즈음 삼촌을 도와 탁구장을 청소하고 문단속을 하고, 다리가 긴 여자 친구를 불러들여 탁구대에 눕혀놓고 정사를 치른 것밖에는 없다. 머무를 곳이 없는 시절의 이야기이고, 어디에도 머무르고 싶지 않은 시절의 이야기다. 지금은 그 여자 친구와 헤어졌다.

눈을 뜬 지 몇 시간 지났지만 나는 아직 아무것도 먹지 않았고, 어떤 책도 펼치지 않았다. 도심의 오피스텔 단지에 위치한 내 방은 정오쯤 되어야 햇볕이 두 뼘 정도 창 안쪽으로 들어온다. 아직 사위가 어두운 걸 보면 정오가 되지는 않았나 보다. 이런 느낌이 좋다. 무얼 해야 할지 아직 모르고, 어떤 생각을 해야 할지 정리가 되지 않은 상태에서 눈을 뜨고, 감각을 반영하지 않은 채 허랑한 눈길을 좇아 사물의 질서와 구성을 머릿속에서 떠올려보는 시간 말이다. 나는 이런 시간을 순정한 시간이라고 믿고 있다. 어떤 의지가 개입한 나의 날숨으로부터 훼손되기 이전의 공기 속에, 무(無)의 입자가 아주 고르게 퍼져 있는 시간 말이다. 아무튼 오늘은 삼촌에게 가야 한다.

랑이 보낸 문자를 바라본다.
'술 깼어요?'
나는 답을 보낸다. 문자를 받은 지 두 시간 만이다.
'나는 영원히 깨어나고 싶지 않아.'

랑을 생각한다. 랑은 내 영혼 사이에 벌어진 틈을 알아차리고 그 틈을 비집고 들어온 여자이다. 나는 랑을 묘사해본다, 머릿속에서. 내 턱에 와 부딪치던 랑의 숨소리와 랑의 발톱. 랑의 머리카락. 랑의 냄새와 랑의 온도. 사실 나는 알고 있다. 특별한 감정을 가지고 있는 어떤 사람을 묘사한다는 것은 거개가 무모한 짓이라는 걸. 감정이 이입된 사람은 묘사되지 않기 때문이다. 만약 감정이 이입된 사람에 대한 묘사가 가능하다면, 그것은 이 세상에서 가장 아름다운 시가 될 것이다. 말은 언제나 부족하고, 충만한 결핍으로 이루어져 있다. 랑을 어떻게 묘사할 것인가. 랑을 묘사하는 말이 랑보다 아름다울 가능성이 거의 없다면, 묘사하는 것을 포기하는 것이 윤리적으로도 경제적으로도 옳을 것이다. 말은 내 의도에서 언제나 미끄러진다. 미끄러지는 말, 그래서 묘사하는 데 쓰일 수 없는 말을 오랫동안 상상해본다. 랑은 묘사되지 않으므로 랑이다. 랑은 묘사될 수 없는 순간부터 비로소 랑이다. 랑은 이상한 사람이다.

아픈 삼촌에게 갔다. 병원은 무척 먼 곳에 있었다. 버스를 타고, 지하철을 갈아타고, 다시 버스를 타고서야 겨우 닿을 수 있었다. 나는 병원 앞 슈퍼마켓에 들어가 과일 바구니를 살까 하다가 삼촌에게 주기 위해 마련한 봉투에 만 원짜리 몇 장을 더 넣기로 하고 그냥 물러나왔다. 아마 삼촌은 돈이 궁할 것이다. 그는 병원에 입원하기 전까지 건물 지하에서 월세를 내면서 탁구장을 운영하는 가난한 시인일 뿐이었으니까. 나는 삼촌이 시인이라는 것과 삼촌이 탁구장을 운영하는 것이 마음에 들었다. 만약 삼촌이 빨간색 뉴비틀을 몰고 다니는 외국계 증권사의 편드매니저였다면, 나는 그를 저주하고 다니느라 몹시 바쁘고 우울했을 것이다. 삼촌은 시인이고, 나는 나의 '최후의 가족'인 삼촌의 시를 좋아하는 무기력한 청년이다. 집착할 만큼 나를 몹시 좋아하는 여자를 두어 명 만났지만, 내 무기력증은 좀처럼 멎지 않았다. 절개된 과일의 단면에서 흘러나오는 과즙처럼, 칼에 찔린 짐승의 모가지에서 나오는 핏물처럼 솜으로 틀어막아도 멎지 않는 무기력의 진액. 그 무기력의 진액을 내 몸에서 씻어내기 위해 내가 얼마나 많은 햇살들을 그리워했던가.

밝고 헐렁한 환자복을 입고 있는 삼촌의 얼굴은 어둡고 헬쑥해 보였다. 근 두 달 만의 만남이다. 나는 병실 베드 위에 엉거주춤 앉아 있는 병색이 완연한 그의 얼굴을 보고 불경스럽게도 그의 장례식장에서 어떤 옷을 입어야 할지를 생각했다. 곧 검은색 정장을 사야 할지도 모른다고. 그는 나와 나이가 같았지만 나보다 훨씬 더 분명하게 절망적이었고, 나는 그것을 눈곱만큼의 회의도 없이 빠르게 받아들였다.

"바쁠 텐데 오게 해서 미안해."

삼촌이 말했다. 그의 목소리는 의외로 밝고 또렷했다. 그는 시인이기 때문에 자신에게 닥친 비극과 불행을 운명적인 것으로 받아들이고 있을 것이다. 그것이 마음 아프다.

"아니야, 무슨 소릴. 당연히 와봐야지."

나는 그의 두 손을 잡으며 말했다. 그의 손은 바짝 마른 장작 같았다. 그는 희미하게 웃었을 뿐이다. 그의 머리맡에는 시집으로 보이는 얇은 책 몇 권이 놓여 있었다. 내가 그 책들에게 잠시 눈길을 주고 있을 때 병실에 딸린 화장실 문이 열리고 30대 초반쯤 되어 보이는 여자가 나왔다. 짙고 긴 검은색 머리칼을 가진 그녀는 매우 음전한 인상의 미인이었다. 그녀의 손에는 화분이 들려 있었다. 화장실에는 화분에 물을 주러 들어갔던 모양이다. 삼촌이 눈으로는 그 여자를 보고 손으로는 나를 가리키며 다소 상기된 표정으로 말했다.

"아, 인사해. 내가 말했던 조카이면서 친구야."

그러자 그 여자가 꽃잎처럼 붉은 입술을 열어 말했다.

"아, 선생님께서 자주 말씀하시던 분이군요. 안녕하세요, 처음 뵙겠습니다."

분명 여자는 삼촌을 가리켜 선생님이라고 했다. 나는 그것이 몹시 신선하게 느껴졌다. 마치 소독약 냄새로 가득 찬 갑갑한 병실 안에 프리지아 향이나 레몬 향이 확 퍼지는 것과 같은. 이 세상에 삼촌을 선생님이라고 부르는 사람이 다 있다니. 삼촌은 여자가 자신을 가리켜 선생님이라고 말한 것이 다소 민망했는지 그만 얼굴이 붉어지고 말았다. 그 붉은 얼굴을 하고서 이번에는 여자를 가리키며 삼촌이 내게 말했다.

"조카, 이분은 시를 쓰는 분이야. 아주 착한 여자지."

삼촌이 그렇게 말했을 때에야 나는 알 수 있었다. 삼촌이 여자에게 시를 가르치고 있다는 것을. 여자가 삼촌을 가리켜 선생님이라고 한 것도 다 그 때문이었을 것이다. 그리고 내 머릿속에는 새롭게 떠오른 생각이 있었다. 시라는 게 배울 수 있는 것이고 내가 그것을 일찍 알았다면 나도 분명 누군가로부터 시를 배웠을 것이라고. 그것은 나쁜 생각은 아닌 것 같았다. 시를 배우는 삶도 나쁠 것이 없겠다는 생각은 그 후로도 가끔씩 내 머릿속에 들어왔다 나가곤 했다. 물론 그것은 경솔한 생각일 것이다. 나쁠 것이 없기 때문에 시를 배운다는 것은 시를 잘 모르는 사람이나 할 수 있는 말일 것이다. 그런데 삼촌은 여자에게 어떻게 시를 가르칠까. 나는 그것이 너무나 궁금했다. 만약 이곳이 병실이 아니고 삼촌이 환자만 아니었다면 나는 그것을 그 자리에서 물었을지도 모른다. 여자가 냉장고에서 과일을 꺼내 깎기 시작했다. 여자의 손가락은 희고 길었다. 처음부터 과일을 깎은 손 같았다. 그때 다시 병실 문이 열리고 의사 가운을 입은 남자 한 사람이 들어왔다. 삼촌이 굳어진 얼굴로 그를 향해 인사하는 걸 보니, 삼촌의 주치의인 모양이다. 여자 역시 과일을 깎던 손길을 멈추고 의사에게 인사를 했다.

의사는 베드 가까이 다가와 삼촌의 안색을 살피고, 이마에 살짝 손을 대보고는 여자를 향해 물었다.

"환자가 밤에 잠은 잘 자고 있지요?"

"네."

여자가 대답하기 전에 삼촌이 대답했다. 의사가 여자를 보호자로 간주하는 걸 보면, 여자는 이 병실에 온 지 꽤 됐거나 아니면 그동안 여러 번 들른 모양이다.

의사는 곧 병실을 나갔고 여자는 깎던 과일을 마저 깎았다. 얼마 후, 그러니까 여자가 과일 한 쪽을 삼촌에게 건네면서 몹시 조신한 말투로 "선생님, 이것 좀 드셔보세요"라고 말했을 때 다시 병실 문이 열리고 간호사가 얼굴을 들이밀고는 여자와 나를 밖으로 불러내었다.

"주치의 선생님이 찾으세요."

간호사는 여자와 나를 의사의 방으로 안내했다. 긴 복도를 걸으면서 보니, 삼촌에게 과일을 내밀던 여자의 손이 파랗게 질려 있었다. 그것은 내가 보지 않아도 좋을 것이었다.

나는 랑을 도서관의 앞뜰에서 처음 만났다. 랑은 벤치에 앉아 담배를 피우면서 도서관 서가 번호 딱지가 붙어 있는 책을 읽고 있었다. 나는 지난 신문들을 검색하기 위해 도서관에 왔다가 일을 마치고 돌아가는 길이었다. 그런데 햇살이 들어간 깨진 거울처럼 내 눈을 자꾸 잡아끄는 것이 있었다. 나는 그것이 무엇인지도 모르면서, 나를 잡아끄는 곳을 향해 나도 모르는 사이에 천천히 걸음을 옮겼다. 그리고 어떤 소녀의 손에 들려 있는 시집을 보게 되었다. 나는 그것이 삼촌의 시집이라는 것을 금방 알아보았다. 아, 탄성이 절로 나왔다. 의심할 여지없이 삼촌의 시집이 나를 끌어당겼을 것이다. 나는 랑의 앞에 발걸음을 멈추고 섰다. 나의 그림자가 랑의 얼굴에 음영을 만들어주었다.

도서관 앞뜰에서 뜻하지 않게, 가난하고 이름 없는 시인인 삼촌의 시집을 읽는 소녀를 만났을 때, 내가 왜 그랬는지 지금 생각하면 참으로 이해할 수 없지만, 나는 어깨에 메고 있던 DSLR 카메라를 두 손으로 움켜쥐고 소녀의 모습을 앵글 속에 담았다. 아마도, 그 무렵부터 부쩍 위가 자주 아프다며 우울해 했던 삼촌에게 그 사진을 보여주면 무척 재미있는 일이 생길 것 같다고 생각했던 모양이다. 소녀가 놀란 표정으로 나를 보았다. 그러고는 아주 피로한 음색으로 물었다. 그 목소리는 소녀의 얼굴과는 조금도 어울리지 않는 것이었다.

"지금 나를 찍은 건가요?"

나는 부인할 까닭이 없었다. 그래서 대답했다.

"응."

"내가 그렇게 예뻐요?"

"그게 아니고 지금 네가 읽고 있는 시집, 내가 정말 좋아하는 시집이거든."

그러자 랑이 크게 웃었다. 나를 한껏 비웃는 웃음소리였다.

"하하하하, 그래서 어쩌라구요? 나는 지금 시인 이름의 가나다순으로 시집을 읽고 있을 뿐이에요."

나중에 랑이 해준 말에 의하면 그날 랑이 읽은 삼촌의 시집은 랑이 태어난 이후 열아홉번째로 읽은 시집이었다. 도서관에서는 보통 책을 저자 이름의 자모 순서에 따라 서가에 꽂아놓는데, 삼촌의 이름은 그 도서관이 소장하고 있는 시집의 시인 중에서 가나다순으로 열아홉번째에 꽂혀 있었다는 것이다. 랑은 도서관에 꽂혀 있는 시집을 가나다순으로 읽기 전에는 단 한 권의 시집도 읽지 않았다고 말했다.

나는 잠시 어리둥절한 채 생각에 잠겼다가 랑에게 물었다.

"시집을 가나다순으로 읽는 이유가 뭐니?"

"그냥 그게 가장 공정할 것 같아서요."

"시집을 그렇게 공정하게 읽을 필요가 있어? 시집은 오히려 불공정하게, 편애하면서 읽어야 해."

내가 그때 왜 그렇게 완곡하게 말했는지 지금 생각해도 잘 이해가 되지 않는다. 다만 짐작하기로는 내가 좋아하는 삼촌의 시집을, 그런 우스꽝스럽고 이상한 원칙에 의해서 읽고 있는 소녀에게 약간 화가 났었는지도 모를 일이다. 나는 그즈음, 위가 자주 아프다는 삼촌의 이야기를 들으면서 불길한 예감에 사로잡혔다. 이 여자애는 삼촌의 시집을 아무런 감정 없이 읽어치우고는, 가나다순으로 그다음 칸에 꽂혀 있는 시집을 꺼내 읽겠지? 나는 삼촌의 시집이 그런 식으로 읽히는 것이 싫었다. 이것은 삼촌의 삶을 알고 있는 자로서는 절실한 감정이다. 그래서 그것을 막고 싶었다. 여자애가 열아홉번째로 읽은 삼촌의 시집이 그 여자애가 살아 있는 동안 마지막으로 읽은 시집이 되었으면 좋겠다는 생각도 들었다. 그런 생각은 곧 강렬한 열망으로 바뀌었다. 그렇게 하기 위해서는 여자애를 유인해서 죽여야만 했다.

내가 그런 생각들, 이를테면 분노와 비애감과 모멸감과 연민과 살의 따위의 생각들로 머릿속이 들끓고 있을 때, 랑이 말했다. 그것은 내가 태어나서 그때까지 들어본 말 중에서 가장 단순하고 명료한 말이었다.

"이 시인을 좋아하고 있군요? 내가 이 사람 시집을 읽는 것을 끝으로 죽길 바라죠?"

내가 랑을 죽이지 못했던 것은 랑이 이미 죽음 위에 서 있다는 생각이 들었기 때문이다.

랑은 할머니와 함께 신촌에 있는 사마리아 모텔에서 산다. 사마리아 모텔의 소유자는 랑의 할머니이다. 랑과 랑의 할머니는 모텔에서 살면서 모텔을 운영한다. 랑의 아버지와 어머니는 함께 살고 있지 않다. 랑의 아버지는 상하이와 홍콩을 오가며 무역업을 하고 있다고 했다. 아버지 이야기를 하면서 랑은 연민이라는 단어를 일곱 번, 증오라는 단어와 속물이라는 단어를 각각세 번, 고통이라는 단어를 두 번 사용했다. 어머니는 강남에서 대형 뷰티숍을 운영한다고 했다. 어머니 얘기를 하면서 랑이 특정하게 자주 사용한 단어는 없다. 결론적으로 나는 랑으로부터 그녀가 아버지와 어머니를 그다지 좋아하지 않는다는 인상을 받았다. 랑은 아버지와 어머니가 자신들의 결혼 20주년을 기념하여 유럽 여행을 다녀오다가 비행기가 바위산에 추락했을 때 함께 죽었다고 상상하기로 했단다. 랑은 자기 자신에 대해서,

그러니까 자신이 어떤 일을 하고 싶어 하고, 어떤 일을 잘할 수 있는지를 비교적 객관적으로 파악하고 있었다. 특히 자신이 부모를 얼마나 연민하고 얼마나 사랑하며 또 얼마나 증오하는지를 잘 안다. 부모는 비행기 사고로 죽었고 시신조차 찾을 수 없다. 랑이 그렇게 생각한 이상 랑의 부모는 랑에게 그런 부모다. 그것이 랑이 부모를 사랑하는 방식이다. 랑은 대학을 1년 만에 그만두었다. 그리고 사마리아 모텔 맨 꼭대기 층의 666호를 자신의 방으로 꾸몄다. 할머니는 1층의 프런트에 딸린 방에서 생활한다. 랑의 할머니는 대대로 숙박업을 해온 집안의 장남과 결혼했다. 그 남편과 낳은 딸이 랑의 엄마다. 남편이 죽은 이후부터는 실질적인 경영을 맡고 있다. 그런데 랑의 엄마는 어느 날 자신과 가장 가까운 두 여자를 배반했다. 자신의 어머니와 자신의 딸 말이다. 랑의 어머니로부터 배신당한 두 여자는 사마리아 모텔에서 함께 산다. 한 사람은 맨 꼭대기 층에서, 한 사람은 맨 아래층에서. 랑은 밥을 먹을 때만 1층으로 내려온다. 그나마 밥을 잘 먹지도 않는다. 랑은 상승과 하강을 매일 반복하며 이상한 삶을 완성해가고 있다. 랑은 딱 한 번 자신이 하고 싶은 일을 내게 말한 적이 있다. 그것은 글을 쓰는 삶을 살아가는 것이다. 랑은 분명히 이렇게 말했다. "내 글을 읽을 수 없는 사람들을 위한 글을 쓰고 싶어요." 나는 그 말의 뜻을 정확히 이해하지는 못했지만 독하고 아름다운 랑을 닮은 말이라고 생각했다.

랑은 스물한 살이다. 랑은 모텔에 혼자 잠을 자러 오는 남자들에게 가끔 몸을 내준다. 그것을 알게 된 할머니는 눈물을 흘리며 그러지 말라고 타일렀지만 랑의 그런 버릇은 잘 고쳐지지 않는다. 할머니는 손녀의 상상 속에서 비행기 사고로 죽은 딸과 사위의 사진을 성경책 위에 올려놓고 매일 바라본다. 그리고 딸에게 전화한다.

"너는 랑이 보고 싶지도 않니? 랑은 이 모텔 666호에서 살아. 그 방은 어둡고 습하고 이상한 방이야. 랑을 그 방에서 꺼내줄 사람은 너밖에 없어."

하지만 그것은 랑의 할머니가 하고 있는 오해다. 랑의 할머니도 랑에 대해서 잘 알지 못하는 것이다. 랑의 엄마는 랑을 결코 666호에서 꺼낼 수 없다. 랑을 666호에서 꺼내는 방법을 나는 알고 있다. 내가, 랑을 666호에서 꺼낼 수 있는 방법을 알고 있다는 사실이 나는 흐뭇하다. 나는 아직까지 그것을 아무에게도 말하지 않았다. 심지어는 랑에게도. 랑을 666호에서 꺼낼 수 있는 유일한 방법은, 666호라는 명패를 다른 번호가 쓰인 명패로 바꾸어 다는 것뿐이다. 예를 들면 669호나, 660호로. 그러면 랑은 어느 사이 666호가 아닌 다른 곳에 있는 셈이다.

랑은 자신의 부모가 시신을 찾을 수 없는 비극적인 상황 속에서 세상을 떠났다고 곧잘 상상한다. 비행기가 지상에 곤두박질

치고 있을 때, 랑의 부모가 나눈 마지막 이야기는 무엇이었을까. 그들은 랑을 떠올렸을 것이다. 자신들의 이상한 딸. 랑은 그래서 할머니에게 맡겨졌다. 랑은 막대한 보험금의 수령자였다. 랑은 공부를 아주 잘했다. 선생님들의 말과, 교과서의 행간 사이에 숨어 있는 의미들을 누구보다도 빨리 이해했다. 그렇게 자기 자신을 주인공으로 삼아서 상상 놀이를 하고 있을 때 전화벨이 울린다. 랑의 엄마다. 랑의 엄마가 랑의 할머니의 전화를 받고 마지못해 전화를 한 것이다.

"랑, 밥 먹었니?"

그럼 랑은 화난 사람처럼 시큰둥하게 대답한다.

"죽은 엄마가 그런 건 왜 물어?"

"그게 무슨 소리야."

"난 엄마가 죽었다고 상상하고 있어."

"얘가! 별소릴 다 하네. 그러지 말고 오늘 엄마 가게에 좀 오렴. 네 옷을 사놨거든."

"난 엄마 가게에 가지 않을 거고, 그 옷 입지 않을 거니까 아름다운 가게에 기부나 해. 그리고 전화는 하지 마. 엄마는 죽었어. 엄마는 죽었어. 시신도 없는 엄마."

랑은 아프고 어지럽다. 랑은 이를테면 왕국에서 온 소녀 같다. 지금은 공화정의 시대다. 그리고 민주주의가 어지간히 상식이 된 시대이다. 합리와 이성이라는 이름으로 참여와 공리가 요

구되는 사회가 제도적으로 세팅되어가는 것이다. 하지만 근대
시민사회가 만들어놓은 여러 시스템은 수많은 이상한 개인들을
양산해냈다. 이상한 개인들은 시스템에 부합되는 삶에 모욕감
을 느낀다. 그들은 자신을 최대한 은폐시킨 채로 결정적으로 반
항할 수 있는 기회를 노린다. 나는 대체로 이런 기형적인 존재
들에게 관심이 많은 편이다.

삼촌의 주치의는 나와 여자를 번갈아 바라보더니 나를 향해
물었다. 그는 도무지 이해할 수 없다는 표정이었다.

"환자와 어떤 관계시죠?"

"환자가 저에게 삼촌이 됩니다."

"실례지만 환자의 직업을 물어봐도 됩니까?"

"직업은 왜……?"

"음, 말씀드리기 좀 그렇지만 어떻게 이렇게 젊은 나이에 몸
이 이 지경이 됐는지 궁금해서 그래요. 위뿐만 아니라 간과 폐
도 다 엉망이에요."

"흡."

별안간, 내 옆에 서 있던 여자가 손으로 입을 틀어막고 울음
을 터뜨렸다. 여자는 의사의 방을 뛰쳐나갔다. 나는 금테 안경
을 쓰고 있는 의사의 눈을 똑바로 쳐다보며 물었다.

"환자의 직업이 뭔지 정말 알고 싶으세요?"

"네."

나는 그 순간 고민을 해야 했다. 그 고민은 지금까지 내가 한 번도 경험해보지 못한 성질을 가지고 있는 것이었다. 삼촌의 직업을 시인이라고 대답할 것인지, 아니면 탁구장 주인이라고 대답할 것인지. 그것은 내가 신의 부름을 받았을 때 인간 편에 줄을 서 있을 것인지 짐승 편에 줄 서 있을 것인지를 상상하는 것만큼이나 괴롭고 복잡한 심사를 안겨주었다. 어쨌건 나는 대답을 해야 했다.

"삼촌은 시인이에요."

그러자 의사는 아무런 말을 하지 않고 고개를 끄덕였다. 매우 비통하고 측은한 표정이었다. 그런 의사의 표정을 보고 나서야 나는 그에게 삼촌의 직업을 탁구장 주인이라고 털어놓는 편이 더 낫지 않았을까 하는 생각이 들었다. 나는 의사 앞에서 중얼거리기 시작했다. 입안에 침이 고여서 중얼거리지 않고서는 견딜 수가 없었다.

"가난한 시인이 매운 음식을 먹고 좁은 테이블 위에서 아슬아슬하게 왔다 갔다 하는 탁구공을 보고 있다."

"가난한 시인이 매운 음식을 먹고 좁은 테이블 위에서 아슬아슬하게 왔다 갔다 하는 하얀 탁구공을 보고 있다."

"가난한 젊은 시인이 매운 음식을 먹고 좁은 녹색 테이블 위에서 아슬아슬하게 왔다 갔다 하는 하얀 탁구공을 보고 있다."

"가난한 젊고 순결한 시인이 매운 음식을 먹고 좁은 녹색 테이블 위에서 아슬아슬하게 왔다 갔다 하는 가볍고 하얀 탁구공을 보고 있다."

의사가 질린 얼굴로 귀를 막는 것이 보인다. 나는 그제야 중 얼거리는 것을 멈추었다. 주치의는 내 손을 잡고는 낮은 목소리 로 말했다.

"삼촌은 석 달밖에 못 삽니다."

삼촌의 병원에서 집으로 돌아오니 어머니에게서 편지 한 통이 와 있었다. 편지 속에는 자신의 귀국 날짜가 적혀 있었다. 9월 마지막 주 금요일이었다. 그리고 편지 속에는 사진 한 장도 들 어 있었다. 최근에 찍은 것으로 보이는 어머니의 사진이었다. 어머니 옆에는 일본 남자가 서 있었다. 어머니와 일본 남자 뒤 에는 온천의 이름이 적혀 있는 간판이 달린 일본 전통 가옥 형 태를 띤 목조건물이 서 있었다. 어머니는 편지에서 자신이 한국 에 들어오는 날 공항에 나와주면 좋겠다는 말을 했다. 어머니는 일본 남자와 한국의 가을 날씨를 즐기러 온다. 그날 밤 나는 꿈 속에서 얼굴을 가린 어떤 사람으로부터 랑의 방에 대해서 묘사 해달라는 부탁을 받았다. 나는 그 사람의 부탁을 거절할 수가 없었다. 그가 내 목에 날카로운 은빛 칼을 들이댔기 때문이다. 그게 아니더라도 꿈속에서 어떤 일을 거절하기란 무척 어렵다. 나는 그의 부탁대로 랑의 방을 묘사하기 시작한다.

랑의 방은 사마리아 모텔 666호죠. 그 방의 주인은 이 세상에 단 하나밖에 없는 랑이에요. 랑은 이상하고 아름답죠. 방에게도 영혼이 있다면 666호의 영혼은 자신의 주인인 랑을 흠모할 수밖에 없을 거예요. 랑의 방에 들어가면 먼저 깨진 유리가보이죠. 화장대의 유리가 깨져 있고 욕실의 유리도 깨져 있어요. 랑의 방에 있는 모든 유리가 깨져 있다는 것은 한 가지 분명한 사실을 암시하죠. 그것은 랑의 아름다움이 바로 상처와 균열을 기반으로 하고 있다는 거예요. 그리고 그 방의 사면 벽에는 석고붕대가 발려 있어요. 그것은 벽의 눈을 가리기 위해 랑이 택한 매우 적극적인 조치예요. 랑은 틈만 나면 벽에 눈이 있다고 말했어요. 수천, 수만 개의 눈이 자기를 노려보고 있다고. 그래서 벽을 온통 석고붕대로 발라버렸죠. 그러고는 울고 싶을 때 마음껏 울었어요. 랑은 무지하게 웃긴 만화를 보면서도 울어야겠다는 생각을 할 수 있는 소녀죠. 침대 위에는 500권 정도되어 보이는 책이 쌓여 있어요. 랑은 기술자를 불러들여 침대에바퀴를 달아놓았죠. 그래서 랑의 침대는 책을 싣고 가는 마차처럼 보이기도 해요. 사마리아 모텔 666호가 보통의 모텔 방과 다른 것은 또 있어요. 그것은 바로 냉장고예요. 666호에는 세상에서 가장 큰 냉장고가 서 있어요. 냉장고의 문은 마치 커다란 성의 정문만큼이나 웅장하죠. 그 문은 사람 두세 명이 한꺼번에통과할 수 있을 만큼 크죠. 냉장고 안을 돌아다니는 데는 한 시간 정도의 시간이 소요돼요. 비행기 추락 사고로 죽은 부모님을상상하거나 책을 읽을 때를 제외하고 랑이 가장 많이 하는 생각은 어떻게 하면 부패하거나 썩어나가는 것들에 저항할 수 있을까 하는 거예요. 그래서 랑은 커다란 냉장고가 필요했죠. 냉장고 안에는 말린 고기와 포도주가 가득해요. 랑은 부모의 시신을 찾게 되면 냉장고에 넣어둘 거라고 말했어요. 내가 그 방에 처음 초대받던 날, 나는 배가 터지도록 말린 고기와 포도주를 먹었어요. 랑은 내가 말린 고기와 포도주를 먹는 동안 조용히 책을 읽었죠. 내가 말린 고기와 포도주로 가득 찬 배를 손으로 통통 치며 침대에 올라가자 랑이 내 목에 체인을 감아서는 화장실로 데리고 갔어요. 그러곤 몸을 ㄱ자로 구부리게 한 다음 한 손으로 내 배를 문지르고 다른 한 손으로는 등을 두드려주었죠. 그러면 나는 말린 고기와 포도주를 토해냈어요. 내가 토해낸 말린 고기는 낙타 다섯 마리, 산양 두 마리, 새끼 돼지 한 마리이고 내가 토해낸 포도주는 생수통 열일곱 드럼 분량이었어요. 마침내 모든 것, 심장과 간과 위장까지 다 토해낸 나는 죄사함을 받은 아늑한 기분을 느꼈죠. 그러고는 랑과 처음 섹스를 했어요. 책이 실린 마차 위에서 우리는 200킬로미터로 달렸죠.

일본에서 어머니가 돌아오셨다. 9개월 만의 귀환이다. 그녀는 40년 만에 연락이 닿은 당신의 외삼촌을 만나러 8년 전에 처음 일본에 갔다가 그곳에서 어떤 일본 남자와 눈이 맞았다. 어머니가 아버지를 생각하며 마지막으로 울었던 때는 언제일까. 어머니는 몇 년 전부터는 1년에 세 계절 정도를 일본에 머문다.

그녀가 한국에 머무는 건 오로지 가을뿐이다.

"가을 날씨는 뭐니뭐니 해도 한국이 최고야."

언젠가는 이런 말을 했던 것도 같다.

올해 예순세 살인데도 어머니는 처녀처럼 호리호리한 몸매를 유지하고 있다. 어머니 옆에는 무스로 머리를 넘긴, 50대 중반으로밖에 보이지 않는 남자가 여행 가방의 손잡이를 쥐고 서 있었다. 그는 내가 이미 사진으로 본 적이 있는 어머니의 일본인 남자 친구다. 그녀는 일본에서 남자를 세 번이나 바꿨다. 이 멍청하게 생긴 세번째 남자의 이름이 뭐라고 했더라. 호시노인지 호소가와인지 어머니가 이름을 알려준 것 같은데 건성으로 들어서인지 헷갈린다.

그는 금장 시계를 차고 목에도 체인형의 금목걸이를 걸고 있었는데, 의외로 그게 잘 어울렸다. 그는 나쓰메 소세키나 아베 고보 같은 사람의 이름은 전혀 모를 것 같았다. 도쿄돔에서 요미우리 자이언츠 유니폼을 입고 솜사탕을 들고 앉아 있으면 잘 어울릴 것 같은 그런 인상이다. 나는 어머니로부터 그가 도쿄에서 가전제품 대리점을 하고 있다는 얘길 들었다. 소니, 파나소닉, 아이와, 나치오날, 도시바, 후지쯔…… 그의 환한 이마에 일본의 가전 브랜드들이 디지털 액정의 광고 문구처럼 스쳐 지나갔다. 나는 이런 연상이 그닥 반갑지는 않다. 어머니의 남자 친구는 내게 말을 걸지 않았고, 어머니의 한 발짝 정도 뒤에서 유심히 내 표정을 살폈다. 나는 새로운 형태의 위안부에 지나지 않는 어머니가 별로 달갑지 않아서, 얼른 밥이나 먹고 헤어져야 겠다는 생각을 했다. 나는 내 얼굴에 남아 있는 어머니의 자취를 거울에서 발견할 때마다 기겁을 하곤 한다. 왼쪽 미등이 고장 난 랜드로바로, 어머니와 그의 일본인 남자 친구를 내가 미리 예약해둔 호텔까지 태워다 주고, 우리는 호텔 뷔페에서 가볍게 점심을 먹었다.

랑과 사마리아 모텔 666호실에서 처음 섹스를 하고 집에 돌아온 날, 나는 죽을 것 같은 피로를 무릅쓰고 일기장에 이렇게 썼다.

나는, 아주 자주는 아니지만 가끔 나 자신이 아주 처참하고 외롭다는 느낌에 사로잡힌다. 두 손과 두 다리가 아마존의 악어에게 물려 있는 기분이다. 그럴 때는 다만 무감각한 어떤 사람을 만나서 무감각한 그의 팔과 발을 만지고 그의 무감각한 눈을 쓰다듬으면서 밤새도록 내 이야기를 늘어놓고 싶다. 나는 랑의 무감각을 좋아할 수 있을 것 같다. 나는 미래의 어느 시간에 내가 목격하게 될 향기로운 결핍을 생각하는 동안, 피고 지는 꽃의 영혼과 골목에서 마주치는 늙은 노인들의 침묵을 생각하면서 펑펑 울고 싶기도 하다. 다른 사람 몰래 나를 구하지 않고, 동정심과 자만과 욕심을 자세히 묘사하는 시간이 필요하다고 생각한다. 나는 아주 슬픈 상상을 하면서 위안을 받을 수도 있다는 사실도 알았다. 마치 랑이 자신의 부모가 비행기 추락 사고로 죽었다고 상상하는 것처럼 말이다. 나는 내 슬픈 상상 속의 길에 다니엘이라는 이름을 가진 친구나 레베카라는 이름을 가진 친구가 함께 걸어도 좋다고 생각한다. 랑에게 다니엘이나 레베카를 소개시켜줄 수도 있다. 나는 연필을 깎고 백지에 줄을 긋고 악몽을 요구하는 밤의 입장을 받아들이며 더 이상 나빠지지 않는 현실을 기록할 것이다. 미안하지만, 나는 좀처럼 변하지 않고 잘 자라지 않는 나무의 이름과 숲으로 들어가는 길을 기억하고, 가끔 밤 아홉 시에 벽장 안에 틀어박혀 뚝뚝 눈물을 흘리며 기도를 하기도 하면서 지금처럼 살 것이다. 나는 알고 있다. 내가 괴물의 죽음을 기록하는 광인이 될 수 없고 수많은 격렬한 사랑의 자료를 수집하는 아키비스트도 될 수 없다는 것을. 나는 다만 걸인의 빵에 꽂는 양초처럼, 지금처럼 랑을 보며 살 것이다.

어머니와 어머니의 일본인 애인과 호텔 뷔페에서 헤어지고 집에 온 나는 뭔가 석연치 않고 불쾌한 기분을 떨쳐내기 위해 차가운 물로 샤워부터 했다. 샤워를 마치고 간편한 옷으로 갈아입고는 장식장 안에 넣어둔 바카디151을 꺼냈다. 소파에 방만한 자세로 앉아 스트레이트로 두 잔을 빠르게 마셨다. 놀라운 일이 일어난 건 그때였다. 바카디151의 술이 조금도 줄지 않은 것이다. 다시 한 잔을 따라서 마셔보았다. 여전히 술병 속의 술은 그대로였다. 그제야 나는, 내가 술이 줄지 않는 술병을 가지고 있다는 사실을 깨닫고는 기분이 좋아졌다. 다시 한 잔을 더 따르고 있는데 현관문을 두드리는 소리가 난다. 초인종이 있는 데도 문을 함부로 두드리는 이가 누군가 싶어 보안경으로 보니 사복 차림의 사내 한 사람과 경찰관 복장을 한 또 다른 사내가 문밖에 서 있다. 이건 또 뭔가 싶은데, 사복 차림의 사내가 문 저쪽에서 입을 열었다.

"경찰입니다. 안에 계신 것 알고 있으니 문 좀 여세요."

나는 문을 열지 않고 최대한 시간을 끌고 싶었다. 왜냐하면 경찰이 승냥이처럼 싫고 무섭기 때문이다.

"무슨 일이죠?"

"랑이라는 여자 알죠. 그 여자가 실종됐어요."

"뭐라구요?"

랑이 실종되다니? 나는 놀라서 황급하게 문을 열었다. 그들은 내가 문을 열자마자 내 팔목에 수갑부터 채웠다.

"당신을 랑의 실종 사건 용의자로 체포합니다."

나는 경찰서에 끌려가 밤새 모진 심문을 받고는 풀려났다. 풀려난 것은, 물론 내게서 별다른 혐의가 발견되지 않았기 때문이다. 그들은 나를 풀어주면서, 자신들이 부르면 언제든지 개처럼 뛰어오라고 엄포를 놓았다. 나는 24시간 그들의 감시에 놓이게 되었다. 랑의 실종 사건이 해결될 때까지 그들의 눈은 나를 쫓아다닐 것이다. 아, 그들의 눈에 석고붕대를 발라버릴 수만 있다면. 단 한 가지 좋은 것은 경찰의 감시를 받는 동안에는 내가 살해될 위험이 없다는 것이었다. 다시 말해 나 말고는 그 누구도 나를 살해할 수 없다는 것이다.

경찰서에서 풀려나고 사흘 만에 나는 랑이 너무나 그립고 보고 싶어 사마리아 모텔에 갔다. 랑의 방이 있는 6층으로 올라가기 위해 엘리베이터를 타는데, 엘리베이터에서 막 내리는 남녀 한 쌍이 눈에 들어왔다. 그들의 몸에서 왠지 끈적한 땀 냄새가 느껴지는 것만 같다. 질펀한 정사를 치르고 난 후의 여흥 때문인지 남자나 여자나 모두 눈동자가 좀 풀어져 있는 것 같기도 하다. 내가 그렇게 보려고 해서 그렇게 보이는 걸까. 그런데 여자의 인상이 왠지 낯설지가 않다. 진하고 긴 검은색 머리칼. 몸에 뿔처럼 솟은 하얗고 긴 손가락. 엘리베이터가 4층쯤에 이르렀을 때 나는 그 여자가 누구인지 생각났다. 삼촌의 병실에서 과일을 깎던 여자, 죽어가는 삼촌을 선생님이라고 불렀던 여자, 삼촌이 '착한 여자'라고 했던 바로 그 여자다.

666호의 문은 열려 있었다. 실종된 랑은 존재하지 않았다. 경찰의 수색이 있었는지 방 안은 엉망이었다. 모든 서랍들이 혀를 빼물듯 하고 있었다. 그 방은 함부로 파헤쳐지고 훼손된 방, 영혼이 증발된 방이었다. 랑은 보이지 않았다. 하지만 나는 곧 편안한 마음이 되었고 회심의 미소를 지었다. 랑이 어디에 있는지 알 것만 같았기 때문이다. 나는 냉장고 문을 열고 그 안으로 들어갔다. 낙타와 산양 고기의 숲을 지나쳤다. 랑은 냉장고 안쪽 2킬로미터 지점에 앉아서 삼촌의 시집을 읽고 있었다. 랑이 나를 보고 무심한 얼굴로 "왔어?" 하고 말했다. 랑의 옆에 가만히 앉아 있을까도 생각했지만 그 대신 나는 랑에게 냉장고 밖으로 나가자고 말했다. 냉장고 안이 익숙하지 않은 나는 그곳이 좀 춥기도 했다. 그때 랑이 내게 한 말은 이런 것이다. "나는 썩고 싶지 않은데?" 랑의 할머니는 랑이 며칠째 밥을 먹으러 내려오지 않자 경찰에 실종 신고를 했을 것이다. 랑을 알지 못하는 랑의 할머니는 랑을 찾을 수 없었다. 경찰도 랑을 찾지 못했다. 알지 않고서는 찾을 수 없는 것이다. 그들은 랑이 냉장고 안에 들어가 있으리라고는 생각하지 못했을 것이다. 그들 잘못은 아니다. 잘못은 오로지 랑에게 있다.

다큐멘터리 가족극장

인간의 형식 2

아버지(1938~2004)

아버지는 지금 이 세상에 없고, 나는 1972년에 태어났다. 대한(大寒) 무렵의 혹독하게 추웠던 날이었다. 나는 태어나자마자 더운 물로 씻겨진 다음 몇 겹의 강보에 둘러싸였을 것이다. 내가 태어났을 때 아버지는 우리 나이로 서른다섯이었다. 소읍에서 학생들을 가르치는 교사였던 그는 이제, 처와 세 아이를 거느린 집안의 가장이 되었다. 나는 그의 세번째 아들이었던 것이다.

내가 1972년에 태어났다는 것을 나는 아마 1977년쯤 알게 됐을 것이다. 나의 어머니는 서른두 살에 나를 낳았다. 아버지가 언제부터 대하소설을 읽었으며 언제부터 술을 마셨는지 모르겠다. 그것은 그가 살아 있을 때 유난히 좋아했던 두 가지 일이었다. 나는 이불을 덮고 누운 아버지의 긴 다리 밑에서 땅굴

놀이도 하고 천막 놀이도 했다. 정말 오래전의 일이다. 내가 기억하는 가장 오래된 에피소드는 교복을 입은 어떤 사촌 형에게서 새총을 선물로 받은 일이다. 나는 그 새총으로 참새 한 마리잡지 못했다. 그 새총은 곧 큰형에게 빼앗겼던 것 같다. 그런기억은 이토록 또렷한데, 알 수 없게도 아버지의 옛 모습은 그리 선명하지가 않다. 어쩌면 그것은 그가 의도한 것인지도 모른다. 그러면 충분히 자신이 누군가에게 선명하게 기억되지 않도록 자신의 삶에 흐릿한 장막을 씌울 수 있으리라 믿는다.

아버지는 부양해야 할 식구가 늘자 더 열심히 일해야겠다고생각했고 그것을 실천했지만, 더 열심히 일하면서 받은 피로감과 스트레스 때문에 더 많이 자기 자신을 연민했을 것이다. 내가 생각할 때, 그는 죽는 순간까지도 자기 자신을 연민했을 것만 같다. 그래 그건 틀림없는 일이다. 아버지는 비교적 말이 없는 사람이었다. 더군다나 자기 자신에 대해서는 단 한 번도 자세히 설명하지 않았다. 시간이 좀더 지난 후에 그가 첩의 자식이었다는 것을 알기 전까지, 나는 자기 자신에 대해 말하지 않는 것이 그의 내성적인 성정 때문이었다고 생각했다. 하지만 그가 자신에 대해서 말하지 않는 것은 좀 지나쳤다. 그 시절 첩의자식이 그 하나뿐만은 아니었을 텐데. 그러니 첩의 자식이라는것은 꿍꿍이속을 키우는 비밀 치고는 좀 시시한 것이다. 아침에일찍 나갔다가 저녁에 집에 돌아와서는 책을 읽고, 어떤 경우엔 술을 마시고 들어와서 퀭한 눈으로 식구들의 눈을 들여다보곤 하던 그는 남파된 고정간첩 같은 사람이었다.

툇마루에는 아버지를 닮은 무뚝뚝한 캐비닛이 하나 서 있었다. 나는 그 캐비닛 속에 들어 있던 백로지를 꺼내 그림을 그리면서 유년의 나날을 모두 소모했다. 아버지는 그런 나를 흐뭇하게 생각했는지, 캐비닛 속에 백로지를 언제나 넉넉히 채워놓았다. 그 백로지를 생각할 때 나는 그나마 내 유년을 행복한 시절로 상기할 수 있었다. 초등학교 2~3학년 무렵이었을까. 어느 날 뒷마당의 창고에 처음 들어갔던 날, 창고 한가득 쌓여 있던 아버지의 낡은 책 더미들을 발견했을 때, 나는 아버지에 대해 뭐라 딱히 설명할 수 없는 묘한 감정을 느꼈다. 그건 어이없게도 일종의 배신감 같은 것이었다.

나중에 그가 겪은 일과 관련해서 참으로 내 가슴이 아팠던 일이 있다. 그것은 내가 이 세상에 아직 존재하고 있지 않을 때 일어났던 일임에도 무척이나 나를 슬프게 했다. 여간해서는 자신의 과거를 말하지 않는 아버지가, 간첩 같은 아버지가, 언젠가 자신의 첫 월급봉투를 버스 안에서 날치기 당했던 일을 들려주었다. 그는 돈 욕심이 없는 사람이었다.

"바보처럼 첫 월급봉투를 버스 안에서 날치기 당했지 뭐야. 그 돈은 내게 참 중요했는데, 그것으로 할 일이 많았거든."

나는 그의 말을 듣고 생각했다. 일찍이 집을 떠나온 고학생, 서울에서 대학을 마치고 다시 고향에 선생이 되어 내려간, 창백하고 여린 그가, 첫 월급봉투를 버스 안에서 잃어버렸을 때 얼마나 놀랐을 것인가. 주위에서 낄낄거리며 소리치는 사람들. 그가 느꼈을 대낮의 공포와 불안과 모독 모독들. 놀란 마음으로 어찌할 줄 모르는 그를 향해 버스 안의 사람들은 이렇게 말했을 것이다.

"이봐, 아까 어떤 사내가 자네 호주머니에 손을 넣더라고."

"어서 버스에서 내려서 뒤쫓아가! 그치는 얼마 가지 못했을 거야."

젊은 내 아버지는, 회의와 번민에 익숙한 그는, 아무도 믿을 수 없었을 것이다. 그렇게 말하는 사람 중에 자신의 월급봉투를 낚아챈 자가 있을지도 모르니. 급기야 젊은 선생은 버스 기사도 버스의 바퀴도 믿을 수 없었을 것이다. 낄낄 웃는 자들. 낡고 더러운 버스는 막 떠나려고 쿠르릉거린다. 이 모독의 혼란 속에서 그의 고막이 터져버리지 않은 것이 이상하지 않은가. 아, 가여운 젊은 아버지.

아버지는 그날의 그 창백한 사건을 말하면서 아무런 표정도 짓지 않았다. 나는 그 말을 들으면서 아버지보다 강해지고 싶었지만, 아버지는 아들이 강해지는 것을 원하지 않았다. 그것만은 분명해 보였다. 그는 되도록 조용히 살다가 가는 것이 최선의 삶이라고 생각하는 것 같았다. 하지만 나는 강할 수 없다면, 약한 것이라도 감추고 싶었다. 스무 살이 되기 전에 가지고 있던 버릇 중에 아직도 버리지 못하고 있는 것은 내 눈에 보이는 것을 왜 다른 사람은 보지 못할까 하는 회의이다. 친절은 무기력하고, 회의는 고독하며, 분노는 치명적이다. 나는 이 모든 것을 아버지의 삶을 부정하면서 배웠다.

　나는 단 한 번도 아버지와 여행을 해본 적이 없다. 그와 영화를 본 적도 없고, 어떤 책을 읽고 대화를 나눈 적도 없다. 늙어버린 그가 나에게 먼저 말을 건네게 되었을 때, 나는 이미 아버지에게 무관심해져 있었다. 그와 함께했던 것 중에 기억에 남는 것은, 초여름 장마철에 며칠을 쉬지 않고 굵은 빗줄기가 쏟아졌을 때 그와 함께 '상옥교'에 올라가 금방이라도 길에 범람할 것만 같은 도랑물을 구경하는 것이었다. 나는 강도 아니고 바다도 아닌, 장마에 의해서 일시적으로 불어난 도랑물이 참으로 시시했지만, 그는 우산을 받쳐 쓰고 한 시간이 넘도록 사납게 흘러가는 검붉은 물을 구경하고 있었다. 그는 그때 무슨 생각을 했던 것일까. 휩쓸려가는 자신의 삶을 본 것일까? 나중에 좀더 시간이 흘러 병을 갖게 된 그를 휠체어에 태우고 병원의 정원을 산책할 때, 그 한낮의 눈부신 태양과 정원의 꽃들을 한없이 냉소적으로 바라보며 나는 유전자의 공유를 통해 맺어진 이 지긋지긋한 인연을 속으로 깊이깊이 혐오했다. 생사를 가르게 될 수

술실로 들어갈 때 그가 나를 향해 손을 흔들어 보이는 여유마저도 왜 그렇게 나를 화나게 하던지. 나는 그의 그런 안간힘도 견디기 힘들었다. 사실을 말하자면 나 역시 아버지를 연민했던 것같다. 그는 나쁜 인간은 아니었기 때문이다. 그는 도덕적인 사람이었고, 수재였으며, 책임감과 독립심이 무척 강한 사람이었다. 무엇보다 다른 사람에게 폐를 끼치는 것을 죽도록 싫어하는 사람이었다.

아버지는 좁고 어두운 곳을 좋아했다. 그리고 어쩌면 텅 빈곳을 좋아했는지도 모른다. 그가 혼자 머무르며 텅 빈 공간의 침묵을, 그 텅 빈 자유를 느낄 수 있는 곳. 그러나 그는 죽을 때까지 그런 공간을 가지지 못했다. 첩이었던 그의 어머니는 그를 낳고 얼마 되지 않아 죽었고, 그는 본가에서 첩의 자식으로서 눈칫밥을 먹으며 자라야 했다. 그가 믿을 수 있는 건, 오로지 자기 자신의 두뇌뿐이었다. 그는 평생 동안 안개처럼 둘러싼 고독과 싸워나갔다. 나 역시 그로부터 고독과 대면하는 법을 배웠다. 내 삶의 투쟁은 그로부터 권고된 것이다. 지금은 12라운드 경기의 6라운드쯤 해당할까. 아, 이대로 나머지 라운드를 치러야만 하는가. 사실 내가 꿈꾸는 것은 창백한 유전자를 적출해내서 비눗방울처럼 날리며 회심의 미소를 짓는 것이다. 나는 성실한 인간이 되고 싶었다. 아니, 음탕하고 불량한 인간이 되고 싶었다. 나는 내 아버지처럼 되고 싶었고 내 아버지처럼 되고 싶지 않았다. 스무 살 때 군대에서 야간 보초를 서면서 문득 아버지의 삶을 떠올리면 나는 무척 외롭고 슬펐다. 그 외로움을 물리치기 위해 바위에 성기를 문질러 자위행위를 하기도 했다. 나중에 볼프강 보르헤르트의 글 중에 외로운 병사 이야기가 있는 것을 보고 눈물을 흘린 적이 있다.

나는 어느 봄날 아버지가 그랬던 것처럼 고향 집 마당의 감나무 밑에 의자를 가져다 놓고 오랫동안 거기 앉아 있고 싶다. 해가 넘어가는 석양, 아니면 흐린 오후여도 좋다. 첫 월급봉투를 버스 안에서 날치기 당했던 그의 모독을 생각하며 분노하기에는 나는 지금 너무 커버렸다. 창백한 유전자를 퍼뜨린 그는 지금 땅속에서 썩기 위해 노력하고 있다. 그는 미남이었고, 멋진 신사였다. 그가 짝사랑했던 것들의 유령과 평생을 살았다는 것을 나는 이제 이해한다.

어머니(1941~　)

신발을 거꾸로 신던 시절이 있다. 앞뒤 거꾸로가 아니라 좌우 거꾸로 말이다. 네다섯 살 정도의 나이였을 때, 나는 도무지 왼쪽 신발과 오른쪽 신발을 구분할 수가 없었다. 대문 밖에서는 친구들이 도랑에 가서 고기를 잡자고 부른다. 마음은 급하다. 난 50퍼센트의 확률을 바라며 무작정 신발을 꿰신고는 어머니에게 묻는다.

"엄마, 난 오늘 제대로 신었나요?"

바로 내 옆에서 쌍둥이 형도 똑같은 질문을 던진다.

"엄마, 난 오늘 제대로 신었나요?"

어머닌, 시골집 넓은 마당 한쪽에 있던 수돗가에서 빨래를 하고 있다. 그녀는 쌍둥이 형제의 신발을 내려보고는 틀린 쪽을 지적한다. 틀린 쪽은 제자리에 주저앉아 신발을 고쳐 신고, 제대로 신은 쪽은 대문 쪽으로 먼저 뛰어간다. 그는 오늘 작은 행운을 차지하게 된 것이다. 나중에, 왼쪽 신발과 오른쪽 신발을 구분할 수 있게 되었을 때, 나는 새로운 눈과 심장을 갖게 되었다. 새로운 눈과 심장은 20여 년 후, 왼쪽과 오른쪽 신발을 구분하게 된 대가로 내가 잃어버린 상징과 암시를 되찾기 위해 분주하게 된다. 기억은 아무래도 시간의 것. 어머니는 내게 이제 더 이상 아무것도 가르쳐주지 않는다.

어머니를 생각하면 우선 기도와 찬송가가 떠오른다. 내가 교회를 다닌 것은 전적으로 어머니의 영향 때문이었다. 말하자면 나는 모태로부터 신앙을 전해 받은 것이다. 내가 옆에서 바라본 어머니는 교회에 다니려고, 기도하려고 태어나신 분 같았다. 어머니를 생각하면 지금도 선명히 떠오르는 몇 장면이 있다.

첫 장면은 학교에서 일찍 돌아온, 어느 비 오는 날의 오후다. 바닥이 질펀하게 젖어 친구들과 뛰어놀 수도 없어서 심심했던 나는 어머니와 난데없이 찬송가를 함께 부르기 시작했다. 아마도 어머니는 음식을 만들면서 콧소리로 흥얼흥얼 찬송가를 부르기 시작했을 것이다. 그런데 그것을 내가 따라 부르면서 어머니와 나의 기묘한 이중창이 시작되었다. 한 시간 넘게 이어진 이 찬송은 빗소리를 뚫고 아마 이웃집까지 들렸을 것이다. 찬송가 중에는 바흐나 베토벤 같은 유명한 작곡가들이 작곡한, 귀에 익은 곡들도 더러 있었기 때문에 나는 찬송가 부르는 것을 퍽이나 좋아했다. 그 시절, 그러니까 열 살 전후에서 내가 좋아했던 찬송가는 이를테면 베토벤의 곡에 후세 사람이 가사를 붙인 「기뻐하며 경배하세」 같은 곡이었다. 내가 찬송가를 크게 소리 높여 부르면 어머니가 웃으셨다. 나는 웃는 어머니 모습이 좋았다. 그날의 이중창 이외에 내가 어머니와 함께 노래를 부른 적은 다시는 없었다.

사실 어머니를 생각하면 새벽기도에 가려고 일어나시는 실루엣이 가장 먼저 떠오른다. 추운 겨울 새벽, 철제 대문의 잠금고리가 '털컥' 하고 떨어지는 소리를 들으며 나는 자주 잠에서 깨곤 했다. 그 가수 상태에서, 나는 어머니를 쫓아서 새벽길을 몇 번이고 걷는 꿈을 꾸곤 했다. 내가 새벽에 기도를 하러 가는 어머니의 길을 뒤쫓았던 것은 그 길과 관련해서 어떤 공포의 기억이 있기 때문이다. 사정인즉 이렇다.

어머니는 집에서 걸어서 15분 정도 걸리는 곳에 있는 사설 기도원에 다녔다. 그곳을 운영하는 늙은 권사는 어린 내가 보기에도 영락없는 사이비였다. 하지만 어머니는 그 권사를 존경했고 기도원을 하루도 빠지지 않고 열심히 다녔다. 인생이 100일이라면, 어머니는 80일을 교회와 기도원에서 보냈을 것이다. 그 무렵, 기도원 가는 길목에 있는 어떤 골목에서 살인 사건이 일어났다. 나는 그것이 안타까웠다. 밤늦게, 혹은 새벽에 기도원에 갈 때 어머니가 느낄 공포가, 위협의 계시가. 상상 속에서 그 두려움은 나를 꼼짝없이 옥죄었다. 피와 비명과 살의가 충만했던 그 골목길을 지나면서 어머니가 견뎌야만 할 공포의 질량이 너무나 끔찍했던 것이다. 그래서 나는 일기장에 이런 시를 쓰기도 했다.

"사람이 칼에 찔려 죽어 누워 있던 골목을 어머니가 지나간다. 그녀는 기도하기 위해서 잠자는 시간을 줄였다. 달이 따라가는 하늘의 길을 바라보았다. 골목을 지나갈 때 그녀의 입에서 나오는 파열음, 작은 신음 소리가 내 공포의 눈과 코와 입술을 만들었다. 사람이 칼에 찔려 차갑게 식어가던 곳에 매일 밤 어머니가 지나간다. 창백한 아버지가 돌아오는 길이 새카맣게 무너진다. 무너지는 길을 만들며 걷는 아버지, 아버지는 어린 낙타처럼 알 수 없는 골목이 두렵다. 어머니의 기도는 안개와 섞여 요염해지는데……, 그 기도가 정당해지려면 자아도취의 혐의를 벗어야 한다. 기도하는 어머니 앞에 거울을 가져다 놓을 생각을 아무도 하지 못했다니. 큰형은 여자 친구를 앞에 세워두고 유행가를 부르고 있다."

어머니의 적극적인 신앙 생활 때문에 내 유년이 결핍되었던 것은 사실이지만, 항상 그랬던 것은 아니다. 따뜻하고 포근한 일화도 있었으니 말이다. 이 기억은 어느 날 저녁의 부엌을 배경으로 한다. 아마도 1979년도쯤이었을 것이다. 해가 뉘엿뉘엿 넘어가는 석양 무렵 어머니는 쌍둥이 형과 나를 어두컴컴한 부엌으로 불렀다. 영문을 알 수 없었던 두 아이는 눈을 동그랗게 뜬 채로 어머니가 쪼그려 앉아 계시는 부엌으로 다가갔다. 아마도 두 아이는, 우리가 무슨 잘못을 저질렀을까, 하며 지레 겁을 먹기도 했을 것이다. 하지만 어머니는 자애로운 표정으로 잠시 숨을 고르시더니 조심스레 찬장 문을 여시고는 보자기로 싸놓은 어떤 상자를 꺼내셨다. 그러면서 나지막한 목소리로 속삭이셨다.

"『성경이야기』 전집이란다. 엄마가 너희에게 주는 선물이야. 믿음의 조상들 이야기지."

형과 나는 하얀 박스가 빛나는 『성경이야기』 책을 두 손에 받아들었다. 어렸던 나는 어머니가 왜 하필 어둔 부엌의 찬장에서 『성경이야기』 책을 꺼내놓으시는지 알 수 없었다. 그 까닭을 알게 된 건 나중에, 시간이 한참 지나고 나서였다.

학교 선생님이었던 아버지의 봉급은 아주 더디게 올랐다. 부모를 일찍 여읜 아버지와 어머니는 과장하지 않고 정말이지 수저 두 벌만 가지고 살림을 시작하셨단다. 이제나저제나 살림 형편이 여유로울 수는 없었다. 바로 그 시절, 어머니는 아버지 몰래『성경이야기』전집을 할부로 들여놓으시고, 퍽이나 마음 졸이셨던 것이다. 나는 그 어머니의 마음을 지금 다시 불러보면서 살며시 미소 짓는다. 그 기억을 보석처럼 세공하여 가슴속에 들여놓았다. 한 세트가 여섯 권이었던『성경이야기』전집이 지금은 어디에 있는지 알 수 없지만, 멋진 그늘을 만들어주던 고향 집의 감나무는 이미 베어진 지 오래지만, 시골 부엌의 그 시큼하고 텁텁한 냄새를 몰아내면서 환하게 빛나던 젊은 엄마의 수줍은 미소는 지금도 내 가슴속에 들어 있는 것이다.

고등학생이 된 이후, 나는 더 이상 교회에 나가지 않게 되었다. 고향 집을 떠나 도시에서 자취를 하게 된 나는 니체가 가장 성스러운 방탕의 양식이라고 말했던 예술에 심취하게 되었고, 어느 순간부터 신의 존재를 노골적으로 의심하기 시작했다. 내가 하고자 했던 예술, 특히 문학은 인간의 의지에 대한 숭고한 확신 혹은 절망의 기록이었다. 신의 언어는 내 기질과 맞지 않았다. 나는 본격적으로 술과 담배를 배웠고, 여자와 함께 있을 때의 재미를 탐하게 되었다. 실제로 어떤 여자들은 교회에 다니는 남자를 시시하게 생각했기 때문에 나는 교회의 이미지, 이를 테면 착하고 바르고 정의로운 이미지를 나에게서 지우기 위해 부단히 노력했다. 책장 한구석에 꽂혀 있는 성경책과 찬송가가 두 눈에 불편하게 걸려들게 된 것도 바로 그즈음부터였다. 물론 어머니는 일요일 오후면 꼭 전화를 하셔서는 묻곤 하셨다.

"우리 막내, 교회에는 갔다 왔니?"

그러면 나는 잠시도 틈을 두지 않고 대답했다.

"물론이죠. 오늘 목사님 설교 말씀이 아주 좋았어요."

내 대답에 어머니는 안심하셨고, 나 또한 안도했다. 그렇게 어머니에게 거짓말을 하면서 나는 지금까지 살고 있다.

2004년 봄에, 나는 다시 어머니와 함께 열렬하게 신을 불러 보는 기회를 갖게 되었다. 그러니까 어머니와 함께 비 오는 날 오후, 소리 높여 찬송가를 부른 때로부터 20여 년이 훌쩍 지난 시점이었다. 그날은 아버지가 병원 응급실의 베드에서 이생에 서의 마지막 숨을 가쁘게 몰아쉬던 날이었다. 어머니는 분주하 게 움직이는 의사들 사이에서 한 자리를 차지하고선, 아버지의 손을 꼭 잡고 큰 소리로 기도를 했고, 나 또한 자연스럽게 어머 니를 따라서 기도를 하게 되었다.

"내 아버지를 지키시고 좋은 곳으로 인도해주세요"라고 나는 신에게 갈구했다. 어머니는 베드 옆에서 세 시간 넘게 쉬지 않 고 기도하셨다. 40년 가까이 함께한 남자를 마지막으로 보내는 길을 어머니는 자신의 신에게 의심 없이 의탁한 것이다. 어머니와 기도하면서 나는 눈물을 흘렸다. 서글프고 노여운 마음이 점차 평화로워지는 것을 느꼈다. 하지만 나는 생각한다. 그건 신앙 때문이 아니라, 어머니와 나의 오랜만의 교감 때문이었다고 말이다. 신이 정말로 있다면, 내 사정을 이해하겠지.

큰형(1966~   )

두뇌가 명석한 장남들의 대부분이 그런 것처럼 나의 큰형 역시 매우 고집이 센 편이다. 그는 쌍둥이였던 작은형과 내게 몹시 고압적이었으며 결코 상냥하지 않았다. 그는 부모에게도 고분고분한 아들이 아니었다. 그런 그가 용서받을 수 있었던 것은 물론 학업 성적이 탁월했기 때문이다. 학창 시절 내내 1등을 놓치지 않았으니까.

정작 자기 자신은 서울에서의 출세를 포기하고 낙향했던 아버지는, 공부 잘하는 자신의 큰아들이 의대에 진학해서 의사가 되어주길 바랐던 것 같다. 하지만 그건 아버지만의 생각이었을 뿐이었고, 실제로 큰형을 설득시키지도 못했다. 정작 형이 되고 싶어 했던 것은 뮤지션이었다. 아버지는 큰형의 친권자였지만, 그로부터 존경받지 못했기 때문에 그를 설득할 수 없었다. 큰형은 매우 리버럴한 기질의 소유자였다. 일체의 구속이나 간섭을 죽도록 혐오하고 역겨워했으니까 말이다. 그 반항기는 도대체 누구의 것이었을까? 내 어머니에게 있던 것이었나?

그는 피아노와 기타를 아주 어려서부터 익혔다. 피아노와 기타를 능숙하게 다루는 것은 우리 형제들 중 그가 유일하다. 아무튼 그는 음악 쪽에 비상한 재능을 드러냈다. 그가 중학생이된 이후, 그의 방에서 음악이 들리지 않은 날은 단 하루도 없었다. 그의 방에 몰래 들어가서 확인하고서야 알 수 있었던 것이지만 그가 자주 듣는 노래는 레드 제플린이나 도어즈 등이었다. 그는 포크송도 즐겨 불렀는데, 샌드페블스의 「나 어떡해」와 송창식의 「상아의 노래」가 18번이었다. 그리고 아주 더운 한여름 밤에는 장난치듯이 애블리 브라더스의 「All I have to do is dreams」같은 노래를 불렀다.

결국 그는 음악을 좋아하는 친구들과 밴드를 만들고야 말았다. 물론 리더와 보컬은 그의 몫이었다. 아버지가 학교의 동료직원들과 여행이라도 떠난 날이면 형의 방에서는 미니 밴드의리사이틀이 열렸다. 형이 만든 밴드의 연주는 어린 나의 귀에는굉장한 인상을 남겼다. 그것은 나로서는 결코 흉내 내거나 범접할 수 없는 다른 차원의 세계로 보였다. 나는 그의 작은 방이 깨져나가지나 않을까 퍽 두려웠다. 방문에 붙어서 그들의 연주를몰래 엿듣고 있을 때 내 가슴은 얼마나 뛰었던가. 나는 지금도생각한다. 형이 지방의 소읍이 아니라 큰 도시에서 태어나 자랄 수 있었다면 그는 틀림없이 비범한 뮤지션이 되었을 것이라고. 나는 형의 친구들과도 퍽 친하게 지냈다. 형의 친구들은 하나같이 생기가 있었고 로맨티스트들이었고 내가 알 수 없는 모험의 세계를 이야기했다.

어느 날 아홉시 뉴스를 보고 있던 형이 갑자기 희열에 찬 함성을 질렀다. 1983년이었을 것이다. 교육 당국에서 교복 자율화 발표를 하고 있었다. 그 뉴스를 보면서 기쁜 표정을 감추지 못하던 형의 표정을 난 지금도 선명하게 눈앞에 그려낼 수 있다. 형은 기다렸다는 듯이 교복을 벗어던지고 밴드 연습 때나 입었던 형형색색의 티셔츠와 청바지를 입고 등교하기 시작했다.

나는 몇 번 여학생들의 쪽지를 받아 형에게 전달해주기도 했다. 당연한 귀결인지는 몰라도 형은 아버지와 불화했고 틀어졌지만, 착했던 형은 끝내 아버지를 배신하지 못했다. 넘어설 수 없었다. 1980년대 초의 어린 나는 형의 방에 몰래 숨어들어가 담배 냄새를 맡고 차갑게 식은 기타 줄을 만지면서 창백한 저항의 감수성을 몸에 익혔다. 습관적으로 그의 일기장도 훔쳐보았을 것이다. 나는 형에게 기타를 배우고 싶었지만, 끝내 배울 수는 없었다. 형은 고등학교 졸업 후 서울로 갔고, 곧 철책이 있는 강원도의 군대로 불려 들어갔다. 그곳에서 비로소 그는 얌전해졌다. 나중에, 제대를 한 형은 어느 날 밤, 술에 잔뜩 취한 채 자신이 복무했던 부대에 전화를 걸어, 미친 듯이 욕을 해댔다.

"씨발놈들아, 내 잃어버린 시간을 돌려달란 말야."

나는 문틈으로 그걸 다 보았는데, 내게는 형이 마치 무언가를 토해내는 것처럼 보였다. 그가 군대에 가 있는 사이, 그가 진심으로 사랑했던 어떤 여자가 그를 버리고 다른 남자에게로 갔던 모양이다. 형은 짐승처럼 울부짖었고, 잠에서 깬 아버지는 아마도 담배를 찾아 물었을 것이다. 형은 순수와 낭만을 잃어가고 있었다. 마치 다락에 올려진 기타가 형의 무릎을 그리워하며 먼지를 먹는 것처럼, 나 역시 잃어버린 형의 순수와 낭만이 애틋하게 그리웠다. 그 무렵 나는 문학에 조금씩 빠져들었다. 일기장에 시라는 것을 쓰기 시작한 것이다. 내가 처음으로 시집이라는 걸 읽은 것은 중학생 때였다. 창작과비평사에서 나온 김명수의 『하급반 교과서』가 내가 처음으로 읽은 본격 시집이다. 마침 형의 친구 중에도 문학을 하는 사람이 있었다. 그는 내가 글쓰기에 관심이 있다는 걸 알고는 마치 친동생처럼 상냥하게 대하기 시작했다. 그에게 나를 처음 소개한 사람은 물론 큰형이었다.

정씨 성을 가진 그는 무명 시인이었지만 문학 앞에서 성실했고 진지했던 사람이었다. 그는 고은과 김지하와 신경림의 시집을 가져다주었고, 1990년 겨울 어느 날 밤, 자신의 방으로 불러 기형도의 시를 손으로 짚어가며 읽어주었다. 은밀하고 쓸쓸한 목소리로. 기형도가 아직 전국구 스타가 되기 전의 일이었다. 부끄러운 기억도 있다. 그가 사르트르의 책을 권했던 몇 주일 후 다 읽었느냐고 물었을 때, 나는 채 3분의 1도 읽지 못했으면서도 다 읽었다고 거짓말을 했던 것.

그는 시를 읽어주고, 내가 써간 시를 살피다가 문득 생각이라도 난 것처럼 물었다. 서울에 있는 큰형의 안부였다.

"형에게서는 자주 연락 오니?"

그러면 내가 대답하지 않고 반문했다.

"형은 이제 더 이상 우리 형과 친하지 않아요?"

나는 내가 좋아하는 두 사람이 다정하고 친하길 바랐다. 하지만 언제나 형들, 선배들 우정은 내가 이해할 수 없을 정도로 난해한 것이었다. 큰형은 내가 그 형과 가까이 지내는 것을 그다지 좋아하지 않았던 듯하다. 그러면서부터 큰형과 그 형은 조금씩 멀어져갔다. 정확히 왜 그랬는지는 모르지만, 아무튼, 그런 조짐은 조금만 주의를 기울이면 쉽게 발견할 수 있는 것이었다. 우울한 조짐이었다. 내가, 친형인 자신보다 그 형을 더 좋아하게 될까 봐, 그와 친해지는 것이 탐탁지 않았던 것일까.

내가 얼굴을 찡그리지 않고도 소주를 마실 수 있는 나이가 되었을 때는 이미 모든 것이 전부 내 곁을 떠나간 뒤였다. 나는 일거에 닥친 이 결락과 암전의 시간을 억지로라도 수긍하기 위해 역설적으로 아무것에도 관심을 두지 않기로 했다. 그것이 가장 좋은 방법일 듯했다. '허무주의'라는 말을 나는 그때 처음 입안에서 옹알거려보았다.

기형도의 시를 읽어주었던 그 형은 내가 군대에 있던 1993년 오토바이를 타고 지방의 한 국도를 달리다가 버스에 치여 그만 짧은 생을 마감했다. 스물여덟의 나이였다. 그의 유고 시집을 받아본 것은 내무반 침상에 비스듬히 누워 말년 오후의 햇살을 지그시 감상하고 있을 때였다. 1994년 6월, 제대하는 날 내 가방 속에는 내 눈물로 얼룩진 그의 유고 시집이 들어 있었다. 큰형은 아들과 딸을 둔 평범한 직장인이 되었다. 그는 레드 제플린도 샌드페블스도 자신의 삶으로부터 모두 추방한 듯했다. 기타는 다락의 벽에 걸린 채 먼지를 먹고 있다. 그리고 가끔 내게 전화를 걸어 일찍 죽은 자신의 친구가 보고 싶다고 말한다. 1999년 내가 등단을 했을 때 큰형은 무척 기뻐했다. 아직 살아 있어 내가 등단을 한 것을 그 형이 알았다면 아마도 큰형만큼이나 기뻐했을 텐데…… 아닌 게 아니라 당선 통지를 받았을 때 그 형의 얼굴이 많이 떠올랐다. 그리하여, 보고 싶다. 큰형과 형의 친구들, 1980년대의 나의 아슴푸레한 시간들과 기억 속의 희미한 사연들.

작은형(1972~   )

둘째 형은 참 좋은 사람이다. 그에 대하여 말을 하거나 글을 쓸 기회가 주어졌을 때 나는 '참 좋은 사람'이라는 말을 진심으로 하고 싶었다. 그는 청주와 춘천에 각각 2년 정도씩 살다가 지금은 울산에서 살고 있다. 그는 인사권자의 발령에 따라 정기적으로 거주지를 옮겨야 하는 사람이다. 그가 살았던 도시들, 청주나 춘천은 그와 썩 잘 어울리는 도시라는 생각이 든다. 그가 살았던 도시라는 이유만으로 나는 청주와 춘천이라는 도시를 더욱 좋아하게 되었다. 그에겐 키가 큰 어여쁜 와이프가 있고, 그를 꼭 닮은 착한 아기가 있다. 그는 형이긴 하지만 어머니의 배 속에서 나와 한날한시에 생겨났다. 그와 나는 이란성 쌍생아인 것이다. 나는 그래서 지금도 형이라고 부르지 않고 이름을 부른다. 도균아,라고 말이다. 그의 이름은 '도균'이다. 도는 법 '度' 자를 쓰고 균은 '均'이라고 쓰는데 고르고 평평하다는 뜻이다. 이름이 어떤 암시를 한 건지, 신기하게도 그는 국가 기관에서 중소기업들을 지원해주는 사업의 실사를 맡고 있다. 실사를 한 후 지원 대상 기업을 선정하는 것이 그와 그의 직장이 하는 일이다. 그는 자신의 이름처럼 법적으로 공명정대하고 고르게 일을 한다고 나는 믿는다. 나는 그것을 충분히 짐작할 수 있다. 이제야 얘기하자면, 내가 세상에서 가장 신뢰하고 존경하는 사람이 바로 나의 쌍둥이 형 도균이다. 나의 이름 언은 말씀 '言'인데, 내가 지금 소설을 쓰고 있으니 이 또한 신기한 일이다.

그와 나는 어렸을 때는 늘 붙어 다닐 정도로 친했는데, 사춘기에 접어들면서 좀 소원해졌다. 중학교와 고등학교 시절에는 그와 많이 다투기도 했다. 아마도 그 다툼의 대부분의 원인은 내 고집에서 비롯되었을 것이다. 권투 글러브를 끼고 그와 복싱을 할 때 서로 감정을 실어서 주먹을 날리기도 했다. 서로 다른 중학교를 다녔던 우리는 고등학교에서 다시 만났다. 1~2학년 때는 다른 반이어서 쉬는 시간 화장실에서나 마주칠 수 있었다. 그런데 3학년 반 배정을 하면서 같은 반이 되었다. 그때 우리는 모종의 상의를 한 후 둘이 함께 교무실에 찾아가서 반 분리를 요구해 승낙을 받아내기도 했다. 돌이켜보면 그와 나의 취향은 많이 달랐다. 나는 미술과 문학 쪽에 심취했고, 그는 학교 생활과 신앙 생활을 열심히 했다. 나는 그의 취향을 바르게 이해하지 못했고, 그 역시 나의 취향에 대해 좀 뜨악한 태도를 취했던 것 같다. 그는 3년 전쯤 비교적 이른 나이에 교회의 집사가 되었다. 난 교회를 일찌감치 떠났지만 그는 요즘도 주일마다 울산의 어떤 교회를 빠짐없이 다니고 있다고 한다. 그것은 어머니가 우리에게 권장한 삶의 태도이다.

그는 학교에 다닐 때 줄곧 장학금을 받을 정도로 우등생이었다. 매번 전교 1등을 한 것은 아니지만, 줄곧 그것을 다투는 수재였다. 수재였다는 점을 공통점이라고 할 수 있다면, 그가 큰형과 다른 것은 무척이나 겸손하고 성실한 사람이었다는 것이다. 나는 공부 말고는 별다른 취미가 없는 그가 가끔 미욱스럽게 느껴졌지만 내심 그를 존경했고 그가 자랑스러웠다. 그와 나는 고향 집을 증축하기 전까지 한방을 썼는데, 내가 음악을 듣고 있으면 공부하는 데 방해가 되니까 볼륨을 좀 줄여달라고 말했다. 그때만큼은 자신이 형이라고 시위하는 것 같았다. 나는 볼륨을 줄이는 대신에 부모님께 이어폰을 쓸 수 있는 워크맨을 사달라고 말했다. 아버지는 '성적 향상'이라는 조건을 내걸었고, 나는 그 조건을 충족시키기 위해 처음으로 공부를 하면서 밤을 새워보았다. 밤새워 공부하는 일, 그것은 내게는 낯선 일이었지만 도균에겐 너무나 쉬운 일이었다. 대학에 진학한 스무 살 무렵 그와 나는 고향을 떠나 도시에서 자취를 했다. 첫 1년 동안 단독주택의 문간방에서 그와 나는 함께 살았는데, 그 문간방은 방음이 전혀 되지 않는, 연탄을 때는 방이었다. 어느 날 저녁, 내가 여자 친구를 집에 데려간 적이 있었다. 여자 친구가 방을 구경시켜달라고 졸랐기 때문에 어쩔 수 없이 그렇게 된 것이다. 내가 여자 친구를 데리고 들어서자 방바닥에 엎드려 책을 읽고 있던 그는 자리를 피해주려고 그랬는지, 옷을 걸치고는 밖으로 나가버렸다. 나는 여자 친구를 진즉에 돌려보내고 그와 술이나 한잔하려고 안줏거리를 만들어놓고는 그를 기다렸지만, 그는 그 밤에 끝내 집에 돌아오지 않았다. 지금처럼 휴대폰도 없던 시절이었다. 그는 다음 날, 근처에 선배 집이 있어서 그곳에서 자고 왔다고 말했다. 정말 근처에 선배 집이 있었던가. 나중에 시간이 많이 흘렀을 때, 나는 가끔 그날 밤 그가 정말 어디에서 어떻게 시간을 보내고 왔는지 궁금했다.

사춘기 내내 불화했던 그와 나는 성인이 되어서 술을 마시면서 진지한 대화를 나누고 화해를 할 수 있었다. 우리는 그 술자리를 몹시 좋아했다. 담배는 누가 먼저 배웠더라. 아, 그것도 내가 조금 빨랐던 것 같다. 그런데 나는 9년 전에 담배를 끊었지만 그는 지금도 피우고 있다. 우리는 서로에게 책을 권하기도 했다. 내가 그에게 권했던 책 제목은 생각이 안 나는데, 나는 콜린 윌슨의 『잔혹』과 호이징가의 『중세의 가을』 등을 그의 권유로 읽었다.

고등학교에 다니던 어느 날, 자고 일어나 보니 집 마당에서 키우던 개가 없어진 일이 있었다. 아마도 일요일 아침이었던 모양이다. 싱싱한 상어처럼 씩씩한 개가 종적도 없이 사라지다니. 작은 소란이 일어났다. 도둑이 들어서 개를 끌고 간 것이라고 생각했다. 가족들 대부분이 그렇게 생각했을 것이다. 그런데 없어진 것은 개뿐만이 아니었다. 도균도 아침 일찍 사라져버린 것이다. 교회 갈 준비를 해야 하는 주일의 아침이 뒤숭숭해졌다. 식사를 마칠 무렵 그가 나타났다. 그의 손에는 만 원짜리 지폐가 몇 장 쥐어 있었다. 그는 새벽 일찍 개를 끌고 시장에 가서 팔고 왔다고 말했다. 아버지가 다소 역정을 내며 왜 허락도 받지 않고 그런 일을 했냐고 묻자, 그는 태연하게 집에 돈이 필요할 것 같아서 그랬다고 말했다. 그리고 개의 사료 값도 부담스럽다고 말했다. 다소 엉뚱한 행동이긴 했지만 그는 이처럼 가계의 형편을 헤아리는 사람이었다. 아버지가 편찮으실 때 가장 극진히 간호를 한 것도, 또 돌아가셨을 때 가장 서럽게 운 것도 그였다. 나는 그가 우는 모습이 너무 슬퍼서 울었다. 대학에서도 공부를 열심히 한 그는 좋은 직장에 취업이 되어 직장 생활을 하기 시작했다. 그는 월급을 받으면 꼭 부모님께 선물을 사드리곤 했다. 고향 집에 있는 트레드 밀이나 안마기, 컴퓨터 같은 것들은 모두 그가 부모님께 사드린 것이다. 나는 그것을 흉내 낼 수조차 없었다.

그의 아들은 3년 전쯤 사고를 당했다. 쇠 젓가락을 가지고 놀다가 그것을 콘센트에 집어넣어서 감전상을 입은 것이다. 의사는 송곳 같은 전기가 작은 아기의 손을 통해 몸에 들어와서 눈 밑을 찢고 나갔다고 했다. 전기란 그런 것이라고 했다. 그런데, 그가 믿는 신이 도왔는지 생명에는 지장이 없었고 다만 얼룩 같은 화상을 입었다. 전기가 통과한 몸은 장기와 뇌가 상할 수도 있는데, 그것만으로도 천만다행한 일이었다. 그 아기의 예쁜 손과 얼굴에는 지금도 화상 자국이 있다. 그 사고가 있던 날 밤, 응급실에서 그가 내게 전화를 걸어왔다. 가엾게도 그는 울먹이고 있었다. "내 잘못이야. 내가 아기를 눈에서 놓쳤거든." 나와 같은 배 속에서 생겨나 다투며 자란 그가 어느 사이 아기의 아버지가 되어 울고 있다. 그의 울음소리, 그가 자책하는 소리를 듣고 있자니 나도 모르게 눈물이 나려고 했다. 아기가 감전되어 쓰러지고 밥을 먹던 그가 놀라서 일어나고, 아기를 업고 병원으로, 응급실로, 다시 서울의 큰 병원으로 밤을 도와 달려왔을 장면들을 생각하니 마음이 무척 아팠다. 나는 며칠 동안 계속 병원을 찾아 진심으로 그를 위로했다.

내가 소설가가 되고 책을 펴냈을 때, 그는 인터넷 서점을 통해 책을 여러 권 구입하여 직장의 동료들에게 나눠주었다고 한다. 사실 나는 그가, 내가 쓰는 불온한 소설 따위는 읽지 않았으면 한다. 내 소설은 그의 착실한 삶과는 어울리지 않는다. 그는 멋을 부리지 않지만 언제나 멋지고 성실하고 자상하다. 나는 그것을 기품이라는 말로 표현하고 싶다. 한때 그가 감성도 없는 목석 같은 존재라고 간주하면서 그를 공격했지만 지금의 나는 그가 온몸으로 자신의 삶과 자신을 믿는 가족들의 삶을 밀고 나가는, 거룩하고 고매한 생활의 예술가라는 생각이 든다. 내가 아무리 노력을 해서 글을 써도, 글로써는 도저히 묘사되지 않는 위대한 풍모를, 아름다움을 그는 가지고 있다.

안으로 나가고 밖으로 들어가는

방법에 대한 고찰

1

퀴르르, 퀴르르, 퀴르르.

어디선가 반복적으로 괴음이 들려오고 있다. 바늘 끝으로 녹슨 철판의 표면을 긁고 있는 소리 같다. 이를테면 스피커 장치와 연결되지 않은 채로 돌아가고 있는 LP판을 레코드 바늘이 긁고 있을 때 나오는 소리처럼 들리기도 한다. 귀뚜라미다. 어디선가 귀뚜라미가 울고 있는 것이다. 귀뚜라미 울음소리를 듣는 일이 흔한 일이 아니게 되어버린 때문이기도 하겠지만, 나는 귀뚜라미 울음소리를 들을 때마다 그것이 어떤 일의 전조를 흔들어 깨우는 소리인 것만 같아 마음이 되게 심란해지고는 한다.

그런데 귀뚜라미는 언제부터 저렇게 울고 있었던 걸까. 마치 오래전부터 움직이고 있는 시계의 초침 소리가 어느 순간부터 갑자기 들리기 시작하는 것처럼 귀뚜라미의 울음소리 역시 기원이 모호한 사물이 흔들릴 때처럼 묘한 환각을 안긴다. 귀뚜라미는 아마도 내가 울음소리를 인지하지 못한 사이에 울기 시작했을 것이다. 나는 지금 울고 있는 귀뚜라미가 몇 마리나 되는지도 알지 못한다. 저 울고 있는 귀뚜라미가 무엇 때문에 울고 있는지도 모른다. 하지만 지금 이 시간 귀뚜라미의 울음소리가 내 가슴에 사무치듯이 파고드는 것만큼은 사실이다. 어쩌면 울음이란 이처럼 감각으로 인지되기 이전에 저절로 온몸에 스며드는 것인지도 모른다.

알려진 것처럼, 울음을 가진 귀뚜라미는 모두 수컷이다. 수컷 귀뚜라미들은 목으로가 아니라 앞날개를 비벼 우는 소리를 낸다고 한다. 그렇다면 귀뚜라미가 아니라 당신이나 나 같은 사람이 너무나도 통렬한 슬픔에 잠긴 나머지 손뼉을 치거나 비빈다고 가정해보자. 그렇다면 그 손뼉이 부딪치는 소리를 가리켜 울음소리라고 말할 수 있을까. 나는 그럴 수 있으리라는 생각이 든다. 울음이란, 단순히 청각이라는 어떤 감각적 기능으로 인지되는 것이 아니라 슬픔의 정령이 잔잔한 파동을 일으키며 주변의 나른한 질서를 환기시키는 동안 시나브로 전달되는 그 무엇이어야만 한다고 생각한다. 비애에 찬 표정, 절망에 겁먹은 공허한 눈동자, 하얗게 질린 침묵이 어떤 경우엔 울음소리보다도 명징하게 슬픔을 전달하기도 하는 걸 보면, 내 생각은 그다지 틀린 생각은 아닐 것이다.

2

　귀뚜라미의 울음소리가 유독 깊고 처량하게 들리는 지금은 깊은 새벽이다. 나는 도통 오지 않는 잠을 포기하고 책상 앞에 앉아 있다. 컴퓨터 모니터의 한글 창은 하얀 도화지처럼 비어 있다. 마감 일이 이제 일주일밖에 남지 않았는데, 나는 청탁 받은 소설을 단 한 줄도 쓰지 못하고 있다. 열흘 넘게 불면만이 계속되고 있을 뿐이다. 나는 두 잔을 마시고 막아놓았던 소주병의 마개를 다시 열고 한 잔을 따라서 천천히 마신다. 사실, 글이 되지 않을 때 소주잔을 기울이는 것은 나의 풍속에 해당하지 않는다. 다만, 이렇게라도 해보지 않으면 나 스스로가 백지 앞에서 너무나 속수무책인 것만 같아 한번쯤 시도해보는 것이다. 시계를 보니 세 시를 조금 넘긴 시간이다. 창밖은 공포스러울 정도로 적막하고 그 적막함을 시위하듯 어둠은 사방에 빽빽하게 들어차 있다. 아, 이 어둠은 어떤 슬픈 얼굴을 떠올려서 허공 속에 그려보라고 이토록 검은 것만 같다. 내게 슬픈 말들을 건넸던 누군가를 떠올려 손가락으로 가리켜보라고 이토록 창백한 것만 같다. 나는, 내게 전승된 슬픈 전통들을 생각하기에 지금이 적합한 시간이라고 생각한다. 이 슬픈 불면의 유래는 아마도 내가 상상할 수 없을 정도로 유구할지도 모른다.

　나는 술잔을 내려놓은 손을 키보드 위에 얹어두고 한 자 한 자 타이핑한다.

　'어떻게 밖으로 들어갈 것인가.'

　이것은 내가 처음이자 마지막으로 가져보았던 거룩하고 품위 있는 질문이며, 내가 지금과 같이 존재하지 않는 것처럼 존재하며 영원의 시간을 꿈꿀 수 있도록 도와준 불멸의 화두이다. 나는 이 순간 깊고 푸른 밤의 질문을 갖게 된 것이다.

3

　자신의 몸에 병이 있는지도 몰랐던 아버지는 돌아가시기 몇 달 전부터 종종 잠이 오지 않는다고 툇마루에 앉아서 마당의 감나무 가지에 걸린 달을 바라보며 술을 드시곤 했다. 나는 당시만 해도 실외에 있던, 다시 말해 대문 옆에 나 있던 화장실에 가다가 몇 번 술병을 기울이는 아버지와 부닥치고는 했다. 그 무렵 나는 군대에 가기 위해 휴학을 하고 집에서 따분하기 이를 데 없는 시간을 보내며 입영통지서가 도착하기만을 기다리는 처지였다. 낮에는 비슷한 처지의 친구를 만나 도서관에 가서 시집이나 소설을 읽다가 저녁이 오면 당구장에서 당구를 치고 술을 마셨다. 영화관도 수없이 들락거렸다. 그때 자주 어울렸던 친구는, 아버지가 읍내에서 가장 큰 약국을 하던 친구 '임'이었다. 나중에 교통사고로 세상을 떠난 그는 성정이 괴팍하고 거칠어서 친구가 없었지만 어느 날 나에게 자신이 서자라는 사실을 고백했다. 내가 그 친구를 지금도 기억하는 것은, 그 내밀한 고백이 퍽이나 매혹적이라고 느껴졌기 때문이다. 그것은 마치 소설이나 영화 속에 삽입되어야 하는 에피소드처럼 느껴졌다. 그리고 그의 방에 쌓여 있던 수많은 약병들.

입영통지서를 기다리는 참으로 한심하고 막막한 시기. 나는 뇌가 없는 사람처럼 행동했고 실제로 뇌가 없어도 아무런 불편 없이 생활을 할 수 있다는 사실을 확인했다. 나는 모든 것을 긍정하는 것으로 부조리한 모든 현실을 조롱했다. 누구나 그런 처지에 이르면 그렇게 시간을 보내는 것이 불가피한 것 아닌가 하는 생각을 하며 나는 위악적인 각오를 다지고 매일매일을 당구와 술과 영화로 허비했다. 물론 한편으로는 저주받은 젊음에 대한 자학의 의도 같은 게 있었던 것도 사실이다. 아버지는, 내가 젊은 날의 소중한 시간을 그렇게 소모적으로 보내는 것에 대해 관대한 편이었다. 관대했기 때문에 그가 나에 대해 무관심했는지, 아니면 무관심했기 때문에 그가 나에게 관대했는지는 분명하지 않다. 내가 분명하게 말할 수 있는 것은 그는 원래 자기 성질을 잘 드러내지 않는 조용한 사람이라는 것이다. 그는 언젠가 내게 이런 말을 하기도 했다.

"나의 기쁨이 뭔 줄 아니? 질문을 갖고 그 질문을 골똘히 생각하는 것이야. 그 질문을 생각하면서 고개를 숙이고 땅을 바라보며 걸을 때 아무와도 부딪치지 않는 것이 내 기쁨이지."

나는 그의 말을 이해할 수 없었고 그래서 우울했다. 그날도 밖에서 술을 마시고 늦게 들어온 나는, 방으로 들어가기 전에 화장실을 더듬거리며 찾아가고 있었다. 그때 어둠 저편에서 누군가가 중얼거리는 소리가 들렸다. 아버지였다. 아버지가 잠을 자지 않고 또 툇마루에 나와 앉아 있었던 것이다. 나는 처음에는 아버지가 내가 대문에 들어서는 것을 보고 나의 늦은 귀가를 나무라는 소리라고 생각했다. 하지만 다시 들어보니, 그것은 그 누구에게 들으라고 하는 소리가 아니었다. 아버지는 툇마루에 앉아서 혼자 술잔을 기울이면서 뭐라고 혼잣말을 중얼거리고 있었던 것이다. 아마도 자정이 다 된 시간이었을 것이다. 나는 막무가내로 아버지의 그 중얼거림을 듣고 싶지 않았다. 그것은 여간 민망한 일이 아니었다. 아버지는 아버지다워야 하지 않나. 저건 무슨 청승인가 싶었다. 차라리 절로 들어가라, 스님이 되어 집을 버려라, 내 속에서는 이렇게 소리칠 때도 많았다. 그런데 나는 정말 그 밤 아버지의 중얼거리는 소리를 듣고 싶지 않았을까. 아, 어쩌면 나는 그 중얼거림을 간절하게 해독하고 싶었는지도 모른다. 그래, 간절히 듣고 간절히 이해하고 간절히 흐느끼고 싶었다. 도대체 당신은 어찌하여 한밤중에 잠도 못 이루면서 어디에 대고, 누굴 향해 뭐라고 하는 건가.

지금 생각해보면 그는 그때 자신에게 질문을 하고 있었는지도 모른다. 어떻게 살 것인가, 나는 누구인가라고. 나는 아버지의 중얼거림을 한사코 외면하면서 화장실에 들어가 약간의 구토를 하고 소변을 보고 나왔다. 그때 끼이익, 하면서 문소리가 들렸을 것이다. 그러자 툇마루의 아버지가 이쪽으로 천천히 고개를 돌리면서 이렇게 말했다.

"거기 누구니? 바람이 아니라면 잠깐 이리로 오렴."

그래, 나는 화장실 문 따위를 건드리고 지나가는 바람이 아니었다. 나는 좀처럼 잠에 들지 못하는 당신의 아들이었던 것이다. 나는 어쩔 수 없이 아버지 앞으로 멈칫거리며 다가가야만 했다. 나는 아버지에게는 하나밖에 없는 아들이었다. 그리고 내가 다가갔을 때 아버지는 쓸쓸하게 웃으셨던가. 나는 그런 아버지의 모습을 볼 때마다 알 수 없게도 공연히 분한 마음이 들고는 했다. 그런 내 마음을 아는지 모르는지 아버지는 나를 보고는 옆에 앉으라고 했다. 그러곤 예의 나로서는 알아들을 수 없는 지루하고 난감한 얘기를 하는 것이다. 그는 한쪽 손을 들어 담장 너머, 칠흑같이 어두운 밤하늘을 가리키며 말했다.

"저 하늘 저쪽에 우리는 가 닿지 못하겠지. 백 년이 흐르고 천년이 흘러도 가보진 못할 거야. 그것은 그대로 상심이 되겠지."

"그런데요?"

나는 심드렁한 말투로 그의 말이 어서 끝나기만을 기다렸다.

"저곳에도 따뜻한 내부가 있을 거야. 저 차가운 밤하늘 어딘가에도. 사람들은 안과 밖을 나누면서 모두들 따뜻한 내부를 갖기를 원한단다. 우리는 밖이 아닌 안에서 위로를 받으면서 고통과 슬픔을 견뎌내는 것이지. 그런데 나에게는 이 세상이 온통 까다롭고 사나운 바깥 같구나. 사는 것이 참으로 두렵고 어려워. 어떻게 저 밖으로 들어가야 할지 모르겠어."

"그래서 그게 어쨌다구요?"

아, 제기랄, 나이가 50이 넘은 사람이, 밖에 대해서 두려워하고 있다니. 나는 순간적으로 이 아버지라는 사내에게 부아가 치밀었고, 그다음에는 연민이 치솟았고, 어설프게 마신 술 때문인지 서러운 감정이 북받쳐 올라왔다. 아버지는 소주를 한 잔 따라서 천천히 마시더니 이렇게 말했다.

"내가 너에게 말해주고 싶은 말은, 사람이 살아 있는 동안에는 하나의 질문을 가지고 살아야 한다는 거야. 피곤할 텐데 어서 들어가 자거라."

그날 밤하늘을 쳐다보는 아버지의 눈길은 한없이 처량하고 쓸쓸해 보였다. 그것은 그가 세상을 떠난 후에 내 가슴속에 뭉게뭉게 피어오르는 선연한 기억이 되었다. 아마도 아버지는 그 밤 끝내 잠을 이루지 못했으리라. 그 지독하고 괴이한 아버지의 불면이 고스란히 내게 이어지다니.

4

지금 다시 잠에 들지 못하고 깨어 앉아 창밖에 떠오른 달을 보고 있노라니, 서른다섯 해 동안 인멸되지 않고 그 흔적을 남기고 있는 지난 것들의 애착이 피어오른다. 이제는 돌아올 수 없는 곳으로 떠난, 불면을 앓던 아버지 생각도 나고, 지금쯤 기도원에 가기 위해 자전거 페달을 밟고 있을 고향 집의 노모 생각도 난다. 검은 창은 그 쓸쓸한 영상들을 천천히 내 눈앞에 펼쳐준다. 하지만 이런 누추하고 쓸쓸한 회상에 잠기자고 내가 깨어 있는 것은 아니다. 나는 내 몸의 불경한 열을 다스려줄 새로운 신념과 진실한 울림을 기다린다.

창밖의 허공은 검디검고, 달은 얼음처럼 차가울 것이다. 나는 어떤 소설에서 저 차가운 달에 한번쯤 얼굴을 처박고 싶다고 쓴 적이 있다. 그러면 저 달의 표면에 내 얼굴 자국이 찍힐 것만 같다고 상상하면서 말이다. 달이 여성성을 상징한다는 것에 나는 동의하는 편이다. 나는 저 달의 호위를 받으며, 깊은 밤 홀로 꼿꼿하게 깨어 있다. 먼 도시에 사는 사촌들은 진작 커튼을 내리고 가족들과 함께 잠을 청하고 있을 것이다. 아마도 본의 아니게 이 생을 짊어지고 종일 거리를 헤맸을 많은 사람들이 지금 이 시간 고된 잠에 빠져 있을 것이다.

대개의 사람들이 잠들어 있는 깊은 밤, 나는 눈을 동그랗게 뜨고 깨어 있다. 나는 나보다 앞서 깨어 있던 이들이 그랬던 것처럼 이 밤의 고적을 마주 대하면서 '참돌 위에 떨어지는 수반' 같은 하나의 명징한 질문을 가지지 않을 수 없다고 생각한다. 그렇다면 나는 질문을 갖기 위해 깨어 있는 것인가.

나는 아버지의 삶을 통해서 배웠다. 하나의 질문을 갖는다는 것, 그것은 자신의 삶을 비균질적인 시간의 영역 안에서 끝없이 지워나가고자 하는 이들에게서 찾아볼 수 있는 고매한 열정이라는 것. 삶을 진지하게 살겠다는 의지의 각별한 표현이라는 것. 그래서 질문은 매혹적이고 아름다울 수밖에 없다는 것.

모든 질문에는 대답이 있어야 한다. 나는 일단 그렇게 생각한다. 그 질문이 비록 복사뼈나 팔꿈치에서 떨어져 나간 각질처럼 우리 앞에 툭 던져지는 것일지라도, 혹여 질문을 던지는 자의 의도가 가벼운 유희에 지나지 않는 것이라 할지라도 우리는 그 질문에 대답하고자 노력해야 한다. 질문에 대답하는 일은, 어쩌면 더 큰 질문을 갖는 일이 될 수 있고, 우습고 질 나쁜 질문에 새로운 의미를 부여하는 일이 될 수도 있다. 그런 것을 생각하면 대답이 질문을 만든다고도 볼 수 있다. 질문은 미혹에 사로잡힌 삶을 보다 더 명료하게 하고, 어떤 면에서는 신비롭게도 한다. 무엇보다도 질문에 얽힌 거의 모든 작용들은, 삶을 덜 지루하게 만든다.

질문을 하거나 질문에 대답을 하는 일은, 깨어 있는 자들의 의무다. 아버지 역시, 잠들지 않고 깨어 있었기에 당신만의 질문을 가질 수 있었을 것이다. 깨어 있지 않고서는 질문을 가질 수 없다. 내가 아무것도 궁금하지 않고 그 어떤 것에도 대답할 수 없다면, 나는 이미 사망하거나 피살된 것이다. 깨어 있는 존재로서 나는 어떤 질문을 가질 수 있을까?

나는 지금 두 평 남짓한 방 안에서, 외부의 목소리에 귀를 기울인다. 외부라고 생각되어지는 곳에서 들려오는 소리들에 귀를 기울인다. 집음 장치를 설치해서라도 밖의 소리들, 외부의 웅성거림을 듣고 싶다. 그런데, 밖에서는 내 귀를 자극하는 그 어떤 소리도 들려오지 않는다. 그래, 모든 사람들이 잠들어 있는, 고양이가 우는 시간도 지난 지금은 깊고도 깊은 새벽이다. 나는 지금 어디에 있는가? 나는 지금 안에 있는가, 밖에 있는가.

5

나는 나에게 주어졌던 오래전의 질문을 이제 여기에 꺼내놓기로 한다.

'어떻게 밖으로 들어갈 것인가?'

그래, 그것은 아주 오래전의 어느 밤, 아버지가 술을 먹고 늦게 귀가하는 아들에게 툭 던지듯이 내뱉은 질문이다. 그리고 나는 어느 날 우연히 그 질문과 대면하게 되었다. 그 사람을 위해 목숨을 바쳐도 좋다고 생각했던, 사랑하던 여자와 영영 헤어지던 밤이었다. 그 밤 나는 죽기 위해 술을 마셨고, 밤새 바닥을 뒹굴면서 구토를 했고, 그리고 서럽게 흐느껴 울었다. 그다음 날, 나는 여자와 함께 찍은 사진들을 옥상에 가지고 올라가 불 태웠다. 타들어간 사진의 재가 바람을 타고 공중에 흩날렸다. 나는 그 재를 눈으로 좇았다. 바로 그때 아버지의 질문이 내게 로 다가왔다.

'어떻게 밖으로 들어갈 것인가?'

사랑이 가벼운 재로 떠나고 그 질문이 내게로 왔을 때, 나는 머리가 어지러워 꿈쩍도 할 수 없었다. 나는 손으로 옥상의 난 간을 짚으며 겨우 몸의 균형을 잡았다. 나는 내 몸이 어떤 알 수 없는 기운에 의해서 기우는 것을 느꼈다. 무언가가 송두리째 빠져나가는 느낌. 그 바람에 내 몸은 계속 기우뚱거렸다. 그날 이후, 나는 어쩌면 해괴한 언어유희에 불과할지도 모르는 이 질 문을 머릿속에서 내려놓지 않으려 노력하며 살아왔다. 내가 지 금 분명하게 말할 수 있는 것은, 성실한 질문자가 되어 살아가 는 삶이 간혹 몸서리쳐지도록 외롭기는 했지만 싫지는 않았다 는 것이다. 수많은 삶의 형태 중에 나에게 가장 잘 맞는 삶의 형태란 질문을 갖고 살아가는 자의 삶이라는 생각이 들었다. 사 람들은, 자기 몸에 옷을 맞추고 자기 발에 구두를 맞추는 것처 럼, 자신의 의식에 맞는 삶을 찾아야 하는 것이다.

'어떻게 밖으로 들어갈 것인가?'

나는 이 질문을 사랑했다. 하지만 답을 구할 수 없었다. 쉽게

답을 낼 수 있는 질문이 아니었기에 나는 더욱더 갈급한 질문자가 되었다. 어느 밤에는 너무나도 외롭고 힘겨운 나머지 돌아가서 흙이 되어 있을 아버지에게 다음과 같은 편지를 쓰기도 했다. 이것은 편지가 아니라 어쩌면 질문자의 주문 같은 것인지도 모른다.

아버지,
당신은 내부를 가졌나요
말을 할수록
내가 나에게서 멀어지고
눈을 한 번 깜빡일 때마다
내가 나에게서 멀어집니다
내 생으로부터 내가 멀어지는
이 한심스러운 아이러니가
한 번도 중단된 적은 없습니다
지루하고 무능한 감독의
위대한 다큐멘터리처럼
나는 무엇의 주인이고
무엇의 주체인가
금기된 질문은 태어나자마자
소각장으로 실려갑니다
말을 배우고

글을 쓰고 생각하고

가보지 못하고 듣지 못한

세계를 상상하는 일

다른 사람의 생애를 짐작하는 일과

유혹 앞에서 떳떳해지는 일

울고 싶은 마음을 참는 일

감각을 가려내는 일

소리와 색깔을 선택하는 일

쉬운 일이 하나도 없습니다

그래서 나는 차라리

생으로부터 멀어지는 것이

가장 인간적이지 않은가

묻는 것입니다

아버지,

나는 이제 최후에 도착하는

멋진 피안 따위는

존재하지 않는다는 확인된 편견에 사로잡히고

그만큼 생으로부터 멀어지고

당신으로부터도 멀어지려고 합니다

나는 오늘도

갓 배운 말을 토스트처럼 툭 내뱉고

멀어진 거리가

몇 뼘쯤 되는지 생각하고
내 생이 얼마나 난감한지를 셈하고자
안간힘을 씁니다
아버지,
당신은 밖에 들어가보았나요

　나는 마음을 털어놓아도 좋을 만한 사람이라고 여겨지는 몇
몇의 지인들에게 질문을 안고 살아가는 자의 외로움을 호소하
기도 했다. 그들에게 '어떻게 밖으로 들어갈 것인가'라는 질문
을 안고 살아가는 것이 얼마나 외로운 일인지 아느냐고 물었다.
　밖이라는 곳은, 흔히 들어가는 곳이 아니라 나가는 곳으로
알려져 있다. 그래, 그것은 너무나 자명한 사실이다. 그것은 말
할 것도 없이 순리의 범주에 속하는 것이다. 하지만, 밖으로 나
가서 도대체 어떻게 하겠다는 것인가? 밖으로 나가는 일은, 물
을 입으로 마시고, 신문을 눈으로 읽는 것처럼 너무나 당연한
일이어서 그 어떤 각성도 일으키지 못한다. 적어도, 산문적으로
는 그렇다는 것이다. 밖으로 나가는 것은 상식적으로 옳은 일이
긴 하지만, 결코 아름다운 일이 될 수는 없다. 적어도 그 행위
가 내 질문이 된 경우엔 더욱 그렇다.
　밖으로 나가는 것이 아니라 들어가고 싶다는 생각을 가지면
서, 내 영혼은 맹렬해졌다. 좋게 얘기하면 그 질문의 형태로 열
망을 가지게 되면서, 나는 내 삶을 각별한 어떤 것으로 간주하기

시작했다. 그리고 운명적으로 이 언어유희에 불과할지도 모르는 질문을 풀게 되는, 거기에 대답을 하게 되는 어떤 사건과 극적으로 마주쳤다. 그 힌트는 역시 아버지로부터 비롯된 것이다.

6

어느 날 아버지는 당신이 읽던 책을 내게 던져주었다. 그의 취미는 술을 마시거나 대하소설을 읽는 것이었다. 그가 던져준 것은 『만다라』라는 제목을 가진 얇은 소설책이었고 지은이는 김성동이라는 사람이었다. 1990년, 내가 막 열아홉 살이 되었을 때였다. 나는 제목이 신기해서 그 소설을 펼쳐서 읽기 시작했다. 그 소설이 아주 유명한 소설이고 영화로도 만들어졌다는 것을 알게 된 것은 그 후로 몇 년이 지나서였다.

김성동의 『만다라』라는 소설에는 하나의 질문이 나온다. 『만다라』는 알려진 것처럼 승려가 주인공으로 등장하는 구도소설이다. 그 소설 속에 제시된 질문이 '화두'의 형태로서 전제되는 것은 그래서 매우 자연스러운 일이었을 것이다. 간화선을 주로 하는 대승불교에서 화두는 수행의 핵심적인 요소다. 소설 속에서 기행과 일탈을 행하는 승려인 지산 스님은 법운 스님에게 다음과 같은 화두를 들려준다.

새 한 마리가 있다. 그 새가 아직 작은 새였을 때 유리병에 넣어서 계속 모이를 주며 길렀다. 새는 무럭무럭 자라 몸집이 커졌다. 그래서 유리병의 입구로 나올 수가 없게 되었다. 그렇다면 새의 몸을 해하지도 않고 유리병을 깨뜨리지도 않으면서 새를 밖으로 꺼낼 수 있는 방법은 무엇인가? 어떻게 이 새를 유리병 밖으로 꺼낼 것인가?

본인 스스로가 어린 나이에 중이 되기 위해 출가를 하기도 했던 김성동에 의해서 던져진 이 질문은 까다롭고 난해한 수수께끼가 아닐 수 없다. 소설 속 스님의 화두는 곧 작가가 삶에 대해 던지는 거대한 질문이었을 것이다. 소설 속에서 작가는 이 질문에 대한 답을 보여주지 않는다. 물론 그것은 예상했던 일이다. 친절한 소설가를 만나는 것은 낙타가 바늘귀를 통과하는 것만큼이나 어려운 일이니까. 작가는 독자들에게 까다로운 화두, 질문을 던져놓고 짐짓 딴전을 피우고 슬쩍 웃고만 있을 것이다.

나 역시 이 질문을 접하고 골머리를 앓으며 답을 구하기 위해 애를 썼지만 답은 너무나 요원한 것이었다. 어쩌면 이 질문에 대한 답을 구하는 행위 자체가 무의미한 것인지도 모른다. 답을 요구하지 않는 질문들이 생을 건드리고 간다. 그것은 나뭇잎을 건드리고 지나가는 바람처럼 왜 건드리는지 알려주지 않고 소멸하고 마는 운명의 가르침과도 같은 것이다. 하지만 나는 그 질문에 대한 답을 구하고자 했다. 그리고 마침내 답을 얻었다. 어떻게 밖으로 들어갈 것인가라는, 아버지로부터 물려받은 질문에 대한 답이 소설 『만다라』에서 던져진 화두를 상기하는 동안 저절로 얻어진 것이다. 나는 내가 찾은 답이 꼭 정답이라고 생각지는 않는다. 하지만 나는 나의 대답이 그런대로 마음에 든다. 나는 답을 구하기 위해 최선을 다했고, 답을 구하기 전까지 성실한 질문자로 살아왔다. 그렇기에 나는 내가 찾은 대답이 썩 훌륭하다고 느껴지는 것이다. 유리병과 새를 다치지 않게 하면서 새를 유리병 밖으로 꺼낼 수 있는 방법, 나는 그것을 알게 된 것이다. 그리고 그 답을 구한 것과 동시에, 밖으로 들어가는 방법까지도 알게 되었다. 어떻게 새를 꺼낼 것인가, 그게 가능하기나 한 일인지는 확신할 수 없지만 이제부터 내가 찾은 답을 설명할 테니 잘 들어보기 바란다. 나는 내가 찾은 대답을 보다 효과적으로 사람들에게 설명하기 위해 하나의 우화를 만들어냈다. 이 우화는 내가 찾은 답을 보다 친절하게 설명하기 위한 비유일 뿐이다.

넓은 땅을 가지고 있는 어떤 부자가 있다. 그는 자신의 두 아들에게 땅을 나누어 주려고 한다. 부자는 두 아들을 차례차례 한 사람씩 부른다. 먼저 첫째 아들이 아버지를 만나러 온다. 부자는 장남에게 말한다.

"큰애야, 여기에 땅이 있다. 이 땅을 너에게 줄 테니, 네가 가지고 싶은 만큼 말뚝을 박아 울타리를 쳐서 너의 땅임을 표시해보거라."

그러자 큰아들은 아버지의 땅에 자기가 가지고 싶은 영토를 다음과 같이 표시한다. 그가 영토를 표시하는 말뚝을 박느라 소비한 시간은 일주일이다.

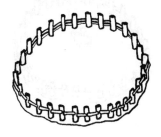

그림에서처럼 첫째 아들은 한껏 욕심을 부려서 땅의 맨 가장자리를 돌아가며 촘촘하게 말뚝을 박아 울타리를 쳤다. 그래야 조금이라도 넓은 땅을 차지할 수 있다고 믿었기 때문이다. 그림에서 말뚝을 박아서 만든 울타리 안쪽이 당연히 첫째 아들이 갖고 싶은 땅이다. 첫째 아들은 땀을 닦으며 저는 울타리 안의 땅을 모두 갖고 싶어요,라고 말했을 것이다. 아버지는 장남에게 말뚝을 박느라 수고했다고 말하면서 조금만 기다려보라고 말했겠지. 며칠 후 아버지는 둘째 아들을 불러서 첫째 아들에게 건넸던 말을 똑같이 한다.

"작은애야, 여기에 땅이 있다. 이 땅을 너에게 줄 테니, 네가 가지고 싶은 만큼 울타리를 쳐서 너의 땅임을 표시해보거라."

그러자 둘째 아들은 아버지의 땅에 자기가 가지고 싶은 영토를 표시한다. 그런데 그가 자신의 영토를 표시하는 말뚝을 박는데 걸린 시간은 한 시간이 채 못 된다.

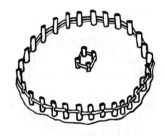

그림을 보면 알겠지만 둘째 아들이 말뚝을 박은 모양은 첫째 아들이 말뚝을 박은 모양과는 사뭇 다르다. 그는 땅의 한가운데에 말뚝을 서너 개만 박았을 뿐이다. 말할 것도 없이 그가 말뚝으로 표시해둔 땅의 면적이 형이 표시한 면적보다 터무니없이 작다. 둘째 아들은 땅에 대한 욕심이 없는 걸까. 그는 재물에 대한 욕망을 초월한 사람일까?

대부분의 사람들은 둘째 아들이 아마도 심성이 곱고 착해서, 그리고 겸손하고 재물에 욕심이 없어서 일부러 울타리를 좁게 친 것이라고 생각할 것이다. 우화를 많이 읽은 사람이라면 이런 상상을 할지도 모르겠다. 울타리를 좁게 친 둘째 아들은 아버지로부터 정말 착하고 겸손하다는 평가를 받으며 오히려 욕심을 부렸던 형보다 더 넓은 땅을 받게 될 거라고 말이다. 사실 사람들이 그동안 접해온 우화의 결말은 대개 그런 식이다. 하지만 나의 우화는 전혀 그런 결말을 내지 않는다. 미안한 얘기지만 사람들의 상상은 틀렸다. 욕심이 많은 건 형이 아니라 동생이다. 둘째 아들이 말뚝을 박아놓은 것을 본 아버지는 고개를 갸우뚱거리며 둘째 아들에게 묻는다.

"넌 겨우 이 정도의 땅을 원하는 것이냐? 이렇게 좁은 땅을 가져서 도대체 무엇에 쓰려고 그러느냐. 넌 첫째와는 달리 왜 그렇게 욕심이 없느냐."

그러자 둘째 아들이 무슨 소리냐며, 정색을 하며 말한다. 독자들은, 둘째 아들의 말을 잘 들어야 한다. 이 우화의 핵심에 해당하기 때문이다.

"아버지, 저는 저 말뚝을 박아놓은 울타리 안의 땅만 빼고, 그 밖의 땅을 모두 제가 갖고 싶은 땅으로 표시한 거예요."

그러니까 그의 말은 이렇다.

둘째 아들이 갖고 싶은 땅은 사실 땅 가운데에 박아 넣은 서너 개의 말뚝 안쪽이 아니다. 그림 속에서 빗금을 쳐서 표시를 한 부분이 바로 둘째 아들이 갖고자 하는 땅인 것이다. 그는 말뚝 서너 개로 만든 울타리 안의 땅만 빼고 그 밖의 나머지 모든 땅을 갖고 싶은 것이다. 자, 그렇다면 둘째 아들이 표시한 저 그림 속의 땅에서 어디가 안이고 어디가 밖일까? 둘째 아들에게 내부는 어디이고 외부는 어디일까. 그렇다, 둘째 아들에게 울타리 안은 바깥이 되고 울타리 밖이 바로 안이 되는 것이다. 무슨 말인지 이해하겠는가. 울타리를 경계로 표시되는 안과 밖의 통념을 둘째 아들은 보기 좋게 뒤집은 것이다. 둘째 아들의 눈에는 울타리 안이 곧 밖(외부)이 되고, 울타리 밖이 곧 자신의 세계, 자신이 갖고 싶은 땅, 그러니까 '내부'가 되는 것이다. 그는 훨씬 적은 시간과 공을 들이고, 형보다 훨씬 넓은 땅을 자신의 영토로 표시한 것이다. 안과 밖의 고정적인 개념을 뒤집음으로써 말이다. 그렇다면 이제 이 우화가 드러내주고 있는 이치를 유리병 속의 새로 가져가보자. 우리는 유리병 속에 갇혀 있는 불쌍한 새를 유리병 밖으로 빼내주어야만 한다. 새에게 자유를 주어야 하기 때문이다. 자, 여기 유리병 속의 새가 있다.

이 새는 그림에서 보는 것처럼 몸집이 유리병의 입구보다 훨

씬 커서 밖으로 나갈 수가 없다. 병을 깨지 않는 한 병으로부터 벗어나는 것은 도저히 불가능한 일이다. 도대체 어떻게 새를 유리병 밖으로 꺼낼 수 있다는 말인가. 그게 가능한가? 물론 처음에 나 역시 이건 도저히 불가능한 일이라고 생각했다. 김성동의 소설 『만다라』에서 이 질문을 처음 접했을 때, 나는 다만 그것이 말장난일 뿐이라고 생각했던 것이다. '구도소설이란 이처럼 해괴한 말놀음으로 채워져 있는 거군'이라고 심드렁하게 냉소했다. 그런데 알 수 없게도 자꾸 그 화두가 내게 말을 거는 것이었다. 화두가 내게 거는 말들은 이를테면 이런 것이었다.

"잘 생각해봐, 답이 있단 말야. 넌 왜 질문을 받고도 대답을 하려고 하지 않니? 답을 찾기 위해 노력해보란 말야. 왜 노력도 하지 않고 비웃으며 포기하는 거니. 답은 질문을 갖는 순간 이미 내 마음속에 싹이 트는 거란 말야."

그리고 나는 내 의지와는 무관한 형태로 조금씩 조금씩 그 말 같지 않은 질문에 이끌리게 되었다. 어느 순간부터는 그 질문에 매달려 있는 나 자신을 발견하고는 깜짝 놀라기도 했다. 마치 의식하지 못한 사이에 시작된 귀뚜라미 울음소리나 시계의 초침 소리가 어느 순간 갑자기 인지되는 것처럼 말이다. 나는 내 의식의 한쪽에 명확하게 똬리를 틀게 된 질문에 골몰하기 시작했다. 밥을 먹으면서도, 샤워를 하면서도, 클라이언트를 만나 회의를 하면서도, 여자 친구와 키스를 하면서도, 늦은 밤 택시를 타고 귀가를 하면서도 말이다. 그런데, 그런데 말이다. 저 유리병의 외부, 즉 유리병의 바깥이 정말 우리가 알고 있는 바깥이라고 장담할 수 있을까? 저 유리병의 외곽을 둘째 아들이 쳐놓은 울타리라고 가정해보자. 그렇다면, 유리병 안의 새는 이미 밖으로 나와 있는 것이 아닌가. 유리병이라는 울타리를 경계로 이미 새는 밖에 존재한다는 것이다. 다시 말하면 새는 단 한순간도 안에 갇혀 있은 적이 없는 것이다. 이미 새는 밖으로 나와 있고 해방된 존재이다. 새의 눈에는 유리병 밖의 세계가 좁고 협소한 '유리병 안'으로 보였을 것이다. 작가 김성동은 이미 질문 속에 그 답의 실마리를 함께 넣어놓은 것이다.

이제 우리는 둘째 아들처럼 안과 밖의 통념을 뒤집어서 바라보는 눈을 가져야 한다. 밖의 세계가 안의 세계보다 언제나 넓은 것은 아니리는 것. 마찬가지로 안의 세계가 밖의 세계보다 협소한 것은 아니라는 것. 생각하기에 따라서는, 생각 속에서 폭풍 같은 각성을 통해 경계를 허물고 뒤집을 수만 있다면 저 한 줌도 안 될 병 속의 세계가 우주와 같이 넓은 공간, '바깥'이 될 수도 있고, 비행기가 날아다니고 쾌속선이 질주하고 대륙 횡단 열차가 호령하는 이 세계가 한 줌 병 속보다 좁은 '안'이 될 수도 있는 것이다.

이런 생각은 얼마든지 확장이 가능하다. 이 자유로운 상상은 신의 구속으로부터도 자유롭다. 그리고 이 생각은 퍽 유용하기도 하다. 이를테면 감옥에 갇혀 있는 수인들이 이런 생각을 한다면 그들은 갇혀 있다는 자각으로부터 오는 고통을 훨씬 줄일 수 있을 것이다. 내가 지금 갇혀 있는 한 평도 안 되는 공간이, 실은 무한한 밖이라고 생각해보란 말이다. 교도소 담장과 철책이 둘째 아들이 쳐놓은 울타리라고 생각한다면, 오히려 수인들은 저 밖의 세상 사람들을 갇혀 있는 자들이라고 상상하며 비웃을 수도 있을 것이다.

7

작년에야 나는 김성동 선생님을 만날 수 있었다. 방송이나 신문, 지면에서는 많이 보았지만 실제로는 처음 뵙는 자리였다. 그 무렵 선생님은 내가 일하고 있는 출판사에서 펴내는 잡지에 에세이를 연재하고 있었는데, 서울에 나들이를 나오셨다가 편집장과 나를 당신이 있는 곳으로 호출했던 것이다.

처음 본 선생님의 인상은 뭐랄까, 속을 다 비워낸 자의 허허로움과 지독한 허기를 견뎌본 자의 강기가 함께 느껴지는, 매우 복합적인 것이었다. 나는 그의 『만다라』를 시작으로 그의 모든 소설을 탐독했던 터였다.

우리는 광화문의 참치횟집에서 소주를 나눠 마시고는 강남역 근처의 매운탕집으로 2차를 갔다. 선생님은 환갑이 가까운 나이임에도 독주를 마다하지 않으셨는데, 금방 취기가 오르시는지 시종 붉게 충혈된 눈가를 손가락으로 주무르셨다. 나는 선생님을 만나는 동안, 어느 정도의 감격을 품으며 내가 풀어놓은 화두의 답을 떠올렸다. 하지만 그것을 선생님께는 말씀드리지는 않았다. 그것은 어리석은 일이었을 것이다. 다행히 나는 어리석음을 피할 수 있었다.

나는 지금도 생각한다. 질문은 질문으로 남아 있을 때 가장 아름다운 것이라고. 세상의 많은 질문들이 모두, 대답을 원하는 것은 아니라고 말이다. 질문은 언제나 질문으로 가지고 있는 것이 좋다. 답은 말하여지지 않는 것이 옳다. 비록 그 대답이, 하나 더하기 하나가 무엇이냐는 질문에 대한 답처럼 명료하게 내려질 수 있는 것이더라도 말이다.

나는 질문과 답을 통해 안과 밖의 경계를 바꾸어보았다. 그러므로 나는 안으로 나가고 밖으로 들어간다. 이것은 자유인가? 이것이 내게 어떤 위안을 줄 수 있을까. 그렇다면, 간에 악성 종양이 생겨 고통을 당한 끝에 죽은 나의 아버지, 질문을 갖는 것을 좋아했던 나의 아버지는 지금, 무덤의 푸른 잔디를 경계로, 넓고 공활한 밖의 세계를 주유하고 있는 것인가. 아버지의 눈에는 무덤 밖의 세계가 오히려 무덤 같은, 한없는 공포와 비겁과 졸렬함이 판을 치는 좁고 부패한 내부로 보이지나 않을까? 나는 아직 아무것도 모른다고 상상한다. 나는 여전히 질문이 배고프다.

나는 내가 품었던 질문과 답을 이제 소설에 담아 발표한다. 이것으로 나는, 나의 생으로부터 스스로 멀어지고자 하는 나의 열망을 어느 정도 실현했을 것이다. 그리고 이제 다시 깊고 푸른 밤의 질문을 찾아 알 수 없는 길을 떠날 것이다. 오늘 밤은 푹 자고 싶다.

그림_김도언

다크블루, 시간의 풍경

나는 오래된 나무 서랍 하나를 가지고 있다. 오래된 나무 서랍에는 오래된 것들이 놓인다. 오래된 것들은 오래된 서랍 속에 놓일 때 비로소 온전해질 것이다. 서랍 속에는 일기장과 편지들이 들어 있고, 오래전 찍은 사진도 들어 있다. 당신들의 오래된 서랍도 마찬가지겠지만 내 서랍 속에도, 시간의 결을 쓰다듬으면서 내려앉은 먼지가 쌓인 몇 장의 흑백사진과 편지와 비망록 따위가 들어 있는 것이다. 그것은 빛이 바랬을 정도로 낡고 오래된 것이지만, 아직도 푸른 인화액 속에 잠긴 채 출렁거리는 듯 현실 속의 나에게 실감 있는 감상을 던지곤 한다. 나는 이 감상에 잠기는 시간을 다크블루의 시간이라고 표현하겠다. 어두운 밤, 책을 읽다가 귀뚜라미 울음소리에 주의를 사로잡힐 때, 야근을 마치고 터벅터벅 사무실을 빠져나올 때, 대형 할인

마트에서 카트를 밀며 막 계산대를 빠져나올 때, 인화액 속에 잠긴 흑백 필름은, 새장을 열고 막 창공으로 비상하는 살아 있는 새의 날개처럼 푸드덕거리며 내 눈앞에 나타난다. 나는 이제, 한 장 한 장 이 사진들을 인화액 속에서 건져서는 깊은 어둠 속에서 어둠의 입자와 마찰시키며 천천히 건조시킬 생각이다. 그렇게 해서 드러나게 될 내 희미한 초상이 어떤 모습일지는, 사실 누구보다도 나 자신이 가장 많이 궁금하다. 이제는 나의 것이 아닐 수도 있는 그 초상으로부터 나는 지금 얼마나 멀리 떨어져 있는 것인지……

#1

내가 인화액 속에서 들어올린 첫번째 사진은 다소 민망하지만 섹스와 관련된 것이다. 성년이 되기 전의 남자 아이들은 섹스에 대해서 저마다 고유한 환상을 키우기 마련이다. 그 환상은 아주 특별하고 섬세한 시적 체험에 의해서 극적으로 증폭되고 확장된다. 환상을 깨뜨려서 파기하거나 은밀하게 보지(保持)할 것, 미성년의 남자들은 그 양자택일의 첨예한 갈등과 매 순간 맞닥뜨리게 된다. 섹스에 대한 환상과 다투면서 비로소 사회적 제도를 자각하기도 한다. 문학 작품이나 영화가 묘사하는 입사식의 구조에서 섹스가 중요한 소재로 다뤄지는 건 그 때문이다.

섹스에 대한 환상은 따뜻한 헬륨 가스로 달구어진 애드벌룬처럼 부풀어 올라, 마침내 터뜨리지 않으면 그 주체인 몸을 울긋불긋하게 물들이고 만다. 나 역시 섹스에 대해서 매우 민감한 자의식을 가지고 있다. 나는 자연스럽게 어느 순간부터 이성의 몸에 대한 생각을 많이 했던 것 같다. 하지만 다른 아이들에게도 그랬듯이 어린 내게도 섹스는, 알고 싶지만 그 내막을 좀처럼 알 수 없는 불감(不感)과 미지(未知)의 철옹성이었다. 그런 내게 여자와 섹스가 아주 구체적이고 현실적인 대상으로 다가왔던 적이 있다. 그 체험은 내게 지금까지 여자와 섹스의 원형질의 이미지로 남아 있는 귀중한 포트폴리오인 셈이다.

최초의 경험은 내가 초등학교도 들어가기 전, 그러니까 여섯 살이나 일곱 살 정도의 나이였을 때 찾아왔다. 초여름이었던가, 어느 휴일 오후, 서너 살 많은 사촌 누나가 우리 집에 놀러 왔을 때 그녀와 나는 따뜻하고 밝은 햇살이 내리쬐는 마루에 나란히 앉게 되었다. 그 마루는 대개의 시골집 마루가 그런 것처럼 토방이 있고, 토방에 신발을 벗고 올라서야 하는, 널빤지를 덧대어 올린 마루였다. 우리는 마치 그네를 타는 것처럼 마루 아래 토방 쪽으로 무릎 아래 종아리를 내려뜨리고 앉아서 나른한 표정으로 햇빛을 즐기고 있었다. 그런데 어느 순간 내 다리가 사촌 누나의 다리 사이에 끼게 되었다. 날씨가 더워서 그녀나 나나 짧은 바지를 입고 맨다리를 드러내고 있을 때였다. 그녀는 내 다리 한 짝을 자신의 다리 사이에 끼우고 자연스럽게 반동을 주며 흔들었다. 바람에 흔들리는 네 개의 흰 다리. 그뿐이었다. 하지만 사실은 그게 그뿐이 아니었다. 그토록 어린 나이였음에도 나는 그때 사촌 누나의 잘 발달된 허벅지 살의 감촉을 느꼈던 것이다. 그것이 그렇게 달콤하고 부드럽게 느껴질 수가 없었다. 나는 그때 막연하게나마 섹스를 생각했다. 섹스라는 게 이처럼 따뜻하고 친화적인 감정으로부터 출발하는 것이라는 걸. 지금 다소 이상하게 생각되는 건, 그 사촌 누나와 나는 그다지 친하게 지내는 편도 아니었고 내가 사촌 누나에게 연정을 품고 있었던 것도 아니었는데, 그런 감정이 가능했다는 사실이다. 나는 혼란스러움을 느꼈다. 누나를 좋아하지 않는데, 누나의 살 감촉은 너무나 좋았던 것. 이 모호한 이율배반 앞에서 어린 소년은 무척이나 혼란스러웠다. 지금도 생각하는 건, 혹여 착각인지는 모르지만, 그 사촌 누나도 내 다리를 자기 다리 사이에 끼고 흔들 때 아마 은밀한 친밀감, 자족감 같은 것을 느끼지 않았을까 하는 것이다.

섹스라는 환상을 키우게 된 두번째 경험은 초등학교 1학년 때 찾아왔다. 나는 취학 연령이 되어 학교에 들어갔지만 아직 형편없이 어린 나이였다. 믿지 않겠지만, 남자아이들은 그 나이에도 반에서 누가 가장 예쁜 여자아이인지에 대해서는 놀랄 만큼 정확하게 의견의 일치를 보게 된다. 이 흥미로운 섭리라니.

하루는 모든 수업이 다 끝나고 친구들과 어울려 학교 운동장에서 놀게 되었다. 그런데 어떤 놀이였는지 장난이었는지는 알 수 없지만, 남자아이들과 여자아이들이 짝을 만들어 남자아이가 자신의 짝인 여자아이를 업어주게 되었다. 그런데 정말 감격스럽게도 반에서 가장 예쁜 여자아이가 내 짝으로 정해졌다. 그 여자아이는 정말 눈부시게 예쁜 아이였다. 더욱이 그 아이의 아버지가 내가 다니던 그 초등학교의 선생님이었기 때문에 여자아이는 고매한 권위까지 가지고 있었다. 그런 아이가 내 짝으로 정해지자 나는 흥분하지 않을 수 없었다. 그리고 마침내 내가 여자아이를 업었을 때, 정확히 말해 여자아이가 자신의 가슴을 내 등에 대어왔을 때, 나는 내 등에 와 닿는 것이 '여자'임을 느꼈다. 그런데 어떻게 하다 보니 내가 갸우뚱거리며 앞으로 엎어졌고, 여자아이는 한동안 내 등에 말을 탄 자세로 앉아 있게 되는 장면이 연출됐다. 다른 아이들이 깔깔거리며 웃었지만, 나는 그때 오로지 한 가지에만 모든 신경이 집중됐다. 어이없게도 나는 그때 그 여자아이의 성기를 느꼈던 것이다. 그것은 의심할 나위가 없는 것이었다. 나는 그때 분명히 여자아이의 성기를 의식했고, 그 성기가 내 몸에 와 닿는다는 생각으로 잔뜩 흥분했다. 나는 내가 흥분해 있다는 사실을 숨기기 위해 극도로 긴장을 했었다는 사실도 어렴풋하게나마 기억해낼 수 있다. 한 번도 본 적이 없는 여자의 성기를 구체적으로 생각했던 최초의 순간이었다. 그날의 사건으로 말미암아 나는 '여자와 섹스'를 보다 구체적인 것으로 내 세계의 품목에 등재할 수 있었다.

세번째 경험은 두번째 경험으로부터 몇 년이 더 지나 초등학교 5학년 무렵에 찾아왔다. 그때도 날이 더웠던 무렵이었던 것 같다. 점심시간이었는지, 수업과 수업 사이의 막간에 있는 쉬는 시간이었는지는 알 수 없지만(아니, 어쩌면 수업 중이었는지도 모르겠다. 그래서 더 자극적이었나?), 나는 아주 충격적인 장면을 우연히 목격하게 되었다. 내 앞자리에 앉아 있던 여학생(나는 이 여학생의 이름을 지금도 기억하고 있다)이 자신의 혀로 자신의 어깨를 연신 핥아대는 것을 보게 된 것이다. 그녀는 서너 차례 길고 붉은 혀로 자신의 어깨를 핥았고, 바로 뒤에 있던 나는 그것을 두 눈으로 똑바로 보았다(그녀는 그날 일명 '나시'라고 불리는 민소매 원피스를 입고 있었던 것이 분명하다). 아무튼 그것은 매우 도발적이면서도 자극적인 장면으로 내게 다가왔다. 나는 지금도 아주 탐스러운 라인을 가진 그 아이의 어깨와 그 어깨를 핥던 그 아이의 나른한 표정을 아주 선명하게 기억할 수 있다. 침이 묻어서 반질반질하던 그 어깨를 말이다. 그 모습은 내게 주체할 수 없는 성적인 상상력을 불러일으켰다. 나도 그 여자아이의 어깨에 혀를 대보고 싶다는 생각까지 들었으니 말이다. 나는 마음속으로 한동안 그 여자아이를 좋아하기까지 했다. 그 여자아이가 왜 자기의 혀로 어깨를 핥았는지에 대해서는 아무것도 알 수가 없다. 자기의 어깨를 자신의 혀로 핥은 여자를 그 이후로 지금까지 다시는 본 적이 없으므로 그 행동에 담겨 있는 것이 무엇이었는지에 대해서는 말할 수가 없는 것이다. 다만 애써 추측할 수 있을 뿐이다. 나는 이런 생각 정도는 하고 있다. 그 여자아이 역시 섹스에 대한 상상력과 자의식이 아주 풍부한 아이가 아니었을까 하는.

위에서 차례대로 말한 세 차례의 체험을 통해서 나는 여자와 섹스에 대한 환상을 보다 구체적인 것으로 확장할 수 있었다. 잠깐 말했던 것처럼 나는 세 번의 체험을 시적인 것으로, 시적인 의미를 담고 있는 장면으로 간주하고자 한다. 왜냐하면 내가 체험한 '여자와 섹스'는 내가 태어나서 처음으로 물에 손을 대본 것과도 같고, 내가 태어나 처음 불에 데어본 경험과도 비견할 수 있을 정도로 의식의 원형질을 구성하고 있기 때문이다. 다시 말해 어떤 의식의 내력의 기원으로 작용하면서 나를 강제하고 있기 때문이다. 나는 10대를 지나는 동안 섹스에 대한 환상 때문에 적당히 괴롭기도 했고 즐겁기도 했다. 그 환상 때문에 화가 나기도 하고 부끄럽기도 했다. 그것은 밤과 낮과 네 가지 계절들처럼 어느 한때 왔다 가는 것이었다. 거개의 남자아이들이 그런 것처럼 섹스에 대한 환상을 깨뜨린 건 그 이후로도 많은 시간이 지난 후였다.

#2

내가 인화액 속에서 건진 두번째 사진은 내가 마주친 어떤 거대한 사건과 관련된 기억을 담고 있다.

사람의 일생을 평균 70~80년이라고 본다면, 그 시간 동안 누구나 몇 차례씩 역사에 기록될 만한 큰 사건들과 맞닥뜨리게 될 것이다. 그 사건을 개인들이 수용하는 방식은 공시적인 의미망에 포섭되어 있는, 철저하게 우연하고 조잡한 원리에 의해 규정된다. 특히 스펙터클의 원리가 개입하는 현대 사회에서 우리는 우리를 기다리는 미래의 사건들을 결코 피해갈 수 없다. 그 사건들은 당대인의 무의식 속에 구체적인 트라우마를 새기면서 각양각색의 의미를 분사시킨다. 우리의 부모 세대에게는 한국전쟁 같은 것이 그런 사건이었을 테고, 선배 세대들에게는 민주화 운동이 그런 사례에 해당할 것이다. 물론 이 같은 단정은 '거대한 운명이 어떻게 미세한 개인을 구속하는가'라는, 이미 진부해질 대로 진부해진 물음을 도로 불러낼 수도 있을 것이다. 하지만 사건에 반응하는 최초의 나를 추억하는 건 기억이 의미를 획득해나가는 과정에서 얻는 '사회적 의식의 순결'과도 같다. 지금 내가 말하고자 하는 건 바로 그것이다.

내가 최초로 기억하는 큰 사건은 흔히 10·26이라고 부르는 박정희 대통령 시해 사건이다. 그 이전에 내가 인지한 사건은 없었으므로 10·26은 내 의식의 순결이 최초로 인지한 사건이라 해도 좋다.

1979년 10월 26일 밤, 궁정동의 안가에서 측근들과 만찬을 즐기던 박정희 대통령이 총애하던 부하 김재규의 총에 맞고 국군수도병원의 응급실 베드 위에서 숨을 거두었을 때, 나는 여덟 살이었고 초등학교 2학년에 다니고 있었다. 그것은 내 생애의 첫 8년 동안이 박정희 통치하에 있었다는 얘기다. 그러고 보니 나는 태어난 이후 어느새 일곱번째 대통령을 맞고 있다. 우리나라처럼 다이내믹한 헌정 사례를 가진 나라가 또 있을까?

뉴스 속보가 정규 방송을 중단하고 박정희 대통령의 서거를 거듭 알리고 있었지만 나는 박정희의 돌연한 죽음이 한국 현대사에서 어떤 의미를 지니는 것인지, 아니, 그런 건 고사하고라도 그의 죽음이 나의 일상에 어떤 영향을 미칠지 전혀 짐작할 수 없었다. 나는 친구들의 이름 혹은 담임 선생님의 이름이나 겨우 외는 수준의 아주 어린아이였을 따름이다. 정치인으로서의 박정희에게 어떤 평가가 내려지는 것이 온당한 것인지에 대해서 지금도 많은 사람들이 설왕설래하는 것을 보면서 나는 그때의 내 혼돈이 그다지 불합리한 것만은 아니었다는 생각을 하게 되었다.

고백하자면, 나는 그때 박정희이라는 사람이 '대통령'이라는 사실도 알지 못했던 것 같다. 10·26이 발발했을 때 나는 단순히 그가 매우 높은 지위에 있는 중요한 사람이라는 것만을 어렴풋이 느낄 수 있었다. 역설적으로 그가 우리나라의 대통령이라고 의식하기 시작한 것은 그가 난데없이 총에 맞아 대통령직을 더 이상 수행할 수 없게 된 1979년 10월 26일 밤부터였던 것이다. 텔레비전에서는 종일 음울하고 느린 음악을 내보내면서 박정희 대통령의 서거를 긴급 뉴스로 전하고 있었다. 아, 그 텔레비전에 대해서 잠깐 얘기해야겠다. 물론 그 텔레비전은 흑백이었다. 다리가 네 개 있고, 미닫이문처럼 양옆으로 문을 열어야만 푸른색의 모니터가 드러나는 고전적인 흑백텔레비전. 나는 집에 컬러텔레비전이 들어오고 그 텔레비전이 어디론가 사라진 뒤부터 그 흑백텔레비전을 무척이나 그리워하고 사랑했었던 것 같다. 그 텔레비전을 만든 회사는 '대한전선'이었다. 그 무렵엔 아침마다 새마을운동 노래를 틀어주면서 삼륜 자동차가 쓰레기를 치우러 동네를 돌았다. 나는 삼륜 자동차를 몰면서 시원스레 소리치며 쓰레기를 치워주던, 상냥해 보이는 아저씨의 얼굴을 지금 전혀 기억해낼 수 없음을 슬퍼한다. 그들은 지금 어디서 늙어가고 있을지.

박정희 대통령이 죽었다는 뉴스를 보는 어른들의 표정은 몹시나 절망적이었다. 어떤 어른들은 북한이 도발할지도 모른다면서 불안스러운 표정을 감추지 않았다. 그때까지 북한은 북괴, 혹은 괴뢰 도당으로 불리었다. 북괴군은 어김없이 머리에 뿔이 나 있었다. 우리는 김청기 감독의 「똘이 장군」을 보면서 북괴군이 늑대를 닮았다는 기막힌 상상력을 옹호했다. 어떤 할머니들은 깊은 한숨을 내쉬며 눈물을 훔치기까지 했다. 텔레비전 뉴스에서는 우는 사람들만을 보여줬다. 적어도 운 사람이 울지 않는 사람보다는 훨씬 많아 보였다. 박정희의 죽음이 어떤 사람들에게는 자유와 희망의 메시지로 다가왔다는 사실을 나는 아주 많은 시간이 흐른 다음에 알게 되었지만, 아, 내가 왜 이런 걸 이렇게도 늦게 알았을까,라고 자탄할 이유는 그 어디에도 없었다. 왜냐하면 그것은 시간이 관장하는 질서였기 때문이다.

내 기억이 정확하다면 그때 우리 동네에는 초가지붕이 세 채 정도 남아 있었다. 아버지의 말에 의하면, 처음엔 그 동네에 초가집이 아닌 집이 없었다. 초가집이 하나하나 입식 한옥(건축가들이 박조건축이라고 비아냥거렸던 그런 집)으로 개량된 것은 박정희 대통령이 새마을운동을 벌인 결과라고 말했다. 다른 어른들도 다들 그렇게 말했다.

"그 어른이 대통령이 되어서 그나마 먹고살 만해진 거야."

"그럼, 그전에는 배곯는 게 일이었는데."

나는 동네에 세 채 남은 초가집을 보면서 박정희 대통령이 저것들마저 고쳐주고 세상을 떠났으면 좋았을걸, 하고 생각했는지도 모른다. 이제 누가 저 초가집을 고쳐주느냔 말이다. 어쨌거나 나는 사탕을 빨고 과자를 즐겨 먹는 어린아이였고, 때문에 아무리 박정희 대통령이 좋은 일을 많이 했다고 하더라도 그의 죽음을 애도할 수는 없었다. 사실을 말하자면 그때까지도 나는 '죽음'의 실체를 단 한 번도 경험해보지 못한 상태였다. '대통령'도 '죽음'도 모두 내게는 낯설기 짝이 없는 단어였다. 할머니와 할아버지는 이미 내가 태어나기도 전에 세상을 뜨셨기 때문에 내가 죽음의 실체와 맞닥뜨리기 위해서는 이후로도 많은 시간이 지나야 했다.

나중에 박정희 대통령이 강권에 의한 독재정치를 폈고, 종신

집권을 기도했으며, 인권을 유린했고, 정적을 탄압하고 지역 차별을 조장했다는 사실들을 알게 되었을 때, 나는 그런 사실들 역시 크게 와 닿지 않았다. 그런 사실들을 내가 알게 되었을 때, 내게 그는 이미 아주 오래전에 죽은 사람일 뿐이며, 그래서 내게 아무런 영향을 끼칠 수 없는 사람이었을 뿐이라고 생각했기 때문이다.

성년이 된 이후로 나는 10·26이 아주 드라마틱한 사건이라고 생각하게 되었다. 나는 10·26과 관련된 책들을 열 권 정도 찾아서 읽었던 것 같다. 나는 그 긴박감 넘치는 긴장과 그 사건이 가지고 있는 다이내믹한 구성에 매료되었다. 대통령 시해범 김재규의 최후 발언과 그를 따랐던 수하들, 김재규와 라이벌 관계에 있던 차지철의 최후 등을 나는 소상히 알게 되었고 전율을 느꼈다. 김재규가 재판관들에게 부하의 선처를 호소하는 부분은 매우 감동스럽게 다가왔다. 그가 "야수의 심정으로 유신을 향해 쏘았다"는 인상적인 말을 법정에서 했다는 부분을 읽을 때는 감격 때문에 가슴이 쿵쿵 뛰기까지 했다.

뉴스를 엄청나게 좋아해서 하루에도 네다섯 번 뉴스를 보시던 나의 아버지는 대통령이 죽은 엄청난 사건이 일어나자 집에 일찍 들어와서 뉴스에 귀를 기울였다. 그에겐 그만한 재미도 없었을 것이다. 뉴스에서는 국군 수사관들의 브리핑이 시작됐다. (나중에 알게 되었지만 이 국군 수사관들의 우두머리가 바로 전두환 장군이었다.) 그들은 대통령이 살해된 장소의 모형도와 그날 그 자리에 있었던 사람들, 그리고 그날의 정황을 '인형'을 움직이며 설명했다. 인형은 말하자면 사람의 대용물이었다. 그것은 어린 내 눈에는 아주 재밌고 신선하게 다가오는 것이었다. 따라하고 싶은 참을 수 없는 욕망이 생겼다. 그래서 나는 쌍둥이 형과 인형을 가지고 수사관의 브리핑을 흉내 내는 놀이를 하기로 했다.

"우리 수사관 놀이 하자."

"그래, 인형이 몇 개나 필요하지?"

그런 대화를 나눴던 것이 놀랄 만큼 선명하게 떠오른다. 쌍둥이 형과 나는 준비한 인형을 테이블 양쪽에 배치해놓고는 수사관이 TV 속에서 브리핑하던 것을 흉내 내어 이렇게도 눕혔다가 저렇게도 눕혔다가 했다. 수사관의 침통한 목소리를 그대로 따라 하면서 말이다.

"박정희 대통령 각하는 이 자리에서 이렇게 앉아 있다가 흉탄을 맞았습니다. 그리고 오른쪽으로 이렇게 쓰러졌습니다."

"김재규는 총을 쏜 후 이 문을 통해 밖으로 빠져나갔다가 다시 들어와서 이 같은 위치에서 대통령 각하를 한 번 더 쏘았습니다."

쌍둥이 형과 나는 아무런 느낌 없이 브리핑 놀이에 빠져들었다. 그런 장난을 일주일가량 했던 것 같다. 그러고는 곧 싫증이 나서 누가 먼저랄 것도 없이 집어치웠다.

그 후 박정희 대통령의 죽음은 비교적 빠른 속도로 나의 뇌리

속에서 사라져갔다. 나는 3학년이 되었고, 다시 4학년이 되었다. 학교 친구들과 적당히 다투면서 흙먼지 이는 학교 운동장을 뛰놀았다. 그리고 변함없이 시간이 지나갔다. 나는 사실 10·26 이후 아직까지 그것보다 더 극적인 사건을 만나지 못했던 것을 유감으로 생각한다. 나는 지루하고 심심하다. 한강 다리가 끊기고 백화점이 무너지고 지하철에 불이 났지만, 그것들 모두 내 관심을 끌기에는 역부족이었다. 나는 조금 더 큰 사건이 일어나서 내 감성이 그 사건이 일으키는 시간의 파장 속에서 어떤 그래픽을 그려내는지 곰곰 관찰하고 싶다. 이것도 소설가의 괴팍한 심술일는지는 알 수 없지만.

#3

세번째 사진은 잔뜩 일그러진 채로 존재하는 교회의 추억과 관련된 것이다.

내 어머니는 예나 지금이나 독실한 크리스천이시고 아버지 역시 돌아가시기 직전까지 교회의 집사로 봉직했다. 나는 두 사람의 영향을 받아 일요일 아침마다 교회에 다녔다. 그러니까 부모와 함께 같은 집에서 살던 아주 오래전의 이야기다. 내가 몇 살 때부터 교회에 나갔는지는 알 수 없다. 어머니는 아주 어린 나를 등에 업고 교회에 다니셨다고 했으나, 내게 그 시간들은 부재하는 시간이나 마찬가지다. 내가 기억하지 못하는 시간을 어떻게 나의 삶이라고 인정할 수 있는지.

우리 집은 겉에서 볼 때는 모범적인 기독교도 집안이었지만, 나는 장형이 그랬던 것처럼 교회에 잘 적응하지 못했다. 그것 때문에 가족들 간에 불화가 일어나기도 했다. 한 시간 남짓한 주일 예배는 언제나 지루했다. 내가 다니던 교회는 그 소읍에서 가장 규모가 큰 장로교 계열의 교회였다. 붉은 벽돌로 지어진 웅장한 2층짜리 건물이었는데, 1층에서는 초등학생들이 주일 예배를 드렸고 어른들은 같은 시간 2층에서 예배를 드렸다. 교회 앞마당에는 아름드리 전나무가 심어져 있었다. 수령이 족히 100년은 넘는 듯 보였던 그 전나무가 내가 교회에서 유일하게 좋아했던 대상이었다.

'예배당'이라는 교회의 또 다른 명칭에서 알 수 있는 것처럼, 나는 교회의 핵심이랄 수 있는 '예배'를 좋아하지 않았다. 모여서 찬송을 부르는 것이나 기도를 하는 것, 그리고 목사님이 설교를 하는 것 모두가 우스꽝스러웠다. 그것은 진지함을 가장한 어른들의 '놀이' 같았다. 교회가 만들어낸 것 중 가장 우스운 것은 헌금을 받는 것이었다. 헌금을 받는 자루는 참을 수 없을 만큼 웃기게 생겼다. 막대기 끝에 벨벳 재질의 자루를 매달아놓았는데 생긴 것이 꼭 잠자리채 같았다(어른들의 예배에서는 마치 20세기 초 미국 신사들이 쓰던 모자를 뒤집어놓은 것처럼 생긴 헌금 바스켓이 동원됐다).

헌금을 걷는 사람은 매주 정해져 있었는데 그들은 대개 6학년 선배들이었다. 그들이 강대상이 놓여 있는 단 앞에 나가서 잠자리채 같은 것을 장로님으로부터 넘겨받은 뒤 아이들이 앉아 있는 자리를 천천히 돌면, 우리는 그 자루 안에 준비해간 헌금을 넣어야 했다. 헌금 자루 안에 동전이 쨍그렁 하고 떨어질 때마다 나는 묘한 비애감을 느꼈다. 헌금을 걷는 선배들은 겨우 잠자리채같이 생긴 막대기 자루를 들고 아이들이 앉아 있는 자리를 한 바퀴 돌 뿐이었는데 필요 이상으로 엄숙한 표정을 지었다. 마치 강력한 권한을 행사하는 사람처럼 그들의 앙다문 입술에서는 자부심과 책임감 같은 것이 느껴졌다.

그 또래의 아이들은 아주 우매하고 조잡한 경쟁의식에 사로잡혀 있기 마련이었다. 다른 아이들이 하는 것을 따라 하지 않으면 큰일이라도 나는 것처럼 생각했다. 교회의 헌금도 마찬가지였다. 다른 아이들이 모두 헌금을 내는데 혼자서만 내지 않는 것은 상상하기 힘든 일이었다. 나는 그 우습게 생긴 헌금 자루가 내 코앞으로 드밀어질 때마다 매번, 어머니가 주신 헌금을 자루 안에 넣어야 할지, 아니면 내가 원하는 대로 그 자루를 향해 조롱 가득한 웃음을 날려줘야 할지 갈등해야 했다. 하지만 분위기에 굴종해서 헌금을 넣는 경우가 훨씬 많았다. 아직은 또래들에게 소외당하기 싫은 나이였다.

지금 생각해보면 그 교회는 몹시 뻔뻔하고 부패한 교회였다. 이제부터 내가 말하게 되는 것은 우리 부모와 가족이 다녔던 교회의 추악함을 폭로하는 것이 될 테지만, 나는 이 이야기를 하지 않을 수 없다. 그것은 정말로 폭력적이고 야비한 것이기 때문이다.

헌금을 걷는 것은 대개 1부 예배의 마지막 순서였다. 1부 예배가 끝나면 2부가 시작됐는데, 그것은 학년별로 모여서 성경 공부를 하는 시간이었다. 성경 공부란 성경의 몇 구절을 읽고 그 구절 속에 담긴 이야기가 어떤 의미를 지니는지를 선생님이 얘기해주는 시간이었다. 선생님들은 대개가 그 교회 출신의 대학생들이었다. 나는 구약의 이야기들은 재미있었지만 예수님이 등장하는 신약은 너무나 재미가 없었다. 30분 남짓한 성경 공부가 끝나면 선생님들은 출석부를 가지고 자기가 맡은 반 아이들의 출석을 불렀다. 출석은 학교에서만 부르는 것이 아니었다. 우리는 학교에서 하는 것처럼 자기 이름이 호명되면 '예'라고 대답했다. 그런데 그것만으로 끝나는 것이 아니었다. 지금 생각하면 그 교회가 미쳤던 것이 틀림없는데, 교회에서는 출석을 부를 때 호명 받은 아이들이 예,라고 대답한 뒤에 자신이 헌금을 얼마나 냈는지를 말해야 하는 규칙을 만들어놓았다. 이를테면 100원을 헌금으로 낸 아이는 "예, 100원요"라고 대답해야 했고, 200원을 헌금으로 낸 아이는 "예, 200원요"라고 대답해야 했던 것이다. 그것은 아주 흉측하고 참담하고 비열한 룰이었다. 나는 얼굴이 전혀 기억나지 않는 선생님이 아이들의 이름을 하나하나 부르면서 출석부에 빗금을 긋고 그 밑에 헌금 액수를 깨

알 같은 글씨로 적어넣는 것을 보았다. 더욱 우스운 것은 그 야비하기 짝이 없는 룰 때문에 우리들 사이에 일종의 위화감이 조성되었다는 점이다. 겨우 1,2백 원 차이일 뿐인데도 헌금을 많이 낸 아이는 적게 낸 아이들 앞에서 뻣뻣하게 굴었다. 헌금을 많이 낸 아이들은 자기 이름이 호명될 때 일부러 헌금 액수에 악센트를 주어서 대답했다. 그리고 그들은 헌금을 적게 낸 아이가 정확하게 헌금 액수를 대답하는지 은근히 경계를 하고 감시를 했다. 대개가 장로나 권사의 아들이었던 그들은 예컨대 이런 식으로 속닥였다.

"쟤 말야, 아까 자루에 집어넣는 건 50원인데 지금 100원이라고 대답한 것 같아."

"다 끝나면 선생님한테 말해야겠다."

하지만 내 생각에는 자신이 헌금을 낸 액수를 속이면서 대답한 아이는 없었던 것 같다. 그걸 속일 거라면 더 이상 교회에 다닐 이유가 없는 것일 테니까. 난 헌금을 꼭 이런 방식으로 걷어야 하는지 의문이 들었지만, 그것은 그 교회의 오랜 관례였으므로 나로선 수용할 수밖에 없었다. 나는 그 굴욕감을 상쇄할 무언가를 마음속에서 키우고 있었는데, 지금 생각해보면 그때 처음 냉소하는 법을 배운 것 같다.

다소 엉뚱한 이야기지만 나는 그 교회에서 헌금과 관련해서 상을 받은 적이 있다. 이 이야기는 어쩌면 내가 얼마나 위악적인 아이였는지를 보여주는 일화가 될지도 모른다. 그것은 내게 일종의 실험 같은 것이었다.

교회에서는 부활절이 되면 감사 헌금이라는 명목으로 정기적인 헌금 외에 별도의 헌금을 걷는다. 교회는 부활절 전주에 부활절 감사 헌금 로고가 찍힌 봉투를 아이들에게 한 장씩 나눠주고, 아이들은 거기에 따로 돈을 넣어서 부활절 예배 시 헌금을 하게 되는 것이다. 교회에서는 그 부활절 감사 헌금을 받은 뒤 정성이 담긴 헌금을 낸 사람을 몇 사람 선정해서 상을 주었다. 당연히 그 정성을 판단하는 기준은 헌금 액수였다. (이 얼마나 야비하고 불순한 음모인가.)

나는 이 돼먹지 않은 포상에 불만이 많았다. 예수님은 마음이 가난한 자에게 복이 있다고 말하지 않았던가. 헌금은 자기 형편에 맞게 하는 것 아닌가. 그런데 헌금을 많이 한 사람에게 교회에서 상을 준다면 그것은 예수님의 말씀을 교회가 위반하고 거역하는 것 아닌가. 나는 이런 교회의 룰을 어떻게 받아들이고 이해해야 할지 막막했다.

아무튼 나는 다른 아이들과 마찬가지로 부활절 감사 헌금을 드리게 되었고 그것 때문에 상을 받게 되었다. 물론 헌금 액수가 많았기 때문에 상을 받은 것은 아니었다. 나는 앞에서도 얘기한 것처럼 일종의 실험을 하고자 했을 뿐이다. 내 기억이 정확하다면 그 부활절 감사 헌금 봉투에 나는 천 원짜리 한 장을 넣었던 것 같다. 정성을 표시해서 상을 받기 위해서는 적어도 3천 원 이상은 넣어야 했다. 그것을 모르는 아이는 없었다. 하지만 나는 천 원짜리 한 장을 넣고 회심의 미소를 지었다. 그러고는 봉투 겉면에 글을 적어넣었다. 그때 봉투에 적어넣은 문구가 예의 "마음이 가난한 자는 복이 있나니 천국이 저희 것임이요"라는 성경 구절이었다. 이런 얘기를 하면 어떻게 생각할지 모르지만, 나는 그 글을 적어넣은 봉투를 헌금 자루에 집어넣고는 틀림없이 내가 상을 받게 될 것이라고 확신했다. 그리고 이 확신은 보기 좋게 들어맞았다. 일주일 뒤 예배 시간에 부활절 감사 헌금에 대한 포상이 있었는데, 내 이름이 호명되었던 것이다. 나는 속으로 끌끌끌 웃었다. 상을 줄 아이들을 정하면서 선생님들은 아마도 난처한 표정을 지었을 것이다. 봉투에 성경 구절을 적어넣은 아이는 내가 처음이었을 것이기 때문에. 그들은 혹 이런 대화를 나누지 않았을까.

"성경 구절을 적어넣은 걸 보니 참 대견한데."

"그런데 헌금 액수는 고작 천 원이잖아."

"그래도 이런 생각을 한 것이 여간 대견하지 않아? 상을 주자고."

내가 앞에 나가서 공책인지 필기구인지 상품을 받아서 내 자리로 돌아오자, 같은 반 아이들의 눈이 휘둥그레졌다. 그들은 내게 물었다.

"야, 너 헌금 많이 했구나."

그러면 나는 아마도 이렇게 대답했겠지.

"상 받는 비법은 따로 있단다, 애들아."

나는 지금도 헌금을 받지 않는다면, 교회가 훨씬 많은 사람들에게 사랑을 받을 것이라고 생각한다. 교회는 커질 이유도 없고, 목사가 잘살아야 할 이유도 없다. 목사는 유명해질 필요도 없고, 텔레비전에 나와야 할 필요도 없다. 교회에는 조직도 필요 없고, 오로지 신에 대한 신실한 믿음과 삶에 대한 긍정의 기도, 희망만 존재하면 된다. 그 나머지는, 모든 껍데기는 버려야 한다. 그런데 정말 신이 가난한 자를 좋아할까. 나는 이에 다소 비관적인 입장이다.

#4

내가 인화액에서 건져 올린 네번째 사진이자 마지막 사진은 달이 환했던 밤에 나를 찾아왔던 한 어린 친구에 관련된 이야기다.

그 친구, 그 친구의 생김, 그 친구의 목소리는 지금도 생각이 난다. 아쉽게도 그 친구의 이름은 잊어버렸지만 그 저녁, 일렁일 것만 같은 강렬한 달빛을 배경으로 서 있던 그 친구의 실루엣만큼은 또렷하게 기억한다. 그날이 내 기억 속에서 분명한 풍경으로 각인될 수 있었던 것은 아마도 그 친구와 관계된 기억이 그 이전에도 없고 그 이후에도 없다는 것과 어떤 연관이 있을 것이다. 모든 절대적인 삽화들의 조건은 이처럼 절박한 데가 있다.

그 친구를 만난 건 초등학교 4학년 때였다. 열한 살의 나이라는 것은 아이 티를 벗고 소년의 면모를 보이기 시작할 즈음이다. 그리고 어른들에게 처음으로 반항을 하는 나이이기도 하고, 누군가를 그리워하거나 좋아하는 나이이기도 하다. 그 친구는 다른 고장에서 전학을 온 처지였다. 따라서 당연히 당장의 친구들이 많지 않았다. 그는 키도 작았고, 또 얼굴도 하얗고 곱상하게 생겨서 어떻게 보면 여자아이처럼 보이기도 했다.

내 의지와는 무관하게 내가 그 친구와 친해질 수 있었던 것은 그와 나의 집이 같은 동네에 있었기 때문일 것이다. 우리는 몇 번인가 하굣길을 함께 걸으면서 이런저런 이야기를 주고받을 수 있었다. 그러면서 우리 사이에 어떤 교감 같은 것이 싹텄는지도 모르겠다. 지금은 다만 그러했을 거라고 추측할 뿐이다. 지금 고향에 가보면 그 친구의 집이 있던 자리에는 길이 나버렸고, 나 역시 너무나 키가 커버려서 그 친구와 함께 걷던 하굣길의 풍경을 기억 속에서 세세하게 재현해내는 건 거의 불가능하다. 그 친구와의 하굣길은 그만큼 추상적이고 아스라한 색조를 띤다.

그 친구는 시간이 지날수록 점점 더 외톨이가 되어갔던 것 같다. 내성적이고 시무룩한 성격은 그 나이에 전혀 어울리지 않는 것이었으므로, 그는 학교에서나 동네에서 조금씩 소외될 수밖에 없었다. 나는 그의 아버지가 무엇을 하는 사람인지, 그가 전에 살던 곳이 어디였는지도 말할 수 없다. 사실을 말하자면, 그런 것이 하나도 궁금하지 않았을 만큼, 나에게조차 그 친구는 하찮은 존재였기 때문이다. 내가 친구가 없던 그에게서 '친구'라고 간주될 수 있었던 것은 무엇이었을까. 하굣길에서 건넨 몇 마디의 말 때문에? 그게 아니라면?

그날도 수업이 끝나고 나는 그와 함께 동네를 향해 걸었다. 그날 우리가 나눈 대화는 전혀 생각나지 않는다. 기억 속에 존재하지 않기 때문이다. 소설적인 상상이 간섭한다면 몇 가지 이야기는 만들어낼 수 있을 것이다. 이를테면 이런 대화들 말이다. 내가 먼저 묻는다.

"넌 왜 다른 친구들처럼 축구를 하지 않아?"

"아, 나도 하고 싶은데, 자신이 없어."

"축구를 잘하긴 해?"

"모르겠어. 해본 적이 없으니까."

"우리랑 언제 함께 축구하자."

물론 그를 친구들끼리 하는 축구에 끼어주고 싶은 마음은 전혀 없었다. 그렇게 말했던 것은 그냥 외로운 친구에 대한 예의였고, 인사였을 뿐이니까.

우리 집보다 학교에서 가까운 거리에 있던 그의 집 앞에서 그와 나는 헤어졌다. 그때까지도 그날은 아주 평이하고 진부한 하루였을 뿐이다. 만약 그 친구가 그 밤에 다시 나타나지만 않았다면 그날 역시 내 기억 속에 전혀 존재하지 않는 지워진 시간이었을 것이다. 석양이 지는가 싶더니 금방 어둠이 내려앉았다. 지금 생각해보면 그 계절이 아마 늦가을쯤이었던 것 같다. 서늘한 저녁 공기가 열한 살의 영혼들에게 위압적으로 느껴졌으니 말이다.

그리고 그날 밤 아홉 시가 좀 넘은 시간이었을까. 이미 사방은 칠흑처럼 어두워졌는데, 대문 밖에서 누군가 내 이름을 부르는 소리가 들렸다. 분명히 누군가가 내 이름을 부르고 있었고 나는 그 소리를 들었다. 어머니가 밖에 나가시더니 곧 나를 불렀다.

"막내야, 친구가 찾아왔어."

나는 현관으로 나가서 마당을 내려다보았다. 거기에 그 친구가 서 있었다. 그 친구는 폭포처럼 쏟아지는 달빛의 세례를 받은 채로 미완성의 조상처럼 서 있었다. 밤공기가 차가운지 뺨이 붉게 얼어 있었다. 나를 바라본 그가, 보일 듯 말 듯 살짝 웃으며 수줍은 목소리로 말했다.

"너랑 놀려고 왔어."

지금도 그렇게 생각하지만, 열한 살이란 나이는 밤 아홉 시에 친구가 찾아오는 나이는 아니다. 만약 친구가 찾아왔어도, 무엇을 해야 할지 아무것도 알 수 없는 나이다. 밤에 친구가 찾아오는 것은 아버지나 어머니에게나 일어나는 일이니까. 무슨 일인가 싶어 형들과 아버지가 현관으로 나와서, 열한 살짜리 막내를 찾아온 친구를 호기심 가득한 눈으로 바라보았다. 아, 친구야, 얼마나 외로웠으면.

그때 고등학생이던 큰형이 말했던가. 시간이 너무 늦었으니 내일 오라고. 어머니가 그 친구에게 빵 한 조각을 준 것은 정말 다행한 일이었다. 친구야, 네 어머니가 어디 가셨니? 나는 그렇게 묻고 싶었을 것이다. 하지만 나는 그렇게 묻지 못했고, 돌아서서 대문을 나서는 그 친구의 모습을 쿵쿵 뛰는 가슴으로 바라보았을 뿐이다.

좀 과장스런 표현일지는 모르지만, 밤 아홉 시에 친구가 찾아왔던 그날, 나는 세계의 비밀을 엿보았다는 감상에 사로잡혔다. 세계가 어떻게 이루어져 있는 것인지, 조금은 더 구체적으로 상상할 수 있게 되었다고. 나는 그래서 그 강렬하고 짧은 달밤의 친구를 지금도 잊지 못하고 기억하고 있다. 밤 아홉 시에 나를 찾아온 그 최초의 세계를. 비록 그의 이름이나 목소리는 잊었어도.

백하동 가는 길

1

아내는 그녀만의 방을 얻어 나갔다. 자신이 내린 결정에 언제나 단호했던 그녀는 한창 각광받는 신도시에 주거용 오피스텔을 얻었다. 나는 그곳에 한 번도 가본 적이 없지만 아내가 그곳을 어떻게 꾸며놓았을지는 충분히 짐작하고도 남았다. 아내는 별거에 들어간 지 두 달 만에 처음으로 아이와 함께 찍은 사진을 보내왔다. 핸드폰 카메라로 찍었는지 사진의 질은 그리 좋은 편이 못 되었다. 손에 크림빵이 쥐여 있는 아이는 활짝 웃고 있었다. 아내는 아이를 뒤에서 안고 표정 없는 무연한 눈빛을 하고 있었다. 그것이 내 마음을 조금은 애틋하게 했다.

나는 아내와 별거에 들어간 지 사흘 만에 12년 동안 몸담아온 고등학교에서 해고를 당했다. 담임을 맡고 있는 반의 학생에게 물리적인 체벌을 가했고, 그 장면을 찍은 사진이 누군가에 의해 인터넷에 올려졌고, 그리고 내게 해직이 통보된 것은 불과 석 달 사이에 일어난 일이었다.

내가 체벌을 가한 학생은 시의원인 아버지를 둔, 평소에 노골적으로 담임인 나를 무시하고 반항을 하던 아이였다. 그 아이는 말 그대로 '이기적인 유전자'를 가지고 태어난 것처럼 무례하고 불손하고 오만했다. 그 아이는 착하고 약한 아이들을 괴롭혔고 수업 분위기를 자주 망쳤다. 나는 그 아이를 계도하기 위해 나름대로 최선을 다했지만 별 소득이 없었다. 나는 무력감을 느꼈고 어느 순간부터는 그 아이가 미워지기 시작했다.

그리고 사건이 일어났던 그날, 과제를 해오지 않은 그 아이에게 교실 뒤로 나가서 서 있을 것을 명령했을 때 그 아이가 내뱉은 말에 그만 평정심을 잃고 말았다. 그 아이가 내뱉은 말은 "선생이면 다야?"였다. 나는 그 아이에게 달려가 뺨을 후려쳤다. 두 번, 세 번, 네 번, 다섯 번. 그 아이의 뺨을 내리치는 내 손바닥에 그 순간 사심과 감정이 담겨 있었음을 굳이 부인할 생각은 없다. 사실이 그러했으니까. 그 장면은 고스란히 인터넷에 올랐고 학교와 교육청에 항의 전화가 쇄도했다. 나는 창졸간에 폭력 교사, 지탄받는 교사가 되고 말았다. 그 아이의 아버지는 학교를 방문해서 교장 앞에 나를 불러 세워놓고 이렇게 말했다.

"정신 나간 선생이구먼. 아니 어떻게 내 아들의 몸에 겁도 없이 손을 댈 수 있지?"

나는 더 이상 버틸 재간이 없었다. 나에게 가해지는 비난도 두려웠지만 감정을 담아서 아이를 내리치던 내 폭력에 대한 연민을 떨쳐낼 수가 없었다.

아내와의 별거와 학교에서의 해고는 어떠한 연관성도 없지만 ─체벌 사건은 아내가 집을 나가기 전에 일어났다─ 그것들이 서로 은밀하게 공조하여 나에게 다소 과장스러운 고통을 요구해오자 나는 삶에 대해 처음으로 구체적인 절망을 느끼게 되었다.

내가 괴로웠던 것은 여전히 내가 그 아이를 미워하고 있다는 것을 문득 확인할 때였다. 노여움이 좀처럼 가시지 않았다. 그때와 똑같은 상황에 처한다면 또다시 손찌검을 하리라고 아무렇지 않게 생각하는 나 자신이 낯설고 두려웠다.

술을 마시면 잠시만이라도 내 안의 절망을 속일 수가 있었다. 아내가 나간 집을 위태롭게 지켜가는 것에 익숙해져가던 어느 날, 내 농후한 절망이 피우는 느리고 자욱한 냄새를 맡고 친구가 둘씩이나 찾아들었다. 그 친구들도 나름대로 녹록지 않은 절망들을 한 아름씩 품에 품고 있었는데, 그 사실을 알게 된 것은 얼마간 술잔이 돌았을 때였다.

"이런 고통을, 우리를 단련시키기 위한 신의 배려라고 생각하자."

윤섭은 부러 시선을 부딪치지 않으려는 듯 담배 연기가 자욱한 허공을 바라보면서 말했다. 그러고는 담배를 사러 나간다며 자리에서 일어섰다. 그 뒷모습을 망연히 바라보며 재호가 말했다.

"윤섭이도 지독하게도 운이 없지. 벌써 몇 번째인지 모르겠어. 말은 안 하지만 이제는 다 끝났다는 걸 자신도 알 거야. 윤섭이 와이프는 외국에 나갔나 봐."

재호의 말인즉슨 윤섭이 교수 임용에서 또 탈락했다는 것이었다. 5년 전 박사학위를 취득한 윤섭이 교수 임용에서 줄곧 미끄러지고 있다는 사실은 나도 익히 들어 알고 있었다. 나는 내 코가 석 자인 처지라 윤섭의 딱한 처지를 계속 동정하고 있을 수 없었다. 재호의 말을 들어보니 그간 윤섭의 마음고생이 여간 아닌 모양이었다. 친구의 불운에 무심했던 나 자신에게 순간적으로 움찔한 자책이 날아들었다.

"와이프가 외국에 나갔다는 건 뭐야?"

"그 여자, 워낙 똑똑해야 말이지. 교환 교수로 갔어. 불란서로 휙 날아갔어. 그게 한 여섯 달 전쯤 되는 모양이야."

윤섭의 와이프는 진즉에 교수로 임용되었다니 자존심 강한 윤섭으로서는 더욱 견디기 어려웠을 것이다.

"그것을 가지고 수컷의 열등감이니 열패감이니 말하기는 쉽겠지만, 사실은 훨씬 문제가 심각해. 윤섭은 지금 운명이란 놈한테 무방비로 두들겨 맞고 있다는 생각이 들 거야."

재호가 여기까지 얘기했을 때 찬바람에 얼굴이 붉어진 윤섭이 담배 네댓 갑과 마른 오징어가 들어 있는 비닐봉지를 손에 들고 나타났다. 재호는 말을 그치고 술잔을 집어들 수밖에 없었다. 윤섭이 비닐봉지를 내밀며 재호에게 말했다.

"야, 소설가가 구운 오징어 좀 먹어보자."

소설을 쓰는 재호가 슬슬 웃으며 봉지를 받아 주방 쪽으로 움직였다.

"재호도 요즘은 영 안 되나 봐. 몇 년 전만 해도 신문이나 잡지 같은 데서 재호 글을 자주 봤잖아."

"이유가 뭐래?"

윤섭은 재호가 조금 전에 자신을 두고 그랬던 것처럼 재호의 형편을 꺼내놓았다.

"도대체 이유를 모르겠대. 그냥 글이 안 써진다는 거야. 컴퓨터 앞에만 앉으면 암담해진대."

"상상력의 고갈 같은 거야?"

"글쎄…… 그런데 말야, 문단도 대학 사회처럼 한번 밀리면 계속 밀리는 그런 게 있나 봐."

"그 동네도 그렇단 말야?"

말로는 그렇게 정색을 하면서도 나는 친구들에게 내 환부만 뻔히 보여주고 있다가 우연찮게도 그들의 더 깊고 큰 환부를 엿보기라도 한 사람처럼 부끄러운 마음이 들었다.

재호와 윤섭은 자정이 조금 지나 자리를 털고 일어났다. 그들을 현관까지 배웅하고 돌아오는 엘리베이터 안에서 나는 오랜만에 잠기운과도 같은 평안함을 느낄 수 있었다. 동병상련이 바로 이런 것인가? 상대방의 절망을 확인하면서 안도하고 위안을 받는다니, 절망의 동지란 얼마나 돈독한 것인가. 이런 생각을 하고 나니 피식 웃음이 터지기도 했다.

이후, 윤섭과 재호는 시도 때도 없이 내 아파트로 찾아들었다. 어떤 때는 따로따로, 어떤 때는 서로의 어깨를 걸고 내 아파트의 두꺼운 철문을 걸어찼다. 저들끼리는 내 아파트 호수를 암호로 정하고 "오늘 901호 어때"라며 약속들을 하는 모양이었다. 윤섭의 집은 미터기를 끄고 택시를 타야 할 정도의 교외에 있었는데 집주인의 성격처럼 집 안이 말쑥한 게 도무지 술 마실 데라고는 여겨지지 않는 곳이었다. 혼자 사는 재호의 집은 비우는 날이 많아 너무 어둡고 어지러워서 훈기를 기대하기 어려웠다. 이런 이유로 친구들은 나의 아파트를 별 고민 없이 자신들의 해방구로 승격시켜놓은 것이었다. 물론 그것은 내가 아내와 별거 중이었기 때문에 가능한 것이었다.

우리를 함께 있게 한 것은 절망이었다. 나는 아내와의 심각한 불화 끝에 독거를 하고 있는 40대 초반의 실직자였고 윤섭은 도무지 대책이라고는 없어 보이는 만년 시간 강사였다. 그리고 여기에 좀처럼 짐작할 수 없는 이유로 글을 쓰지 못하는 소설가 친구가 더해졌다.

아홉 시 뉴스가 끝나 TV를 끄면 세상은 창세기의 새벽처럼 고요했다. 그러면 나는 잠시 혼자 남겨진 사실에 어리둥절해하다가 맥주를 마시기 위해 오징어를 구우면서야 비로소 심란한 마음을 추스를 수 있었다. 예의 조심성 없는 구둣발 소리가 먼

복도로부터 들려오는 것은 바로 그때 즈음이었다. 어쩌다가 절망의 지분을 함께 나눠 갖게 된 내 친구들이 오고 있는 것이다. 아니나 다를까, 문을 열면 윤섭과 재호가 씽긋 웃으며 함께 어깨를 걸고 기울어지듯 서 있곤 했다.

"폭력 교사께서 오늘도 친견을 하시는구나."

윤섭이 평소 침울한 그답지 않게 해죽거리면서 말했다. 어지간한 전작이 있었던 모양이다. 나는 진즉 친구들의 심술에 의해 폭력 교사로 낙인찍힌 바 있었다.

"어디서들 이렇게 퍼마셨냐. 어서 들어와라."

소파에 파묻히듯 앉자마자 재호가 다소 들뜬 표정으로 입을 열었다.

"오늘에서야 탈출구를 찾았다. 이제야 살 것 같아!"

"무슨 소리냐."

나는 미심쩍은 눈초리로 윤섭을 바라보며 물었다.

"글쎄, 얘가 절필을 하겠다는 거야. 아주 영원히 펜을 놓고 평범한 시민으로 돌아가겠대."

"여러 소리 말고 냉큼 술상이나 차려라."

재호는 팔을 휘휘 저으며 술을 독촉했다. 그날 술자리를 주도한 건 재호였다. 그는 가장 많이 마셨고 가장 많은 말을 했다. 취중에도 제법 조목조목 나와 윤섭에게 자신이 절필을 선택할 수밖에 없는 이유를 장광설로 늘어놓았는데, 때때로 그의 목소리는 장엄한 울분을 표현하기도 했다.

"예술가는 자신의 재능이 다했음을 아는 순간 사망한 것과 마찬가지야. 재능을 탕진한 예술가가 이름에 미련을 갖는 건 추한 일이야."

명색이 주목받는 소설가였던 재호의 돌연한 절필과 그것을 설명하는 그의 입장을 나와 윤섭이 온전하게 이해하지 못하는 것이 아쉬울 따름이었다. 나와 윤섭은 세속적인 절망을 하고 있는 데 반해 재호는 예술을 두고 절망을 하고 있는 것이 아닌가. 취중에도 나와 윤섭은 그런 합의에 도달해 재호의 절망이 외경스러워 보이기도 했다.

그러나 절망이 아무리 외경스러운 것이라 해도 반쪽짜리 희망보다는 못한 것이었다. 절망이 설령 우리의 몸을 부화 때의 신열처럼 들뜨게 하거나 다분히 고양된 각성의 기회를 안겨준다 하더라도 우리는 조금이라도 빨리 절망의 그늘에서 벗어나고 싶었다. 절망은 어쨌든 고약하고 불편한 것이기 때문이었다.

그날도 아마 우리는 초저녁부터 술독에 빠져 있었을 것이다. 어쩌다가 서로에 대한 조롱과 폄하가 문법이 될 정도로 취했을 즈음 전화벨이 울렸다. 자정이 다 된 시간이었다. 전화는 뜻밖에도 아내로부터 걸려온 것이었다. 아내는 처음부터 거의 울먹이고 있었다.

"애가 열이 심해요, 아침에 살펴보고 일 다녀와 보니 애가 끙끙 앓고 있네요. 제가 오늘 좀 늦었어요. 애가 헛소리도 하는 것 같고, 아빠를 찾고 있는 것 같기도 하고. 당신, 차로 좀 빨리

와야겠어요. 당직 병원이 어디……"

아내가 거기까지 말했을 때 나는 울컥 화가 치밀어 올랐다. 왜 하필 그날 그렇게 취해 있었을까. 나는 다짜고짜 소리부터 질렀다.

"뭐라고? 망할 놈의 여자 같으니. 그래, 똑똑해서 집을 나가 더니 애를 그 지경으로 만들었군. 당신이 알아서 해."

그때 윤섭과 재호는 저들끼리 시시덕거리고 있었다. 그 소리 도 아마 전화선 너머의 아내에게로 전해졌을 것이다.

"당신 또 술 마시고 있군요. 애가 아픈데 술자리의 객담이 더 중요한가 보죠. 택시라도 타고 와줘요."

나는 또다시 험한 말을 했다.

"난 알 바 아냐! 당신이 자초한 일이니 당신이 책임져!"

나는 부서지라고 수화기를 내려놓았다. 그 순간 가슴 한쪽이 서늘해지는가 싶더니 눈에 작은 물방울 같은 것이 맺히는 것이 었다. 절망이 부리는 고약한 심술이란 그처럼 능청스러운 것이 었다. 분위기가 이상했는지 그제야 친구들은 내 눈치를 살폈다. 그리고서는 하는 말이 가관이었다.

"무슨 일이야. 와이프야? 보고 싶대?"

"너 그것 하나는 쓸 만했나 보구나."

아내는 다음 날 전화해서 당신은 애 아빠가 될 자격도 없으며 무책임한 성격파탄자라고 쏘아붙이고는 더 말할 가치도 없다는 듯 서둘러 전화를 끊어버렸다. 나는 아무런 대꾸도 못하고 자책하며 독한 술을 들이켜고 싶을 뿐이었다.

술을 마신 다음 날 아침에 눈을 뜨면 윤섭이 가장 먼저 일어나 신문을 들춰보고 있거나 차를 끓이고 있었다. 와이프가 프랑스로 나간 뒤로는 외박도 마다하지 않는 그였다. 언제나 말쑥한 차림인 그는 친구들과 어울려 술을 마시다가도 자신이 정한 시간이 되면 꼭 집에 들어가는 '범생이'로 정평이 나 있었다. 가장 늦게 일어나는 것은 늘 재호였다. 그간 그가 길들인 몸이 시간의 지배에 구속당하지 않았던 탓으로 그는 으레 늦은 아침과 친숙했다. 그곳이 자신의 집이든 모임 뒷자리의 술집에서든 친구 집 문간방이든 어디서든 그랬다.

그렇게 게으르게 맞이하는 아침에 우리는 작은 즐거움을 하나 가지고 있었다. 그것은 씻지도 않고 빗질도 안 하고 트레이닝복이나 슬리퍼 차림으로 터덜터덜 동네 해장국집에 가는 것이었다. 지금은 문을 닫은 그 해장국집의 이름은 청주해장국집이었던 것으로 기억된다. 그 집은 선지를 아끼지 않고 넣은 선지해장국이 유명했고 거기에 곁들인 깍두기와 풋고추 맛이 일품이었다. 그 해장국집이 집과 멀지 않은 곳에 자리하고 있다는 사실은, 과장해서 말하면 운명이 세 명의 낙오자에게 베푼 거의 유일한 호의였다. 그런데 정작 그 집이 우리에게 남다른 인상으로 다가오게 된 것은 해장국이나 깍두기 때문이 아니라 그 집의 할머니 때문이었다.

2

제안을 한 것은 윤섭이었다. 지나가는 투로 툭 던진 말이었지만 그 말이 나나 재호에게 다가올 때의 환기력은 뜻밖에 강렬한 것이었다.

윤섭이 한 숟가락 가득 해장국을 뜨면서 "우리 떠나는 게 어때?" 하고 말했을 때부터 어쩌면 모든 것이 이미 결정되어 있었는지도 모른다. 순간 침침했던 우리들의 눈빛이 빛을 내며 한 지점에서 딱 만났으니까.

"떠나?"

"왜 그런 생각을 진즉에 못했지?"

우리가 그렇게 확신 있는 목소리와 표정을 가지고 호기롭게 얘기를 나눈 것이 실로 얼마 만이었던가. 우리는 정말 떠나기로 했다. 그것을 거스른다면 우리로서는 도무지 상상할 수 없는 또 다른 거대한 불운이 우리를 덮칠 것만 같았다. 그러면 우리는 돌이킬 수 없는, 회복이 불가능한 절망의 나락으로 끝없이 떨어질 것이었다.

문제는 어디로 떠나느냐는 것이었다. 날짜는 우리의 시간 강사가 종강을 하는 2주 뒤쯤으로 어렵지 않게 결정할 수 있었지만(그는 종강 직후에 열리는 세미나에서의 논문 발표를 포기한다고 비장하게 말해서 우리를 감격시켰다), 장소는 생각처럼 쉽게 정해지지 않았다. 우리는, 우리가 알지 못하는 사이에 이 여행을 마치 성지순례처럼 일종의 의식으로까지 격상시키고 있었기 때문에 여행의 목적지를 얘기하는 말 한마디 한마디가 축문을 아뢸 때처럼이나 자못 조심스럽고 신중해질 수밖에 없었다.

해장국을 다 떠먹자마자 맥주를 사가지고 901호로 들어와 마주 앉은 우리는 계속해서 어디로 갈 것인지에 대한 이야기를 나눴다. 처음에는 들떠서 신이 났지만 시간이 지나자 모두들 지치는 기색이 역력했다.

"바다가 그래도 낫지 않겠어?"

"바다 어디?"

"다도해 어때?"

"너무 요란하잖아."

"우리는 유람을 가는 게 아니라구."

"산은?"

"산 어디?"

"경주 토함산 정도."

"그건 너무 그럴듯하잖아."

"생색낼 건 없지."

"지리산은?"

"아, 가는 건 좋지만 그곳에서 몸을 빼내올 수 있을까!"

"젠장!"

"젠장? 젠장은 어디에 있는 거야? 섬이야, 산이야?"

"그것도 말이냐?"

"갈 데가 없는 거야?"

"몰라, 몰라."

지루한 말은 돌고 돌았다. 앉은 자리가 눅눅해지면 기분은 의당 삐뚤어지기 마련이다. 말수가 줄었고 틈새가 생겼다. 어느새, 절망의 감염자들이 피워내는 느린 신경질이나 비시시한 냉소가 그 허청한 자리를 채우고 있었다. 그러면 우리는 끝없는 술잔을 기울이며 알아들을 수 없는 비명을 지르거나 지독한 침묵에 빠지는 수밖에 없었다.

처음 여행 얘기가 나오고 물경 일주일이 지났어도 우리는 무력감에 빠져 허둥대기만 할 뿐 여행의 장소를 정하지 못하고 있었다. 상황은 악화되어, 또다시 열패감에 빠진 나머지 누가 먼저랄 것도 없이 슬슬 자기 비하의 기미들을 내비치기까지 하고 있었다. 그것은 시간이 지날수록 완곡해지는 것이었는데 어디선가 혼자 술을 잔뜩 먹고 늦은 밤 전화해서 문학을 모르는 나를 인간 말종 취급하거나(재호) 전화기에 대고 아내로부터 온 편지를 역시 술에 취해 감격스레 읽어주는 것(윤섭)이 참으로 갈 데까지 간 모양새였다. 나의 경우도 그보다 더하면 더했지 덜하지는 않았을 것이다. 그런데 그런 행동들이, 그동안 절망이라는 아주 기괴한 연대 아래 형성됐던 상호 간 신뢰가 조금씩 무너지고 있는 낌새일지도 모른다는 데에까지 생각이 미치자 우리는 더욱 불안하고 허둥지둥할 수밖에 없었다.

3

여행의 장소가 결정된 것은 동네 해장국집에서였다. 윤섭의 종강일, 그러니까 잠정적으로 정했던 여행 날짜가 사나흘 앞으로 바짝 다가온 때였다. 그날 장소가 결정된 과정은, 숨을 턱턱 막히게 했던 그간의 내력에 비하면 참으로 싱거운 것이 아닐 수 없었다. 전날 역시 밤을 새우다시피 술을 먹고 불쾌해진 얼굴로 해장국집에 가서 해장들을 하고 있는데(우리는 시답잖은 객담조로 혹은 비아냥거리는 투로 이제는 진이 빠진 여행 얘기를 나누고 있었다. 아마 될 대로 되라는 식이었을 것이다) 그 집의 할머니가 깍두기를 한 종지 더 가져다주면서 한마디 거들었던 것이다. 할머니는 도대체 언제부터 우리가 나누는 얘기를 엿듣고 있었던 것일까, 그리고 왜?

"어디들 가시려구?"

우리는 처음에는 사실 괜한 참견을 받는 것 같아 슬쩍 비껴가고 싶은 마음에 딴전을 부렸다.

"아녜요. 가기는 어딜 가요, 뭐."

그 무렵 우리는 타인이 베푸는 대가 없는 친절이나 호의 앞에서도 의심이 먼저였고 적의가 그다음이었다. 그만큼, 자신의 불운에 바짝 주눅이 들어 있었던 것이다. 그런데 할머니는 호락호락 물러나지 않았다. 그러고는 혼잣말을 하듯 이렇게 중얼거렸다.

"내 좋은 데 알고 있는데."

그때까지도 우리들의 반응은 냉담에 가까운 것이었다. 할머니의 인상도 그다지 호감을 살 만한 것은 아니어서, 심술 맞게 생긴 뾰족한 턱하며 작게 찢어진 눈, 맵고 다부지게 생긴 손 등 어디를 보아도 마음을 끌 만한 구석이 없었던 것이었다. 거기에다가 처음 보았을 때부터 손님들에게 다소 불친절하고 투박하게 대했으므로 우리가 할머니의 접근을 대놓고 경계했던 것이 이유가 아주 없던 것은 아니었다. 그러나 무엇보다도 우리가 그렇게 냉담했던 것은 우리 존재의 누추함이, 그 생활이 가지고 있었을 핍진함과 비루함이 원하지 않는 누군가에게 엿보였다고 생각되었기 때문이었을 것이다. 그래서 우리는 할머니의 말에 시큰둥했다.

"가서 일 보세요, 할머니."

우리는 이 미덥지 못한 할머니를 어서 떨어뜨려놓으려 했다. 그러나 할머니는 물러서지 않고 기어이 한마디를 더 했다.

"백하동(白河洞)이라고 기막힌 곳인데, 어디든 떠날 생각이 있다면 그리로들 가보라고."

그때 놀라운 일이 일어났다. 어떤 지명을 가리키는 말이, 그 말의 울림이 그토록 강렬했던 적이 또 있었을까? 고되고 상한 우리의 영혼은 누가 먼저랄 것 없이 그 말에 취해들어갔다. 고혹도 그런 고혹이 없었다. 그 말을 듣는 순간 눅눅하고 무거웠던 숙취는 온데간데없어졌고 환한 각성이 일어났다. 한 번도 들어본 적이 없었던 하나의 지명이 우리들을 알지 못하는 황홀경으로 이끌어가고 있었던 것이다. 그것은 믿을 수 없을 정도로 순식간에 일어난 일이었다.

"백하동이라구요?"

재호가 눈이 휘둥그레져서 그렇게 물었을 때 할머니는 알듯 말듯한 웃음을 입가에 지으며 천천히 고개를 끄덕였다.

"백하동이라!"

"무슨 뜻을 가지고 있나요?"

할머니는 그것 보라는 듯한 표정을 짓고는 우리에게 두어 발짝 다가오더니 천천히 얘기를 시작했다.

"말 그대로 하얀 물이 흐르는 계곡이지. 울울한 나무들 아래 보드라운 풀밭이 있고 그 풀밭을 어루만지듯 하얀 물이 굽이쳐 흐르지. 거기에다 명주처럼 빛나는 얇은 햇살, 그리고 넘치지 않는 바람이 있는 곳이야. 자네들 내가 보아하니 얼굴이 다들 풀이 죽어 있는 게 우거지상들이야. 허구한 날 술 마시는 연유에 곡절이 있을 테고. 기분들 풀어내고 정신들 차리려면 어디 홀홀 털고 다녀와야지."

할머니의 말투는 마치 연극배우의 훈련된 그것처럼 적당한 어조와 굴곡이 있고 농염한 감정이 알맞게 묻어 있는 것이었다. 무엇보다 놀라운 것은 우리들의 마음을 꿰뚫어 보고 있다는 할머니의 자신만만한 표정이었다. 할머니가 다음과 같이 말했을 때는 차라리 눈물이라도 날 지경이었다.

"백하동엘 다녀오면 다시들 시작할 수 있을 거야."

좀 과장스럽게 말한다면, 그때 우리는 마치 할머니가 우리에게 닥친 이 힘겨운 시절의 수고로움을 덜어주기 위해 하늘에서 택하여 내린 사람이 아닌가 하는 생각이 들 정도였다. 우리는 이 행운이 믿기지 않을 만큼 감격스러웠던 것이다.

"그곳은 어떻게 가죠?"

"백하동은 말야, 그렇게 쉽게 갈 수 있는 곳은 아니야."

이렇게 말하면서 할머니는 주름 가득한 미간을 살짝 찡긋거렸다. 꾸부정하게 굽은 등허리와 뒤로 잡아맨 흰 머리카락, 그리고 가늘지만 촉기 어린 눈빛 등이 할머니의 느린 어조와 나무랄 데 없이 잘 어울리고 있었고, 어지간히 백하동에 취해 있었기 때문인지는 몰라도 우리는 그런 할머니로부터 범상치 않은 위엄마저 느낄 수 있었다.

우리는 할머니의 다음 말을 간절하게 기다렸다. 마른 대추같이 쪼그라든 할머니의 입술이 살포시 열리기를. 그런데 그때 주방 쪽에서 할머니를 부르는 소리가 들렸고 할머니는 다른 손님상을 보기 위해 그쪽으로 어슬어슬 걸어갔다. 우리는 아쉬웠지만 그날 그쯤에서 자리를 뜰 수밖에 없었다. 계산을 치를 때 할머니가 넌지시 "다시 한 번 와, 술은 좀 작작들 마시고"라고 얘기를 하지 않았다면 우리는 애들처럼 생떼를 부렸을지도 모를 일이었다. 집에 돌아와서도 우리는 흥분을 쉽게 떨쳐버리지 못하고 있었다.

"백하동, 근사하지 않아?"

"그래. 완벽해."

그러나 시간이 지나면서 흥분이 다소 가라앉자 우리는 알 수 없는 초조감에 휩싸이게 되었다. 우리는 그 석연찮은 초조감에 급속도로 망연해져갔다. 그러던 중 윤섭이 아주 조심스럽게 말했다.

"백하동이라는 데, 알고 보면 아무것도 아닐 수도 있잖아."

그 말이 떨어지자 그렇잖아도 숨 막힐 듯한 분위기가 일순 차갑게 얼어붙는 듯했다. 우리의 얼굴은 너 나 할 것 없이 모두 창백해졌다. 아무도 입을 여는 이가 없었다. 그 팽팽하면서도 둔중한 침묵의 의미는 두려움 말고는 아무것도 아니었을 것이다. 우리는 불경스러운 의심을 품고 있는 마음을 애써 질책하며 마음속으로 끙끙 앓고 있었던 것이다.

"그렇지 않아. 그곳은 우리가 찾던 바로 그곳이야."

"맞아, 이제는 그곳에 가는 일만 남았어."

우리는 자기 최면들을 열심히 걸면서 의심을 떨쳐버리려고 발버둥을 쳤다. 지금 생각하면 그 의심은 지극히 타당한 것이었다. 우리는 좀더 그 의심을 마주 보고 깊이 캐물었어야 했다. 그러나 그때 우리들은 지레 겁을 먹은 나머지, 외려 의심을 하는 우리의 마음을 다그치고 그 마음의 경솔함을 나무랄 수밖에 없었다. 자칫 백하동의 신성이 다치기라도 할까 봐 우리는 간밤

272

의 심란한 마음들을 깨끗이 지우고 진지하고 엄숙한 표정으로 다음 날 다시 그 해장국집을 찾아갔다. 해장국집에 들어설 때의 마음은 교회나 절집 마당에 들어설 때의 그것과 별반 다를 것이 없었다.

해장국집은 그날따라 손님이 없었고 할머니는 아예 우리 자리에 붙어 앉아 마른 대추 같은 입술을 부지런히 놀렸다. 가까이에서 본 할머니는 친절했고 상냥했으며 너그러웠다. 전에 가지고 있던 할머니에 대한 호의적이지 않은 인상은 고스란히 신뢰와 존경으로 바뀌었다. 할머니는 백하동에 가는 길과 그 부근의 지형지물 등을 소상하게 일러주었고 여행의 성공을 기원해주었다. 아무도 말한 일은 없었지만 할머니는 우리가 이번 여행에 걸고 있는 특별하고 절실한 의미를 훤히 꿰고 있는 듯싶었다. 우리는 다만 그런 할머니의 비상한 예지가 우리 몫의 행운으로만 생각되었다.

해장국집을 나설 때 할머니가 농반진반 우리에게 건넨 말은 우리가 자심감을 갖기에 충분한 것이었다.

"다녀오고서 일이 잘 풀리면 크게 한턱내라고."

4

전날까지도 비가 오더니 출발일이 되자 날씨는 언제 그랬었나 싶게 쾌청했고, 전날 술도 안 마시고 푹 자둔 덕분에 우리의 컨디션도 최상이었다. 장마철에 접어들었는데도 이런 날씨를 만나다니, 더 바랄 것이 없는 쾌조의 스타트였다.

"우리, 백하동에 도착하기 전에 벌써 견성(見性)하는 것 아냐?"

재호가 자신의 흰색 소나타 핸들을 잡으며 그렇게 얘기했을 때 우리는 정말 부처라도 된 것처럼 대자대비하였다. 어떤 출발이 갖는 설렘에 이렇게 흠뻑 빠져보기도 얼마 만인가. 학창 시절 수학여행을 앞두고도 이보다 더하지는 않았지 싶었다. 맨 정신에는 수줍음을 잘 타서 잘 웃지도 않는 재호도 그날 아침에는 싱글벙글이었다. 이미 모두들 이 지긋지긋한 불운과 절망도 끝이라는, 곧 제 몸에 맞는 산뜻한 희망들을 품을 수 있다는 기대에 부풀었다. 우리는 시내의 우회도로를 가뿐히 빠져나가서 미끄러지듯이 국도로 접어들었다. 그러기까지 신호는 단지 딱 세 번 걸렸을 뿐이었다. 국도는 간혹 화물차들이 지나쳐 갈 뿐 차량이 거의 없어 한적했고, 푸른 플라타너스 가로목 사이로 시원하게 펼쳐진 들판을 바라보는 우리의 마음도 더없이 흡족했다.

해장국집 할머니가 일러준 대로 좌로 돌고 우로 돌고 하면서 국도를 두 시간 정도 달렸을 때 차창 밖으로 펼쳐진 풍경은, 운전을 하느라고 앞만 봐야 하는 윤섭에게는 미안한 마음이 들 정도로 빼어난 것이었다. 국립공원으로 지정되어 있는 어떤 산의 자락인 듯싶었는데 웅어하게 뻗은 줄기를 쫓아 올라간 산정 부근의 하늘에는 진한 회색빛 구름이 오묘하게 휘돌고 있어서 얼핏 섬뜩한 기운마저 느끼게 해주었다. 그러나 이제 막 무성해지는 초록의 숲이 성급하게 뻗어온 산세를 달래면서 덮고, 그 사이에 술 취한 사람처럼 비죽하게 솟아 있는 검붉은 바위들의 모습은 쉼 없는 경탄을 자아내기에 충분한 것이었다. 근처 봉우리들마다에는 울긋불긋한 등산객들이 무당벌레처럼 달라붙어 있었다.

우리는 국립공원으로 지정된 어느 산의 자락에서 주유를 하고 가벼운 요기를 했다. 우동을 먹으면서는 한시라도 빨리 백하동에 닿고 싶은 마음이 간절해 그 맛이 싱거운지 짠지도 모르고 후루룩 삼켰을 뿐이다. 우리가 가게 앞길에서 직진을 하려고 하자 점원이 뛰어나와 산 쪽으로 가려면 우회전을 해야 한다고 알려주었는데, 그는 우리를 이름난 명승지나 찾아다니는 돈 많고 시간 많은 건달쯤으로 생각했나 보았다.

"우리는 산에 안 가요. 백하동에 가지."

이렇게 일러줬을 때의 기분은 또 얼마나 통쾌한 것이었는지. (그러나 그 친절했던 점원은 우리의 뒷모습을 얼마나 황당하게 쳐다보았을까.) 새로 출발할 때에 운전은 내 몫이었다. 다른 사람의 차를 운전하는 것은 긴장을 요하는 조심스러운 일이었다. 그러나 그런 내 마음은 아랑곳하지 않고 윤섭과 재호는 함부로 깡통 맥주를 따서는 신나게 들이켰다. 사실 지루할 때도 됐다. 세 시간 가까이 달렸으니 들뜬 몸들이 근질근질해졌을 것이었다. 우리는 깡통 맥주를 두 박스나 차에 실었다. 여전히 시원하게 뚫린 국도를 나는 듯 달리고 있는데 윤섭이 뚱하게 소리쳤다.

"야, 너 지금 어디 가니?"

아차 싶었다. 맥주를 마시며 얼러붙은 두 친구를 놔두고 아내와 아이 생각에 잠시 골몰해 있던 나는, 부주의하게 표지를 확인도 안 하고 계속 달렸던 것이다.

"잘못 들었잖아. 내 저럴 줄 알았어. 저러니 학교에서 애나 두들겨 패고 쫓겨나지."

재호가 꼬는 투로, 그러나 밉지 않은 표정으로 말했다.

"지금 돌리는 중입니다. 안심하시고 맥주나 더 마셔요."

나는 눙치는 투로 대답하고 천천히 브레이크를 밟았다. 친구들의 투정을 들으며 근 20킬로미터를 되짚어 달려서야 바른 길로 접어들 수 있었다. 2차선 아스팔트 도로였던 그 길을 달린지 15분쯤 후에는 국도에서 곁가지로 뻗어나간 좁고 낡은 시멘트 포장길을 타게 되었는데 전형적인 시골길이었다. 길 양옆으로는 산이라고도 할 수 없는 낮은 구릉들이 엎드려 있었고, 논에서는 벼들이 칼 같은 잎을 내밀며 쑥쑥 자라고 있었다. 반쯤 열어놓은 차창으로는 향긋하고 보드라운 바람이 마치 물결처럼 느리게 흘러들어왔고, 우리는 그 바람을 깊이 들이마셨다. 길을 나서길 잘했다는 생각이 수십 번도 더 들었다. 정말 이대로라면 우리가 마음속으로 각기 그리고 있는 희망을 어엿하게 찾아서 품어올 수 있을 것 같았다.

아름답고 조용한 시골길을 30분 정도 더 달려서 하늘의 색이 바뀌고 빛의 각도가 바뀌었을 때, 그래서 어떤 반전의 기운이 느껴졌을 때에 관광 지도와 창밖의 풍경을 번갈아 바라보던 윤섭이 낮은 목소리로 말했다.

"자, 거의 다 온 것 같아. 내가 말이야, 길 냄새를 맡는 데는 도가 텄거든. 내 판단에 의하면 바로 요 근방에 백하동이 숨어 있을 거란 말이야."

귀가 솔깃해진 나와 재호가 그가 가리킨 곳을 바라보니 야트막한 야산에 지나지 않을 낮은 산자락이 코앞에 딱 붙어 있을 뿐이었다. 뱀 같은 길이 그 중간께의 허리를 돌고 나 있었다. 그리고 그 길 끝 즈음에 어렴풋이 대여섯 채가량의 가옥이 버섯처럼 다닥다닥 붙어 있는 것이 보였다. 갑자기 생각난 듯 시간을 보니 막 오후 세 시가 넘어가고 있었다. 차는 전방의 꼬불꼬불한 길로 2킬로미터를 더 미끄러져 들어갔다. 그때 윤섭이 머리를 운전석으로 들이밀며 말했다.

"자, 스톱! 적당한 곳에 차를 대도록 해."

"다 온 거야?"

"그런 것 같아."

우리는 윤섭의 말을 믿어보기로 하고 쭈뼛쭈뼛 차에서 내렸다. 나는 참았던 갈증을 풀기 위해 맥주부터 마셨고 윤섭은 용변이라도 보려는지 길가와 면한 밭고랑에 들어섰다. 그사이 재호는 그늘에 쭈그리고 앉아 담배를 피웠다. 그러면서 혼잣말을 하듯 말했다.

"우리가 백하동에 왔단 말이지. 하얀 물이 흐르고 울울한 나무 아래 보드라운 풀밭이 있고 하얀 물이 흐른다는……"

내가 빈 맥주 깡통을 쭈그러뜨리며 그다음 말을 받았다.

"하얀 물이 그 풀밭을 어루만지듯 굽이쳐 돌고 명주같이 빛나는 얇은 햇살, 넘치지 않는 바람이 있는 곳이지."

우리 둘은 마주 보고 소리 높여 껄껄 웃었다. 그때 이미 둔덕에 올라 있던 윤섭이 나와 재호를 향해 재촉하는 소리를 했다.

"지금이 세 시 조금 넘었으니까 부지런히 올라가보자고."

"저 친구 어지간히 안달이 났나 보군."

우리는 각기 준비한 배낭을 둘러메고 밭둑길을 가로질러서 산길의 초입에 들어섰다. 무성하지도 그렇다고 빽빽하다고도 할 수 없는 상수리나무들이 들어찬 산길을 천천히 오르면서 우리는 저절로 콧노래가 나오는 것을 어찌할 수 없었다. 소파에 묻히듯 앉아서 반복되는 뉴스를 보거나 맥주를 마시는 따위와는 비교할 수도 없는 뿌듯함이 그 길에 있었다. 호젓한 산길을 얼마쯤 오르다가 우리는 저만큼 앞에서 바구니를 이고 내려오는 키 작은 노파와 마주치게 되었다. 별반 특이할 게 없는, 어디서든 볼 수 있는 촌부였다. 그냥 지나치는가 싶던 맨 앞의 윤섭이 그 할머니를 불러 세웠다.

"할머니, 여기 어디쯤에 백하동이라고 있지요?"

"……"

할머니는 말은 하지 않고 뚱하니 윤섭을 쳐다보았다.

"할머니 백하동이라고 모르세요?"

"백하리여, 여그는 백하리. 그리고 바로 산을 넘어가면 백하 곡이라고 있는데 거기 가는 길인가베."

"예, 예, 잘 알았습니다. 감사합니다."

우리는 뭔가 의뭉스러운 듯한 할머니의 눈빛을 뒤로하고 내처 산길을 걸어 올라갔다. 우려와는 달리 제대로 찾아왔다는 확신이 들어서였는지 비 오듯 흘러내리는 땀방울도, 길을 가리는 무성한 잡풀들도 좀처럼 우리의 걸음을 늦추지는 못했다. 나는 백 보 정도 가다가 뒤를 돌아보았는데, 그때까지도 여전히 할머니는 제자리에 서서 우리의 뒷모습을 의뭉스러운 눈으로 쳐다보고 있었다. 순간적으로 오싹한 느낌이 없진 않았지만 별일이겠느냐 싶었다.

습도가 높은 장마철에 산을 오르자니 몸이 후끈후끈 달아올랐지만 우리 중 그 누구도 지친 기색 없이 허위허위 산을 올랐다. 산 안의 공기는 맑다 못해 시린 것이었다. 그리고 수백 개의 바늘 구멍 사이로 쏟아지는 숲 속의 햇살도 상큼한 것이었다. 그것에 취해 지그시 눈을 감고 깊이 심호흡을 하고 있을 즈음, 위쪽에서 윤섭이 부르는 소리가 났다.

나와 재호는 가는 나뭇가지들을 헤치고 몇 발짝을 뛰어 앞으로 나아갔다. 맨 앞에서 올라가던 윤섭은 50미터쯤 앞에서 멈춰 서 있었는데 자세히 보니 상체를 구부려서 무언가를 유심히 들여다보고 있었다. 그러고는 재차 나와 재호를 소리쳐 불렀다.

"뭐야, 왜 그래?"

나와 재호가 서둘러서 윤섭이 있는 곳으로 다가가니 친구는 등 뒤에 숨긴, 딱 어린아이 몸집만 한 푯말을 보여주었다. 흰색 푯말에는 거의 지워진 페인트 글씨로 '백하곡 1,000M'라고 씌어져 있었다. 그 푯말을 보고 우리는 서로 마주 보며 빙그레 웃었다.

우리는 그 나머지 1킬로미터를 같이 걷는 동안 단 한마디의 말도 나누지 않았다. 찾아 헤매던 금광을 눈앞에 둔 개척자들의 심정이 이러했을까. 자못 환희에 대한 설렘이 지나쳐 우리의 몸은 터질 듯 팽팽해졌다. 그런데 지금 생각해보면 그 1킬로미터를 걸으면서 느꼈던 우리의 신비스러운 감격과 환희는 끝내 우리를 미혹하고 희롱했던 백하동이 우리에게 부린 마지막 심술이 아니었나 싶다. 그것이 비록 우리 자신의 우매함에 크게 빚지고 있다 할지라도 말이다.

이윽고 예정된 대로 1킬로미터를 족히 걸어서 푸르른 산등성이에 올라섰을 때, 그 너머 눈앞에 펼쳐진 것은 그러나, '하얀 물이 흐르고, 울울한 나무 아래 보드라운 풀밭이 있고, 그 풀밭을 하얀 물이 어루만지듯 굽이쳐 돌고, 명주같이 빛나는 얇은 햇살과 넘치지 않는 바람이 있는' 계곡이 아니었다. 계곡은커녕 그곳에는 허연 콘크리트 뼈대만 앙상하게 남은, 짓다 만 건물 두세 동이 흉물스럽게 들어서 있었고, 공사에 쓰였을 벽돌 더미와 모래 더미들 그리고 제각각 잘려 나간 철근 더미들이 벌건

녹을 드러내놓고 아무렇게나 쌓여 있었다. 그리고 상처 딱지처럼 시멘트가 다닥다닥 눌러붙은 나무판들이 여기저기 지저분하게 널브러져 있어서 절로 눈살을 찌푸리게 했다. 거기에다가 군데군데에서 스티로폼 조각들이 바람 불 때마다 하늘 높이 떠올랐다가 사라지고는 해서 자못 기괴한 분위기마저 연출되고 있었다. 그 어디에서도 아름답고 매혹적인 계곡의 흔적은 찾을 수 없었다.

우리는 망연자실할 수밖에 없었다. 이럴 수가 있나 싶었다. 줄곧 앞장섰던 윤섭은 털썩 흙 밭에 주저앉아 잠시 넋을 놓은 것 같았다. 긴 침묵을 깨면서 그가 말했다.

"기가 막히군. 이거 뭐야!"

"잘못 온 것 아냐?"

나는 이렇게 말하면서도 우리의 빗나간 희망을, 그 희망의 얄궂은 소여를 이미 어느 정도 받아들이고 있었다.

"잘못 온 게 아냐. 제대로 찾아왔어. 우리는 백하동에 온 거야."

담배를 꺼내 물며 재호가 말했다. 그는 눈앞의 광경을 보지 않고 부러 안개에 휩싸인 먼 산봉우리를 바라보고 있었다.

"이놈의 할망구! 요절을 내고 말 거야."

잠잠한 듯했던 윤섭이 깡통 맥주를 벽돌 더미에 내던지면서 격앙된 목소리로 외쳤다. 재호도 입을 열어 한마디 했다.

"우리가 무얼 잘못했지? 그 할머니를 섭섭하게 한 적 있었나."

"보기 좋게 놀아났군. 늙은 노인네한테."

오랜 절망에 시달린 사람들은 쉽게 희망을 기대하는 만큼 다시 절망을 만났을 때 그것을 쉽게 긍정하는 법이다. 우리는 그곳에서 남은 맥주를 다 마셨고, 술이 떨어지자 가지고 있던 담배를 다 피운 다음에야 자리에서 일어났다. 산길을 내려올 때는 발길이 절로 휘청거렸고 입안에서는 쓴 침이 마구 솟았다.

산길을 거의 벗어났을 때는 이미 서쪽 하늘에 붉게 석양이 드리워지고 있었다. 산길을 내려오면서부터 우리는 될 수 있으면 서로의 눈과 마주치지 않으려고 노력했는데 곧 날이 어두워지리라는 사실은 그런 점에서 다행스러운 일이 아닐 수 없었다.

터덜터덜 시멘트로 포장된 길을 걸어서 차가 주차된 곳까지 고개들을 숙이고 가고 있는데, 아까 처음 산에 들어섰을 때 만났던 할머니와 다시 마주치게 되었다. 묘한 우연이었다. 그 할머니는 이 동네에 살고 있는 것이 틀림없어 보였다. 재호가 무슨 생각이 들었는지 그 할머니 앞으로 다가가 말을 붙였다.

"할머니, 이 동네에서 오래 사셨어요?"

재호의 말투는 퍽이나 공손했다.

"그런 셈이지."

"저 산 너머에 계곡이 없었나요?"

"왜 없어, 있었지. 그렇게 볼품은 아니었어도 꽤 맑고 시원한 계곡이 있었지, 물도 많았고."

"그런데 언제 저렇게 되었어요?"

"그런데 그건 왜 물어. 나 집에 가서 쌀 안쳐야 되는데."

다소곳할 것 같았던 할머니가 갑자기 정색을 하면서 몸을 돌이키려고 했다.

"잠깐만요, 할머니, 궁금해서 그래요. 그걸 알지 못하면 우리는 죽을지도 몰라요."

재호는 두 손으로 할머니의 양팔을 껴안듯이 잡고 애원조로 말했다. 할머니는 재호의 눈을 한동안 빤히 쳐다보더니 천천히 말을 시작했다.

"사람들이 꽤 찾았었어. 나 어릴 때만 해도, 먹도 감고 그랬는데…… 그런데 전쟁이 나면서 저 계곡에서 사람들이 떼죽임을 당했지 뭐야. 어떤 사람들인지도 몰라. 물 맑은 계곡에 피가 흐르고 하루아침에 공동묘지 터가 된 거지. 사람들이 찾을 리가 있나. 나라에서는 제대로 시신 수습도 안 하고 흙 퍼다가 덮어버렸지. 그래서 저리 된 거야."

우리들은 할머니의 말을 들으면서 등골이 오싹해지는 걸 느꼈다. 곧 식은땀이 흐르더니 마음이 서늘해지면서 알 수 없이 눈앞이 환해지는 것이었다. 그러다가도 돌연, 무언가 뜨거운 것이 목울대를 치밀어 오를 때에는 고개를 숙이고 심호흡을 해야만 했다.

"거기 짓다 만 건물은 뭐예요?"

"예수 믿는 어떤 권사가 기도원을 지으려다가 만 거야. 땅을 파헤칠 때마다 인골이 나오니 지을 수가 있어야지. 다른 것도 아니고 편안히 기도할 사람들을 불러 모으려고 짓는 것인데. 진즉에 관두었어야 하는 건데 그 권사인지 뭔지 하는 여자, 간이 부었는지 건물을 올리기는 올리더라고. 결국엔 포기했지만. 그 일로 가산을 탕진한 그 여자는 지금은 어디에서 식당을 전전하고 있다더구먼."

"백하동이라는 이름은요?"

"백하동이 아니라 백하곡이라니께. 백하동이라는 이름은 그 여 권사가 듣기 좋으라고 기도원 앞에 잠시 붙였던 이름이고."

"어쨌든 백하라는 이름은 무슨 사연을 가지고 있나요?"

"흙으로 계곡을 메웠어도 물길은 끊지 못했는지 물은 졸졸 흘렀거든. 크게 홍수가 진 뒤부터는 제법 계곡물처럼 흘렀어. 그런데 이 마을의 한 아저씨가 저녁이 다 되어서 군불을 땔 나무를 하러 그 계곡엘 들어갔다가 물이 하얗게 흐르는 것을 본 거야. 물이 하얄 리가 있나. 그런데 물줄기가 하얗더라 이거야. 그래서 가까이 가 보니까 물 위에 둥둥 수없이 많은 백골들이 떠내려오더라 이거야. 혼비백산해서 도망치고서는 그 얘기를 동네 사람들에게 해주었지. 그 양반이 평소 허튼소리 할 양반은 아니었거든, 그때부텀 그 계곡이 백하곡이 된 거야. 한 40년 되나 보네. 참 이 얘기는 이쪽 신문에도 났었어."

우리는 할머니를 집 앞까지 태워다 드리고 싶었으나 할머니가 한사코 마다하여 배낭 안에서 사과 몇 알을 꺼내 드리는 것으로 고마움을 표시했다. 집 앞까지 태워다 드렸어도 그 사과는 드리려던 것이었다.

5

돌아오는 길은 그중 술을 덜 먹은 내가 운전을 했고 한동안 말없이 차창 밖으로 시선을 고정하고 있던 윤섭과 재호는 언제부터인지 모르게 잠을 자기 시작했다. 친구들이 잠을 자기 시작하자 나도 갑자기 나른해지면서 졸음이 몰려왔다. 나는 졸음을 쫓아내기 위해 공동묘지 터의 작은 물줄기를 타고 떠내려오던 백골들을 생각했다. 그 백골들은 흘러흘러 어디까지 갔을까. 어디를 가고 싶어서 물길에 제 흉한 몰골을 실었을까. 말없이 떠나온 아내를 찾아가는 길이었을까. 늙으신 홀어머니를 찾아 떠나는 길이었을까. 아직 나어린 딸아이의 얼굴이 보고 싶은 것이었을까.

졸음이 심하여 국도변에 차를 잠시 세우고 바람을 쐬던 나는 잠든 친구들의 고단한 얼굴을 바라보게 되었다. 그 얼굴들이 참으로 애틋하고 살갑게 느껴졌다. 무엇이 이 얼굴들을 절망으로 내모는가. 누가 이들의 삶을 모욕하고 고단하게 하는가. 친구들은 운전자가 딴전을 피우는 것도 모르고 서로의 어깨를 의지하여 곤하게 자고 있었다.

졸음이 나갔다고 생각한 나는 다시 차를 몰았다. 커피라도 한잔 마시면 좋으련만. 차를 몰고 한 시간쯤을 더 달리다가 다시 나는 감당 못할 졸음을 느꼈다. 나는 이번에는 굳이 졸음을 쫓고 싶지 않았다. 날씨는 아침과는 사뭇 달라져서 어두워진 하늘에 구름들이 몰려들어서 달빛을 가리더니 곧 비를 뿌리기 시작했다. 나는 저 친구들의 편한 잠을 빌려 아득한 꿈을 꾸고 싶어졌다. 지상의 알 수 없는 곳에서 떨어진 빗물이 앞 유리창에 툭툭 듣기 시작했다. 어린 시절 비가 오면 엄마의 팔을 베고 낮잠을 잤었지, 그러다가 하늘을 나는 헬리콥터 소리에 깨어나서 울곤 했었는데. 나는 깨어나지 않을 꿈을 꾸고 싶었다. 아이가 무릎에서 놀고 아내가 빵을 만드는 꿈 같은, 어머니가 등에 업힌 내게 자장가를 불러주면서 바느질을 하는 꿈 같은. 그리고 다시 학교로 돌아가 아이들과 운동장을 달리는 꿈 같은.

졸음 운전 끝에 사소한 사고를 낸 것은 국도를 거의 다 빠져나와 막 시내에 접어들고서였다. 내가 들이받은 것은 길가에 서 있는 빨간 우체통이었고 차가 좀 긁혔을 뿐 나나 친구들이나 모두 멀쩡했다. 천지신명이 도운 것이었다.

그리고 그날 밤 누구의 것인지 모르는 손이 아내에게 화해를 신청하는 전화를 했고, 역시 누구의 것인지 모르는 손이 가혹한 손찌검을 했던 아이에게 진심으로 용서를 구하는 이메일을 전송했다.

비정상인들의 진실과 대화주의

오생근

1. 비정상인들

　김도언의 소설집 『랑의 사태』에 등장하는 인물들은, 그의 두 번째 창작집 『악취미들』(2006)에서처럼 극단적인 일탈과 기이한 파격의 모습을 보이지는 않지만, 그래도 여전히 상식과 관습의 울타리를 벗어나 있다. 그들은 현실의 가치와 세상의 질서를 따르지 않고 자신이 추구하는 삶과 자유를 고집함으로써, 사회로부터 소외된 자가 아니라 소외의 삶을 선택한 자가 된다. 현실적인 행동가가 아니라 비현실적인 몽상가로 보이는 그들은 경쟁과 시장 논리가 지배하는 이 도시에서, 마치 강 이편에서 저편을 바라보듯이 거리를 두면서, 「권태주의자」의 주인공처럼 "조금 따뜻하며 우울하고 느린 공상"(p. 118)에 잠겨 "자기 세계 안에서 홀로 그윽해지는 일"(p. 127)을 즐기고 있다. 그들은 세상과 화해의 관계를 이루지 않고, 세상을 적대시하거나 현실을 부정하려 하기 때문에 어쩔 수 없이 불안과 절망, 우울과 권태에 사로잡히게 된다. 현실의 질서와 가치를 긍정하는 보통 사람들의 기준에서 보자면, 그들은 비정상인이고 이상한 사람일 것이다. 일상에 파묻힌 세속적인 사람들이라면 별로 관심과 흥미를 보이지 않을 그러한 인물들의 삶을 김도언은 왜 절실한 글쓰기의 욕망을 갖고 끈질기게 이야기하려는 것일까?

이 소설집의 표제작인 「랑의 사태」의 화자이자 주인공인 소설가는 정상인이 아닌, 이상한 사람으로 분류될 수 있는 '랑'과 같은 여자에게 관심을 갖고 사랑하게 된 이유를 이렇게 설명한다.

랑은 아프고 어지럽다. 랑은 이를테면 왕국에서 온 소녀 같다. 지금은 공화정의 시대다. 그리고 민주주의가 어지간히 상식이 된 시대이다. 합리와 이성이라는 이름으로 참여와 공리가 요구되는 사회가 제도적으로 세팅되어가는 것이다. 하지만 근대 시민사회가 만들어놓은 여러 시스템은 수많은 이상한 개인들을 양산해냈다. 이상한 개인들은 시스템에 부합되는 삶에 모욕감을 느낀다. 그들은 자신을 최대한 은폐시킨 채로 결정적으로 반항할 수 있는 기회를 노린다. 나는 대체로 이런 기형적인 존재들에게 관심이 많은 편이다. (pp. 154~55)

화자의 이러한 말은 김도언의 작가적 관심을 그대로 반영한 것으로 해석되는데, 여기서 그가 관심을 기울이게 된 대상으로 지칭하는 "기형적인 존재들"은 푸코가 학문적 연구의 대상으로 삼은 '비정상인들'과 일치한다. 푸코는 『광기의 역사』에서 광인이 병자가 아니라 이성 중심의 사회에서 희생된 사람들이라는 것을 밝히고, 그들의 순진한 영혼과 억눌린 목소리를 대변하는 작가이자 지식인의 역할을 수행하려고 했다. 그가 『감시와 처벌』을 펴내기 직전에 콜레주 드 프랑스에서 했던 강의를 모은 책이 『비정상인들』인데, 여기에는 이성 중심의 사회가 배척한 광인들 외에, 괴물들, 순종하지 않는 사람들, 자위행위자들이 포함되어 있다. 비정상인들의 부류에서 괴물이란 외형적으로 확인되는 가시적 괴물이 아니라 대혁명 전후에 나타난 정신적 혹은 정치적 괴물이라고 할 수 있다. 예를 들자면 루이 16세와 마리 앙투아네트와 같은 왕족들이 자칼이나 하이에나처럼 피에 굶주린 괴물로 묘사된 경우가 그러한데, 이것은 그들이 당시의 권력을 가진 사람들에 의해 괴물로 낙인찍힌 대상이 되었음을 보여주는 것이다. 특히 마리 앙투아네트 같은 여자의 괴물적 특성이 근친상간과 동성애였다는 것, 그리고 자위행위를 금지한 17세기에 자위행위자가 비정상인들로 분류되었다는 것은 놀랍게 생각되는 점이다. 이렇게 정상인과 비정상인의 분류 근거가 비합리적이었다는 것은, 어느 사회건 그 사회의 권력층이 정상성의 가치와 규범을 만들고 일반인들에게 그것을 지키게 함으로써 규범을 위반하는 사람들을 추방하거나 격리시키는 근거에 권력의 자의적 결정이 개입할 수 있음을 보여준다. 이렇게 현대 문명의 권력이 비이성적 근거로 비정상인들을 만들어내었다는 푸코의 가설을 받아들인다면, 비정상인들은 현대 문명의 피해자이고 희생자일 것이다. 김도언은 「랑의 사태」의 화자를 통해서 "합리와 이성이라는 이름으로 참여와 공리가 요구되는 사회"에서 "시스템에 부합되는 삶에 모욕감을 느"끼고 "반항할 수 있는 기회를 노린다"고 말하는데, 이것은 넓은 의미에서 푸코의 관심과 일치한다고 볼 수 있는 것이다. 그렇다면 그의 작중인물들은 왜 정상인들의 삶을 살지 못하고, 정상인들의 도덕과 가치관을 수용하지 못하는 것일까? 아니, 그들은 어떤 점에서 비정상인들인가?

「내 생애 최고의 연인」에서의 화자는 삼촌의 출판사에서 일하는 서른아홉 살의 편집장인데, 그녀는 퇴근길에 "기원을 알 수 없는 멜랑콜리"(p. 16)를 느끼고 자기를 "우울한 감상주의자"라고 생각한다. 그녀의 우울증이 과거에 겪은 아픈 사랑의 상처 때문이건 아니면 근원적이건 간에, 도시의 일상인이라면 누구나 그 정도의 우울을 느끼며 살아가는 것은 정상적이라고 할 수 있다. 문제는, 비정상적으로 보이는 사람이 그녀가 '내 생애 최고의 연인'이라고 말하는, 그녀보다 나이가 훨씬 연하인 일러스트레이터로, 불구자 아내를 극진히 간호하는 '착한 남자'라는 것이다. 그가 그러한 자신의 비밀을 털어놓지 않은 채

연상의 애인 앞에서나 일 때문에 만나게 되는 어떤 사람들 앞에서도 당당할 수 있는 것은, 그를 '내 생애 최고의 연인'이라고 생각하는 애인의 관점에서 볼 때, '희생자가 갖는 정신의 힘' 때문이다. 화자의 말을 그대로 인용하면, "그는 아픈 사랑을 보듬으면서, 희생자가 갖는 정신의 힘으로 오만하고 힘센 세속의 사랑에 맞서온 것이다."(p. 43) 이 대목에서 작가가 세속적이고 타락한 사랑이 지배하는 세계에 맞설 수 있는 것은 오직 순수하고 헌신적인 사랑의 힘임을 결론으로 제시하려 했음이 짐작된다.

「전무후무한 퍼스트베이스맨」은 휴머니즘과는 전혀 상관없는 프로야구 선수가 "휴머니즘을 발견하고 휴머니즘을 실천했던 전무후무한 퍼스트베이스맨"(p. 71)의 역할을 하다가 은퇴 결심을 하게 된 동기와 과정을 독백의 언어로 서술한 작품이다. 프로야구 선수가 개인 기록과 연봉에만 관심을 갖는 것이 아니라 휴머니즘을 실천하려고 했다면, 그는 당연히 '이상한 사람'이고 '비정상인'처럼 보인다. 또한 「어느 위대한 소설가의 자술 연보」는 일제 강점기에 태어난 노작가가 자신이 태어나서부터 72세가 된 현재에 이르기까지 겪어온 파란만장한 예술가의 삶과 편력을 연보 식으로 기록한 내용인데, 여기서 종종 이해할 수 없는 점이 발견된다. 이 소설에서 특히나 정상인의 생각으로 이해하기 어려운 대목은, 그 작가가 젊은 시절 교사로 근무하였을 때, 담임을 맡은 반의 학생에게 반하여 사랑을 고백하는 편지를 쓰고, 응답이 온 그날 저녁 그 학생과 저녁을 먹고 여관에 가서 순결을 훔치고 "죽음으로 이끄는 수렁 같은 연애"(p. 89)를 하기 시작한 사건을 서술한 부분이다. 그는 그 학생과의 연애 때문에 동료 교사들과 학생들로부터 지탄과 경멸의 대상이 되지만, 그 혼란과 파국의 상태에서 당연히 뒤따를 법한 주인공의 윤리적 고민과 내면의 파탄은 독자에게 잘 드러나지 않고 있다. 또한 이런 작가가 노벨상 수상을 거절했다는 것도 상식적으로 납득하기 어려운 점이다. 이런 점에서 이 작가도 이상한 사람으로 보일 수 있다.

「권태주의자」는 "열세 살의 어느 여름, 담장 위의 고양이가 갑자기 내게 뛰어들어 내 뺨을 할퀴고 도망가는 일"(p. 113)을 경험한 다음부터 권태를 생각하기 시작했다는 어느 권태주의자의 삶을 이야기한다. 그는 대체로 무기력한 모습으로 "우울하고 느린 공상"(p. 118)에 잠겨 지내는데, 흥미로운 것은 이러한 공상이 그에게는 도시 생활을 견디는 수단이자 저항의 방법이 된다는 점이다. 그렇기 때문에 그는 권태주의자의 삶을 권태롭게 생각하여 그 삶을 포기하려고 하기는커녕, 오히려 "권태주의자가 되기 위한 노력을 게을리하지 않았다"(p. 117). 또한 그는 권태를 "삶의 전제 조건"(p. 121)으로 생각하고 권태를 아는 사람만이 인생을 이해할 줄 아는 사람이라고 말한다. 이렇게 권태를 옹호하는 주인공이 자본주의 사회의 도덕이나 경쟁의 논리를 부정하면서 "경쟁하지 않는 절제" "겸양와 배려 같은 것"(p. 126)을 존중하는 나눔의 정신을 역설하는 것 역시, 보통 사람의 관점에서 이상한 사람의 논리로 보일 수 있다. 또한 「랑의 사태」는 화자가 서두에 밝힌 것처럼, "랑이라는 '불합리'를 바라보면서 내가 느낀 '불안'과 '권태'에 대한 이야기"(p. 137)를 그리고 있는데, 여기서 특이한 것은 그가 자신이 사랑하는 여자를 어떤 성격과 외모로 묘사하지 않고 '불합리'와 같은 현상과 "일종의 사태"와 같은 사건으로 지칭한다는 점이다. 이렇게 사람으로서보다 사건으로서의 특징이 더 크게 부각되는 '랑'은 사마리아 모텔의 맨 꼭대기 층에 살면서 "상승과 하강을 매일 반복하며 이상한 삶을 완성"(p. 152)하고 시인 이름의 가나다순으로 시집을 읽는, "이상한 사람"(p. 144)이다. 물론 이 소설에서 이상한 사람은 '랑'만이 아니라 그녀를 사랑하는 작가이기도 하다. 그는 "여자애가 열아홉번째로 읽은 삼촌의 시집이 그 여자애가 살아 있는 동안 마지막으로 읽은 시집이 되"기를 열망하여 "여자애를 유인해서 죽여야만"(p. 150) 한다는 충동적인 생각에 사로잡혀 있기도 하다. 그는 '랑'의 방에 있는 세상에서 가장 큰 냉장고의 문을 묘사하면서, "그 문은 사람 두세 명이 한꺼번에 통과할 수 있을 만큼 크"고, "냉장고 안을 돌아다니는 데는 한 시간 정도의 시간이 소요"된다는 것, "랑이 가장 많이 하는 생각은 어떻게 하면 부패하거나 썩어나가는 것들에 저항할 수 있을까 하는"(pp. 158~59) 것임을 사실처럼 진술한다. 물론 이러한 진술은 꿈속의 이야기, 혹은 환상의 풍경을 통해서 작가가 변화하는 외부 세계에 강하게 맞서려는 사람의 방어 의지를 상징적으로 서술한 것으로 볼 수 있다.

「다큐멘터리 가족극장」은 책임감과 독립심, 도덕성이 강한 아버지와 신앙심이 깊었던 어머니, 뮤지션이 되고 싶어 했지만 결국 평범한 직장인이 되어버린 큰형, 화자와 이란성 쌍생아이자 모범생이었던 둘째 형, 이 모든 가족의 이야기를 화자의 관점에서 차례대로 서술한 작품이다. 이러한 가족의 이야기는 작가의 자아와 성장에 큰 영향을 미친 가까운 타자들의 모습을 객관적으로 거리를 두고 바라보면서, 결국 작가 자신의 내면과 정신을 객관화시켜 자기의 주관을 벗어나려는 의도의 소산으로 보인다. 또한 「안으로 나가고 밖으로 들어가는 방법에 대한 고찰」은 소설가인 화자에게 "사람이 살아 있는 동안에는 하나의 질문을 가지고 살아야 한다는"(p. 204) 것을 가르쳐준 아버지의 삶을 돌아보고, "하나의 질문을 갖는다는 것"은 결국 "삶을 진지하게 살겠다는 의지의 각별한 표현이라는 것"(p. 206)을 깨닫게 한 과정을 이야기한다. 이 깨달음의 과정에서 중요한 것은 상식과 통념을 뒤집어서 바라보는 눈을 가져야 한다는 것인데, 이런 관점에서 독자는 정상과 비정상의 기준은 무엇이고 정상인과 비정상인을 구분하는 근거는 무엇인지를 돌아볼 시간을 갖게 된다. 이 작품에 내장된 '안과 밖의 개념을 뒤집어보기'라는 작가의 메시지를 확대시켜볼 때, 독자는 자신의 삶에서 이러한 문제와 쉽게 마주칠 수 있다는 것을 인정하게 된다.

「다크블루, 시간의 풍경」은 낡고 오래된 기억의 풍경 속에서 '나'의 초상을 형성하는 데 중요한 사건들로 기억되는 것들을 뚜렷한 인과관계 없이 떠올린 이야기들로 구성된다. 이 이야기에서 첫번째는 섹스에 대한 개인적 환상이고, 두번째는 박정희 시해 사건에서 비롯된 놀이이며, 세번째는 어머니를 따라 교회에 다니면서 '나쁜' 교회에 반항하는 방법으로 꾀를 써서 상을 받게 된 일화이고, 네번째는 열한 살 때 밤 아홉 시에 친구가 같이 놀자고 집으로 찾아온 일이다. 이 네 가지 에피소드는 기억의 세계가 그렇듯이 유기적인 관계로 연결되어 있지 않고, 그것들의 가치와 중요성도 보편성을 갖는 것으로 보이지는 않는다. 그러나 이 사소한 기억들이 사실상 개인의 삶과 정신의 형성 과정에서 "세계의 비밀을 엿보았다는 감상에 사로잡"(p. 251)히게 할 만큼 중요한 작용과 역할을 수행한다는 점은 부정하기 어렵다. 또한 네 가지의 체험들이 모두 독특한 진실성과 핍진성을 갖는 것으로 서술된다는 점도 주목해야 할 것이다.

이 소설집의 마지막 작품인 「백하동 가는 길」은 절망을 가슴에 안고 있는 세 친구의 이야기인데, 이들은 5년 전 박사학위를 취득하고서도 교수 임용에 계속 탈락하는 사람과 글이 안 써지는 소설가, 학생에게 체벌을 가했다는 이유로 징계를 받은 교사이다. 자신들이 자유롭게 선택한 직업과 분야에서 능력을 인정받고 있으면서도 세상과 불화의 관계 속에 놓여 있는 이들은, 정상적인 삶을 살면서도 세상의 질서와 어긋나거나 충돌하는 생활을 할 수밖에 없는 사람들이다.

2. 독백의 언어와 대화주의

이처럼 비정상적이고 이상한 사람들의 이야기를 보여주는 김도언의 소설은 모두 1인칭으로 서술되어 있다. 그 1인칭 소설들은 소설 속의 독자 혹은 청자를 설정한 것과 소설 밖의 독자를 의식한 것으로 나뉠 수 있는데, 여기서 특징적인 것은 「내 생애 최고의 연인」과 「전무후무한 퍼스트베이스맨」을 제외하고는 대체로 소설가가 화자라는 사실이다. 「백하동 가는 길」의 화자는 소설가가 아닌 교사이지만, 소설가인 친구의 이야기가 함께 전개됨으로써 소설가의 간접적인 시각이 존재함을 배제한다고 보기는 어렵다.

소설가가 화자이건 아니건 간에, 김도언의 1인칭 소설의 특징은 우울하고 절망적인 목소리가 간절한 대화의 욕구를 담고 있다. 「전무후무한 퍼스트베이스맨」의 화자는 "1루에 진출한 상대 팀 선수와 대화를 나"(p. 65)눌 수 있는 기회를 갖고 있기 때문에 1루수에 강한 애착을 갖는 선수이다. 그는 1루수의 수비를 하는 동안 상대 팀 선수와 대화를 나누고, 그 대화를 통해 상대 팀 선수의 어려움을 알게 되어 그 선수를 도와주는 방법을 찾아 휴머니즘을 실천한다. 또한 「권태주의자」의 화자는 벤자민 나무에게 말을 걸고 싶어 하거나, 다리 한 짝이 없는 개를 보고 "개와 맹렬하게 대화를 나누고 싶"(p. 123)은 욕구를 토로한다. 이들은 모두 정상적인 보통 사람들이 소통할 수 없는 대상으로 여기는 타자적 존재를 향해 대화를 시도하거나 대화의 의지를 강하게 표명한다. 이것은 결국 타자와의 소통을 적극적으로 갈망하는 화자의 진정성과 무관하지 않다. 이처럼 타자적 존대들과 대화를 나누고 싶어 하는 인물들의 이야기 외에, 소설가가 화자인 1인칭 소설에서도 화자가 독자와의 소통을 전제로 하여 자신의 내면적 삶을 자아 탐구의 형식을 취해 이야기하는 방식으로 구성된다는 점이 주목된다. 독자와의 소통을 원하는 화자가 자신의 어린 시절이나 성장 과정을 이야기하는 목소리에서 어떤 자기 연민이나 나르시시즘도 드러나지 않는다는 것도 함께 지적할 수 있는 점이다.

「랑의 사태」의 '랑'이 글을 쓰는 작가의 삶을 동경하면서 "내 글을 읽을 수 없는 사람들을 위한 글을 쓰고 싶어요"(p. 152)라고 말한 것은, 자신의 글과 생각에 쉽게 공감할 수 있는, 자신과 비슷한 사람들을 독자로 생각하지 않겠다는 의사의 표현일 것이다. 이와 마찬가지로 「랑의 사태」의 1인칭 화자가 자신의 이야기에 대해 "당신들이 이 이야기에 귀 기울여야 할 이유"가 없으며, "이 이야기로부터 당신들이 바라는 걸 얻을 가능성은 거의 없"(p. 137)다는 것을 확신하듯이 말하는데, 이는 그의 독자가 그를 이해하지 못하는 타자적 독자임을 암시하는 것이다.

그의 이러한 진술 속에서 독자인 "당신들이 바라는 것"이란 무엇일까? 그것은 독자의 자기만족이나 허위의식을 자극하지 않는, 오락거리를 제공해주거나 의식을 편안하게 만들어주는 이야기가 아닐까? 이런 점에서 김도언의 불안하고 우울한 삶의 이야기들이 독자의 그런 기대감과 충돌하거나 어긋나게 될 것은 너무나 당연해 보인다.

작가는 보이지 않는 타자들과 끊임없이 대화를 하는 열린 정신을 가진 사람이다. 바흐친이 말한 것처럼, 소설은 대화주의의 탁월한 형식이기 때문이다. 바흐친은 도스토옙스키의 소설을 근거로 삼아 대화주의 이론의 기본 개념이 대화를 통해서 형성되고 변화한다는 것, 다양한 의식의 작중인물이 등장하는 소설에서 그들의 목소리가 작가의 주제나 이념과는 상관없이 독립된 실체로 존재할 수 있어야 한다는 것을 깊이 있게 논의한 문학이론가이다. 그의 이론에 따르면, 도스토옙스키의 소설과 같은 다성적 문학에서는 작중인물의 객관적인 모습, 즉 사회적 신분이나 외형적 특성은 별로 중요하지 않고, 그의 의식이나 자의식의 내용이 중요한 것이 된다. 도스토옙스키의 소설에서 몽상가나 비현실적인 인물들이 많이 등장하고 그들의 의식 세계가 길게 펼쳐지는 것도 그런 이유일 것이다. 그들은 세계를 어떻게 보고 어떻게 의식하는가, 그들은 자신을 어떻게 보고 어떻게 의식하는가, 이런 문제들에 관심을 갖는 도스토옙스키 같은 작가는 결국 대화주의의 문학을 지향한다고 말할 수 있다. 물론 이러한 작가에게서 대화주의의 '대화'는 '나'와 '타자' 사이에만 형성되는 것이 아니라, '나'와 '나' 속에 존재하는 무수한 타자들과의 관계에서도 존재할 수 있다는 점이 전제되어야 할 것이다. 많은 인물의 대화가 등장하는 3인칭 소설에서 그들의 목소리나 의식이 작가의 의도에 따라 통제되거나 표면적인 차원에서만 머물 때, 그 소설은 대화주의 소설이 될 수 없을 것이다. 마찬가지로 독백의 언어로 만들어진 1인칭 소설이라도 주인공의 목소리에서 단성적 언어와는 다른 타자의 다성적 의식을 느낄 때, 그것은 대화주의 소설이 된다. 이런 점에서 김도언의 1인칭 소설은 무엇보다 대화주의의 가능성을 많이 보여준다고 할 수 있다. 그의 불안한 몽상가적 주인공들이 절제된 자의식을 갖고, 아니 과잉의 자의식을 갖더라도, 타인과 세계와의 불화 관계 속에서 끊임없이 타자적인 요소들의 중요성을 의식하고 타자적인 존재들과 소통하려는 끈질긴 시도를 보이는 한, 그러한 가능성은 더욱 긍정적으로 해석된다.

결론적으로 말하면, 김도언의 1인칭 소설은 단성적인 독백의 언어로 닫혀 있지 않고 타자적인 요소들을 포함한 다성적 대화주의로 열려 있다. 이러한 대화주의의 가능성은 그의 이전 작품집 『악취미들』에 실려 있는 「고통의 관리」에서 더욱 뚜렷하게 확인된다. 밤 11시 06분부터 다음 날 새벽 3시 11분까지 모두 스무 번의 전화 내용을 독자의 음성 메시지까지 포함하여 빠짐없이 녹음한 것처럼 서술된 이 소설은, 화자의 절박한 심리와 대화의 절실한 욕망을 긴장되게 표현한다. 이 소설에서 화자는 전화를 통해 대화를 하지만, 통화하는 상대편의 말을 알 수 없는 독자의 입장에서는 화자의 말을 독백처럼 읽게 된다. 물론 작가는 화자의 언어만으로 상대편이 어떻게 말했을지를 독자가 충분히 이해할 수 있는 화법을 구사한다. 그럼으로써 그의 생각과 내면 세계 의식과 무의식의 혼란스러운 모습은 점층적으로 격앙되고 허탈해지는 화자의 감정 표현과 함께, 긴장되고 밀도 있게 전달되는 것이다.

대화주의를 지향하는 김도언의 소설은 대화의 가능성으로 열려 있는 소설이지, 하나의 주제나 문제가 정리되고 완결되는 소설이 아니다. 그의 소설은 해답을 추구하는 소설이 아니라 끊임없이 새로운 문제를 제기하는 소설이기 때문이다. 이런 점에서 「어느 위대한 소설가의 자술 연보」의 끝부분에서 질문하는 사람이자 깨어 있는 사람으로서의 작가가 72세가 된 시점에서 "여전히 살아 있고 날마다 질문을 하"(p. 103)는 삶에서 경이로운 기쁨을 느낀다고 말한 것은 김도언의 소설다운 결말이라고 할 수 있다. 많은 질문들 중에서 독자에게 가장 중요한 질문이라고 생각되는 것은 "나는 타인의 삶을 이해하려고 노력했는가? 나는 한순간이라도 나로부터 벗어났는가?"(p. 104)의 문제이다. 이 문제는 김도언의 문학에서뿐만 아니라, 현대의 모든 문학에서도 가장 중요시해야 할 문제로 보이기 때문이다. 중요한 것은

'나'를 벗어나 '타인'을 향해 열린 태도를 갖는 일이다. 다시 말해서, 현대 사회의 인간은 대화적 자세를 통해 나르시시즘을 벗어나 타인을 이해함으로써 비로소 진정한 인간적 변화를 실현할 수 있고 인간다운 삶을 실천할 수 있다. 이러한 삶을 실천하기 위한 문학적 노력이 바로 김도언의 문학이 추구해야 할 하나의 목표일 것이다.

작가의 말

이 책에 실린 작품들은 주로 일주일 동안의 노동을 마치고 집에 돌아온 주말 저녁, 내 작은 방에서 씌어졌다. 정기적인 노동이 가지고 있는 최대의 장점은 자신을 부정하고자 하는 욕망을 나름대로 조절할 수 있게 해준다는 것이다. 만약 내가 노동을 하지 않았다면 나는 틀림없이 나 자신을 끔찍하게 부정하는 데에만 골몰하는 백치가 되었을 것이다. 노동은 그러므로 내게 썩 유효한 항우울제 처방 같은 것이다. 그렇다면 내 삶에서 소설 쓰기는 무엇일까. 그것은 노동의 수동적 욕망과 휴식의 능동적 욕망이 서로 마찰을 일으킬 때 내 안에서 피어나는 몽상 같은 것이다. 이를테면 아침에 출근하기 위해 숙취로 쓰린 배를 움켜쥐고 지하철역의 계단을 내려갈 때, 다시 말해 하루치의 양식을 얻기 위해 반드시 감내해야만 하는 모독을 생각하며 지레 겁을 먹고 인상을 찌푸릴 때, 불현듯 귓가에 들려오는 세이렌의 목소리 같은 것이다. 나는 그 목소리의 음계를 머릿속에 잘 저장해뒀다가 모니터 위에 풀어내는 것뿐이다.

이 책에 실린 작품들을 쓰는 동안 나는 줄곧 '사태'라는 개념에 골몰해 있었다. 나는 사태를 사건이나 상황 따위와는 다른, 좀더 본질적이면서도 포괄적인 개념을 가진 어떤 '문제적' 정황으로 보았다. 그리고 그것으로부터 내가 생각하는 소설의 본새를 이끌어낼 수도 있겠다는 생각이 들었다. 내가 정리한 바에 의하면, 사태는 시간의 부식성에 저항하고자 하는 모든 욕망의 진화하는 풍경이다. 그러므로 사태는 종료되지 않는다는 특성을 가지고 있다. 그것은 끊임없이 변개될 뿐이다. 왜냐하면 그 안에 들어 있는 문제는 해소되거나 말소되는 문제가 아니라 계속 증식하는 문제이기 때문이다. 사막에서 하룻밤 잠을 자본 이라면 알 것이다. 자고 일어나면 눈앞의 세계가 바뀌어 있다는 것. 산처럼 높은 사구가 바람에 의해 하룻밤 사이 뭉개져 있는 비현실 같은 현실 세계. 사구가 아무도 모르게, 하지만 분명하게 움직이는 이와 같은 사태는 비현실 같은 현실 세계의 지위를 갖고 인간의 의식에 침투하는 것이다. 내 소설 쓰기는 그것의 엄밀한 보고가 되어야 한다고 생각한다. 삶은 다름 아닌 '사태의 꽈리' 같은 것일 테니까.

이 자리를 빌려 한 가지 고백할 게 있다. 그것은 나의 오랜 희망에 관한 것이다. 이제나저제나 나의 희망은, 당신이 모르는 최후의 사람이 되는 것이다. 여기서 당신은 내가 아닌, 나일 수 없는 모든 타자를 의미한다. 당신이 아는, 혹은 당신에게 들켜버린 나에게 나는 아무런 관심이 없다. 당신이 아는 나는 재미가 없기 때문이다. 나는 나 자신이 재미없는 것을 견디지 못한다. 당신이 나를 모를 때, 나는 그런 나에게서만 흥미를 느낄 수 있다. 당신이 나를 알지 못할 때 오히려 나는 당신에게 진실해질 수 있다. 그래, 해괴한 아이러니다. 다시, 나에게 소설이 무엇이냐고 누가 묻는다면 나는 당신 앞에서 당신이 알아볼 수 없도록 끊임없이 나를 색칠하고 지우는 작업이라고 대답하겠다.

문학과지성사에서 소설책을 내게 되어 참 기쁘다. 요즘도 촌스럽게 이런 소회를 밝히는 이가 있는지 모르지만 '문지'는 내 문학적 열망의 압도적인 아이콘이었다. 그것은 사실이기 때문에 말하지 않을 수 없는 것이다. 많은 분들께 빚을 지면서 살고 있지만 우찬제 선생님께 특별히 감사드린다. 흠이 많은 소설들을 너그럽게 봐주시고 책으로 묶일 수 있게 도와주셨다. 한 번도 뵌 적 없지만, 어지럽고 난삽한 소설에 해설을 붙여주신 오생근 선생님께도 깊이 감사드린다. 더욱 거짓 없는 치열한 소설 쓰기로 두 분 선생님께 보답하고 싶다. 문우이자 사랑하는 나의 동반 K에게도 각별한 인사를 전하고 싶고, 책이 나오기까지 애써주신 문지 편집부에게도 우정의 인사를 드리고 싶다. 고향에 계신 나의 어머님, 그리고 대전의 부모님께도 고마움의 절을 올린다.

2009년 7월

김도언